共謀小説家

蛭田亜紗子

双葉文庫

目次

共謀小説家

第一章　春泥

「玄関番？　まだ増えるのか？　この狭い玄関に？」

「柳後雄《ゆうごお》先生はご邸宅を明治宮殿かなにかだと思っておられるらしい」

「やれやれ、いまに柳後雄先生の弟子だけでベースボールができるようになるぞ」

憎まれ口ではあるが、「柳後雄先生」と発するとき、ふたりとも口内で飴玉を転がしているような甘い響きがある。西洋風の不思議な名前であるという理由だけではないだろう。客間や茶の間を挟んだ女中部屋にまで届く彼らの会話に耳を傾けながら、宮島冬子《みやじまふゆこ》はそう思った。当代きっての文学者の住まいであるのに、横寺町《よこてらまち》にあるこの家は古ぼけていて質素で、しかも借り家である。

尾形《おがた》家の子どもらは外へ遊びに行き、あるじの柳後雄は二階の書斎にこもっている昼下がり、玄関のほうから聞こえてくる会話に耳を傾けるのが、冬子のひそかな愉《たの》しみだった。

「何人でやるんだ、そのベースボールとやらは」

「九人。そんなことも知らないのか。文学の知識だけでは小説は書けないぞ。先生もいつもおっしゃっているじゃないか」

話しているのは漣《さざなみ》と藤川《ふじかわ》である。ともに住み込みの弟子だ。

冬子は「柳後雄先生」こと尾形柳後雄の長女である桃枝《ももえ》の着物の肩上げをしていた。子どもらしい折り鶴と手鞠《てまり》の柄の着物は毛斯綸《もすりん》で、ふんわりとあたたかい毛織物の肌触りは冬子にとってまだ馴染《なじ》みがない。黙々と二本取りの二目落としで縫っていると、布に手の脂が吸い込まれ、指さきがかさついていく。満年齢で十七歳と若いわりに乾燥症なのだ。針も黒ずんでいて滑りが悪く、突き刺すのに力が必要で、指貫を嵌《は》めた右手の中指が痛む。こういうとき、実家の母や祖母は髪に手をやって鬢《びん》付け油を指や針に移していたが、冬子は東京に出てきてから桃割れをやめて束髪《そくはつ》にしたので、髪に油を使っていない。いまはイギリス結びにしている。長い三つ編みをくるくると後頭部に巻きつけて留針で固定した髪型だ。

日本髪をやめてから洗髪がらくになって頭皮のできものが消え、髪の崩れを気にせずに眠ることができ、油の重く甘ったるい香料につきまとわれることもなくなり、いいことずくめだと思っていたが、こんな弊害があったとは。冬子は針をはぎれでしごいて磨き、また着物の生地にぷつんと刺す。そのとき、女中部屋の襖《ふすま》が音を立てて横に引かれた。

「おい、使っていない布団はあるか？」

そう言った漣の顔を見上げる。華奢《きゃしゃ》な肉体に白い肌、浮世絵の美人画のような女性的な顔立ちに反し、強い口調だ。とはいえ怒っているわけではなく、これが漣のつねであることを知っていた。彼を見るたび、高等小学校時代の親友だった勝ち気な少女を思い出す。着物の裾をからげて近所の男の子と相撲を取っていたその親友も、先月親の知人の家に嫁入りしたらしい。

「客間の押入にお客さま用の布団が入っているので、ひと組持っていきますね。新しい玄関番さんがいらっしゃるんでしょう？」

「どうしてそれを？」漣は怪訝《けげん》そうに片眉を上げる。

「お話しされているのがここまで聞こえてきましたので」

「なるほど。……それと机が必要だな。座布団も」

「机でしたら先生が最近買い換えたので、古いほうを」

「先生の机？」漣の眼が鏡のようにきらりと光った。「それはいけない、私がもらおう。新入りには私がいま使っているもので充分だ」

漣は廊下に出て藤川を呼び、机をしまっている納戸へ向かった。冬子は客間の押入から布団と枕を下ろして抱え、玄関と土間続きになっている取次《とりつぎ》の間へぱたぱた足音を立てて運ぶ。「失礼いたします」と声をかけて取次の間に入った。この部屋はたったの二畳で、そこに一畳ほどの板の間がくっついているとはいえ、三人の男が寝起きするには窮屈きわまりない。

信心深い漣が運び入れたばかりの机に向かって手を合わせて眼を閉じ、なにごとか口内で唱えはじめた。冬子は隅に積み上げられている布団の上に運んできた布団を載せる。部屋を見まわした。昼間は住み込みの弟子たちが机を並べて原稿用紙や書物と格闘し、夜は机を壁に立てかけて布団を並べて眠る部屋を。隅には書物が積み重ねられ、屑入《くずい》れからは汚れた原稿用紙があふれ、どこからか水溜《みずた》まりで寝そべって濡れた犬のようなにおいがただよっている。

「どうだい、むさ苦しい住まいだろう。こんなところに長くいたら、冬ちゃんだって髭《ひげ》が生えてしまうぞ」

漣とは対照的なのんびりとした声音。藤川に話しかけられ、冬子は彼の顔を見上げた。面長の顔はどこか間延びしていて、弓なりの眼はつねに笑っているようだ。冬子の二歳上の十九歳。漣はさらに彼の四つ年上の二十三歳である。藤川はこの家でいちばん年が近いということもあって、よく冬子に話しかけてくれる。

冬子はあいまいに笑みを返したが、この部屋は自分の殺風景な女中部屋よりもはるかに魅力的に見えた。彼らと机を並べて原稿用紙に向かい筆を持つ自分を一瞬想像しかけて、やめた。

日の出とともに冬子は勝手口から外に出た。玉砂利《たまじやり》を下駄で踏み鳴らしながら水を汲《く》みに井戸へ向かう。普段の炊事は尾形家に長年いる老女中のきよがおもに担っているのだが、きよは朝に弱いため朝食は冬子の仕事だ。藤川のいびきが庭に出ても聞こえてくる。

夜半に降った雪が庭のあちこちに残り、陽光を浴びてきらきらと輝いていた。冷えた早朝の空気にはどこかやわらかさがある。すうっと音を立てて深呼吸をした。白湯《さゆ》を口に含んだときのように、からだの芯がほどけていく。きのうまでとは明らかに空気が違った。

「早くにごめんください」

ふいに門のあたりから男の声がした。

朝のひかりを背負っておぼろに霞《かす》む声の主を見ようと、冬子は寝ぼけた眼をこらす。型崩れした柳行李《やなぎごうり》を担いだ小柄な男が朝靄《あさもや》のなかに立っている。男の眼鏡のふちが光った。

「今日からここに置いてもらうことになっている、野尻権兵衛《のじりごんべえ》と申します」

野尻さん、と冬子はぼんやり名を繰り返す。前日の漣の話を思い出し、はっとわれに返って会釈をした。

「ようこそいらっしゃいました。先生はまだお目覚めになっていらっしゃいませんが、どうぞお上がりください」

「あなたは？」

そう訊ねられて面食らった。質素な木綿の着物に襷《たすき》をかけて、前掛けをしている自分はどこからどう見ても女中だろうに、「あなた」とは。「おい」とか「お前」とか「きみ」とか「冬ちゃん」とか、尾形家にいる人びとはそれぞれ違う呼びかたをするが、あなたと呼ぶ者はいなかった。

「私は……この家の女中でございます」

「そんなことはわかっていますよ。名前を訊《き》いているんです」

「冬子といいます」

「名字は？」

「宮島です。宮島冬子」

「その音の響き、愛知の東《ひがし》三河《みかわ》の出でしょう」

くちびるに微笑を浮かべて男は言った。東京で暮らして半年が経ち、すっかりお国訛《なま》りも消えたと自負していたのに。指摘されて頬が熱くなる。

「……はい、豊橋《とよはし》から出てきました」うつむいて答えた。

「やはりそうか。私は半田《はんだ》のあたりです」

そのとき、ふわりと風が起こった。そのにおい、肌触り。外に出た瞬間から感じていた違和感が、鮮やかに正体をあらわす。

――あ、春。

ふたりの呟《つぶや》きが重なった。一拍置いてから顔を見合わせ、同時に笑う。

尾形柳後雄はもちろん本名ではない。門の表札には尾形平太郎《へいたろう》と書かれている。柳後雄という名は、ヴィクトル・ユウゴオというフランスの小説家から拝借したらしい。

高等小学校に通う時分から、冬子は近所に住む書家に書道と漢籍を習い、地元の短歌結社に入って会報誌に短歌を発表していた。結社の主宰の家で歌会があった日、書棚に差し込まれた一冊の本がふと気になって手に取ったのが、運命の導きだった。

「尾形柳後雄といってね、最近流行している小説家だ。知っているかい?」

いつのまにか背後に立っていた主宰に訊ねられ、冬子は首を左右に振った。それまで小説というものをほとんど読んだことがなかった。

「気になるなら貸してあげよう。時代が変われば書かれるものも変わる。旧幕時代の戯作とも西洋の真似ごととも違う、独自のものがやがて花開くだろう。これから日本の文学は面白くなるぞ」

帰宅した冬子はさっそく本の頁《ページ》を開いた。風雅な文語体の文章に陶然としていると、そこに差し込まれる会話は話し言葉で、だれかの喋《しゃべ》ったことをそのまま書き写したようでどきりとするほどなまなましい。一行ごとに色合いが変わる文章に幻惑されているうちに、思いも寄らない結末に辿《たど》り着いた。目眩《めまい》を感じながら本を閉じ、部屋を見まわす。全力で走ったあとのように、胸が激しく鳴っている。部屋の空気も、窓から見える風景も、そして自分自身も、本を読む前とは違っているように思えた。架空の人間であるはずの登場人物の気配をいつまでも胸の内側に感じ、ふとしたときに、物語の結末のあとどうなったのか考えてしまう。

物語に描かれていたのは、男と女の複雑で哀切な情愛の世界だった。たぶん自分は一生素手で触れる日は来ないだろう。血が噴き出すような激しい愛憎は、かたい家の娘である私には無縁のこと。遠くない将来、親のお墨付きを得た男と見合いで夫婦となり、子を産み、育てる。あらかじめそう決まっている。味わうことのない果実とわかっているからこそ、冬子はちゅうちゅうとはしたなく口のまわりを汚して果肉を貪《むさぼ》るように、文章に耽溺《たんでき》した。

尾形柳後雄の小説を立て続けに読んだあとに、ほかの現代の小説家の作品も読んでみたが、柳後雄が紡ぐ小説のめくるめくうつくしさと残酷さに及ぶものはなかった。それまで情熱を込めて取り組んでいた漢詩や短歌がとたんに色褪《いろあ》せて見えた。五言絶句やら七言律詩やら五七五七七やらの形式に押し込められずに、自由に伸びやかに文字を綴ってみたい。いつか尾形柳後雄の作品のように色鮮やかな小説を書いてみたい。願わくは尾形柳後雄に弟子入りして彼のもとで学びたい。

短歌結社の仲間に尾形柳後雄と面識のある者がいて、彼に言づけを頼んだところ、女の弟子は取っていないという返事が返ってきた。その代わりと言ってはなんだが、ちょうど女中が辞めて困っているらしい、という話を聞かされた。

大それた夢を抱いていることが気恥ずかしく、それに話したところで一時の気の迷いだとあしらわれるだけだとわかりきっていたので、それまで冬子は親にまったく相談していなかった。ひとり娘が漢詩や短歌に親しむことを「武家の娘にふさわしい教養を身につけるように」と歓迎していた父だが、女中となると話はべつである。

「東京で女中奉公をするだと？　三河吉田《みかわよしだ》藩士の娘が東京の田舎者の世話をするわけにゃいかん。宮島家の恥さらしだ」

士族とはいっても、御維新が起こる瀬戸際のころに株をお金で買っただけで、代々続いた由緒正しい武家とは違うじゃありませんか。冬子はそう反論したかったが、火に油を注ぐだけなのでぐっとこらえた。遊郭では食いつめた士族の娘が木連れ格子の向こうにずらりと並んでいると聞く。宮島家は土地や建物をいくつか受け継いでおり、父にはそれらを運用して家族を養う才覚があったが、慣れない商売に手を出して失敗した士族の話はちまたにあふれている。過去の身分にすがって生きていける時代ではない。武家の矜持《きょうじ》なんて生きるのに邪魔なだけだ。

柳後雄と帝大の国文科で同級だったという人物が身近に見つかり、彼に説得をしてもらうと、権威に弱い父はようやく軟化した。満年齢ではたちになるまで、という期限付きでしぶしぶ東京へ出してもらえることになった。家のことは母と祖母にまかせきりで米を研ぐことすらしてこなかった娘に女中など勤まるわけがない、どうせすぐに帰ってくるだろう、という読みがあったのかもしれない。はたちになって帰郷する日までには婿を見つけておくから、戻ったらすぐに結婚すること。それが父の出した条件だった。家付きのひとり娘である冬子には、婿を取ってこの家を存続させる役目がある。

柳後雄の家に住まい、日々の雑用に追われているうちに半年が過ぎた。仕事の合間に小説をしたため、機会を見て先生に添削していただこうと計画して上京したのに、まだ結末まで書き切ったものはひとつもなく、内容も日記に毛の生えたようなものだ。陽が暮れるたび今夜こそ書かなければと焦るのだが、たいてい昼間の仕事で疲れ果てて寝てしまう。そもそも小説とはどうやって書くものなのか、冬子にはまったくわからなかった。珍しくすらすらと書けていても、これはほんとうに小説なんだろうかと考えると筆が止まって一字も進まなくなり、逃げるように違う内容のものをいちから書きはじめる、ということを繰り返していた。敬愛する柳後雄の家で暮らせば書けるだろうと楽観していた過去の自分の浅はかさが恥ずかしくなる。このままではあっというまに、なにも成せずに約束の三年が経ってしまう。

縁側の床を雑巾がけする手を止め嘆息していると、藤川に話しかけられた。

「冬ちゃん見たかい？　野尻の左肩を」

「肩？」

「女の顔の刺青《いれずみ》が入っているんだ」

「まあ、刺青が……」

冬子はそれまで刺青の入った男などかかわったことがなかった。刺青なんて荒くれものの証《あかし》。いまや外国人から向けられる奇異の目を意識したお上《かみ》によって禁じられている。青ざめた冬子の緊張をほぐすように、藤川が笑顔をつくった。

「いや、博徒やらなんやらではないよ。ここに来る前、放浪生活を送っていた時代があって、そのときに度胸試しで入れたらしい」

「下手な墨だ。あんなものを肌に彫られて、私だったら腕を切り落とすだろう」

いつのまにか縁側に出ていた漣がそう言ってふんと鼻を鳴らした。

「まあ、あいつが小男でよかったよ。刺青が入っていて大男だったらこっちが萎縮してしまう」

「小柄ではあるが、私たちとは違ってそれなりに逞《たくま》しいじゃないか。このあたりの坂で鍛えている車夫には劣るが」

「それにしても野尻がおきよさんに挨拶《あいさつ》したときは傑作だったなあ。おきよさん、眼を白黒させてさ」藤川がくつくつと思い出し笑いをする。

あの日、野尻は冬子にしたのと同様に、遅く起きてきた老女中のきよにも「あなた」と呼び、うやうやしく名乗ったのだ。

「ていねいを通り越して無礼とは言えないかい、あれは」

「無礼かどうかはさておいて、書生らしからぬ世慣れた雰囲気がある」

「とにかくいままでの柳後雄先生の弟子とは肌合いの違う男だよ」

「酒も女も存分に知っているようだな、君とは違って」

「こら、冬ちゃんの前だぞ」

顔を赤くした藤川があわてて漣の羽織の袖を引っ張る。そこへ外出から帰ってきた野尻が庭からすがたを見せた。

「みなさんお揃《そろ》いでひとの噂《うわさ》ですか」

「きみの慇懃《いんぎん》と無礼について話していたんだ」

「家が商売をやっていましてね、門前の小僧じゃないが、骨の髄まで客あしらいが身についているんです」

ほがらかにそう言った野尻の顔を見上げると、彼の後ろの木に咲いた桃色が眼に飛び込んできた。

「あら、もう桜が！」冬子は立ち上がってはしゃいだ声を上げる。

「桜？」

「ほらあそこに」

「ああ、あれは梅だよ。まだ二月だ、桜には早い」と藤川に正された。

「桜と梅の見分けがつかない女がいるとはな」

漣の声のつめたさに冬子は背を縮める。その背にさりげなく手が置かれた。野尻の手だ。ぽっと背が熱を持つ。

「女だからって花に興味がなきゃいけないっていう道理はないね。おれたちだって、小説なんていういくら読んでも腹の膨らまないものに取り憑かれているじゃないですか。同じ男であっても、うちの親父から見たら酔狂どころか愚行にしか見えないらしい。現においれは理解してもらえず廃嫡されてしまった」

「小説が原因で？」

「いや、厳密には放浪生活で愛想を尽かされてというのが正しいな」

「野尻、きみはいまいくつだ？」漣が口から煙管《キセル》を離し、眼を細めて野尻を見た。

「二十一です」

「すると藤川の二個上で私の二個下か。ちょうどふたつずつ年が離れている三兄弟みたいなものだな」

ここにいる私もちょうど藤川さんの二個下です、三兄弟ではなく四兄妹と言えないでしょうか。冬子は胸のうちでそう問うてみる。くちびるをぎゅっと閉じて彼らの顔を見ていると野尻と眼が合った。

「冬子さん、ちょっとおいで」と呼ばれる。なんだろうと訝《いぶか》しく思いながら、沓脱《くつぬ》ぎ石に置いてある下駄を履いて庭に出た。

「椿《つばき》と山茶花《さざんか》の違いは知っていますか?」

野尻はつやつやとした葉の木を指した。赤い花がいくつも咲いている。

冬子は首を左右に振る。

「木についている花や葉よりも地面を見たほうがわかりやすい。花びらがばらばらに散るのが山茶花、首ごと落ちるのが椿だ」

「首ごと落ちる……」

恐ろしげな言葉に背すじがぞくりと震えた。そういえば祖母が言っていた。椿は首ごと落ちるから不吉だと。だから武士の家には植えてはいけないと。

「つまりこれは椿だな」

野尻は落ちたばかりとおぼしき鮮やかな赤い花を拾い上げた。黄色い花芯は花粉をいっぱいにつけて乱れている。花についた土を払い、冬子のイギリス結びの髪に挿した。眼鏡の奥の眼はまっすぐに冬子を見つめている。ぽってりと咲く可憐《かれん》な花と、首が落ちるという血なまぐささ。目の前のやさしい男と、肩に入っているという女の顔の刺青。冬子の薄っぺらな胸はよくわからない感情でいっぱいになって、ただうつむいて地面に散らばる花を見る。熱を持って赤くなっているであろう耳とうなじが彼から見えていることが恥ずかしかった。

柳後雄は読み終えた古雑誌を二階にある書斎の前の廊下に積み上げている。処分すべきそれを冬子はこっそり女中部屋に持ち帰り、布団のなかで読んでいた。ところどころ切り抜かれているし、最新の号ではないのが残念ではあるものの、この家にいれば読むものには不自由しないのが至福だった。

雑誌の頁をめくりながらとろとろと眠りに落ちるのがつねだったが、この夜は違った。偶然開いた頁に載っていた短い小説を読み終えたときには、眠気など吹き飛んでいた。

——なんてすごい小説なのだろう。冬子は雑誌から顔を上げて、震える息を吐いた。揺れ動く感情の機微がていねいにすくい上げられていて、しかもそれが冬子と同じ年ごろの娘のすがただったのだから、かつてないほど身近に主人公の存在を感じた。たおやかだが凛とした力強さを持つ、こんな小説が自分に書けたら、もう死んでしまってもいいのではないか。

桶谷和葉《おけたにかずは》、というはじめて知る名前の書き手は女性のようだった。いったいどんなひとなのだろう。この広いようで狭い東京のどこかで暮らしているらしい和葉に想いを馳《は》せる。会って話をしてみたいし、ぜったいに会いたくない。相反するふたつの気持ちが冬子のなかに渦巻いた。嫉妬《しっと》できる立場ではないことぐらいわかっているけれど、胸をかき乱す感情は否定できない。女であってもこうやって世に出られるのは希望であると同時に、自分には力量も機会もないと失望させられた。

寝ようと眼を閉じたが、いくら寝返りを打っても眠気はおとずれなかった。目蓋《まぶた》が熱くなり、涙がひとつぶ流れる。

――さきを越されてしまった。

焦燥が指のさきまで充満して震えが走り、嚙《か》みしめた奥歯がぎりりと鳴る。まだ一作も書き上げたことのない自分なんて、張りあう資格すらないのに。

寝るのを諦めて布団を出た。となりの布団で寝息を立てているきよを起こさないよう、足音を忍ばせて部屋をあとにする。台所を通り、勝手口から外へ出た。寝間着の衿《えり》をかき合わせ、またたく星を見上げる。夜の澄んだ空気が頭のなかにこもった熱を冷ましていく。手水鉢《ちょうずばち》の水を両手ですくい、ぴしゃっと顔にかけた。

――とりあえず、いま書いている高等小学校の思い出話を、最後まで書き上げよう。

小説になっているかどうかは完成してから判断すればいい。そう決意して、鼻を啜《すす》る。

後架《こうか》に寄って用を足してから台所に入ろうとすると、さっき通ったときはだれもいなかったそこにひとの気配を感じた。少し前に近所で泥棒騒ぎがあったことを思い出し、一瞬身をかたくしたが、洋燈《ランプ》の明かりにぼうっと照らされている丸髷《まるまげ》を見て力を抜いた。

「奥さま」

冬子は柳後雄の妻である由喜《ゆき》に声をかける。

由喜の手には湯呑みがあった。はっと顔を向けた由喜が手で湯呑みの中身を覆う前に、なかに透明な液体が入っているのが見えた。水かと思ったが、由喜の目もとがとろんと赤らんでいるのを見て、違うとわかった。

「……呆《あき》れたでしょう。女がお酒を呑《の》むなんて」

諦めたように言ったその顔は能面のようで、いつものにこやかな面持ちとは別人のようだった。

「いえ……うちの祖母もよく呑んでおりましたから」

「おばあさま？　年老いた女が呑むのはまた違うでしょう」

祖母の狭い部屋にただよう甘いような香りを思い出す。火鉢で燗《かん》をした酒を、眼を瞑《つぶ》ってありがたそうに啜る、しわだらけの横顔。「ああ、うまいわ」感に堪えずつい出た、という声。あまりにもおいしそうに呑むものだから「冬子にもひと口ちょうだい」と幼い冬子がねだると、「大人になって、結婚して子生んで育てて家守って、それからうんと年取ったら、呑んでもいいがね」と言われたことをよく憶《おぼ》えている。成長してからは、酒を呑む祖母の幸福そうな顔を見るたび、たまらない気持ちにさせられた。長く生きて務めを果たして、その褒美が独りで酒を呑む時間だと思うと、やりきれなかった。

「もう寝るわ。お前も早く寝なさい」

「はい、奥さま。おやすみなさいませ」

由喜は空になった湯呑みを流しに置き、台所を出て行った。冬子はその後ろすがたを見つめる。新しい時代になって三十年近く経つのにかたくなに日本髪をやめようとしない由喜の、きっちりとひとすじの乱れもなく結い上げられた丸髷を。とはいえ、清国との争いを機に復古の風潮が起こり、ここのところ束髪への風当たりは強くなっていた。冬子も知らない男にすれ違いざま「若い娘が西洋にかぶれて」と憎々しげに吐き捨てられたことがある。せっかく開け放たれた窓が閉じられるような、時代が逆戻りしてしまう息苦しさを感じていた。

板の間に腰を下ろし、由喜の置いた湯呑みを見つめてため息を吐《つ》く。良妻賢母の鑑《かがみ》のような由喜のべつの顔を見てしまったことを、うまく消化できなかった。

私も結婚したら家庭を守りながら台所でこっそり酒を啜る女になるのだろうか。そしていつか老婆になり、祖母のように酒を人生の慰めとする日が来るのだろうか。どう足掻《あが》いても、終着駅はそこにしかないのか。将来を想うと、さきほどの決意もしぼんでいく気がした。

急に気温が上がったせいか、きよが手入れをさぼりがちなせいか、糠床《ぬかどこ》が消毒薬に似た異臭を放つようになり、新しく仕込まなければいけなくなった。

「おい、廊下にあった雑誌を知らないか」

台所できよを手伝って米糠に塩や昆布を足していると、珍しく柳後雄が顔を覗《のぞ》かせた。

「もう捨ててしまいましたよ」きよが糠をかき混ぜる手を止めずにすげなく答える。冬子は動揺を隠し、大豆を摑《つか》んで樽《たる》に入れた。

「切り抜いて手もとに置いておきたい小説があったんだがな。しかたがない、本になるのを期待するか」

「いったいどの小説ですか」

声を聞きつけて野尻も顔を出した。

「樋谷和葉女史の短編だよ」

どきんと心臓が跳ねた。あの雑誌は女中部屋の冬子の長持のなかにある。

「なるほど、樋谷和葉ですか」

「お前、いま『文學時代』で連載している『かざぐるま』は読んでいるか？」

「いえ、まだ読んでいません」

「女の書くものだからと侮《あなど》っちゃいけない。まだ途中ではあるが、間違いなく傑作になるだろう」

「べつに侮っちゃいませんよ。生活に関しては女のほうが玄人《くろうと》だ。私なんて糠床の材料すら知りません。人間の営みを活写すること、それが小説の肝なのだから女に書けないって道理はないんじゃありませんか」

「うむ、そりゃそうだな」

いつのまにか冬子の作業の手が止まっていた。耳をそばだて、ふたりの顔を食い入るように見つめる。野尻がその視線に気付いた。

「冬子さん、どうかしたかい？」

怪訝そうに訊ねられて、いえ、なんでもありません、と首を振る。柳後雄も口髭を指でしごきながら冬子を見やって、少し考えるような顔をした。柳後雄は内弟子で最年長である漣と七つか八つしか変わらないのに、はるかに立派で大人に思える。この家にやってきてから、柳後雄にこんなにしっかりと見つめられたのははじめてかもしれない。心臓が激しく高鳴った。そもそも私の名前を知っているのだろうか。敬愛する先生の眼差しにどぎまぎしていると、柳後雄は視線を外し、野尻の肩に手をやって台所から出て行った。

捨て漬け用の野菜屑を埋めて、糠床の仕込みが終わった。午前中に洗い張りをして縁側に干しておいた着物のようすを見るため外に出る。玄関のほうから話し声が聞こえてきた。

「おれたちに共通しているのは、田舎の出であること、大学に行っていないことだ」野尻が演説をぶっているようだ。

「どれも不利なことばかりじゃないか。江戸っ子で帝大中退の先生の弟子がこれでは情けない」と藤川の声。

「なあに、温室で育てられたご大層な西洋の名がついた花よりも、雑草のほうが強いんです。柳後雄門下の名を文壇に轟《とどろ》かせよう」

「雑草はいいが、野尻、まずきみは正しい語法や仮名遣いを習得しないと。中学を途中で辞めたとはいえ、いまのままではものにならない。柳後雄先生はそこのところは厳しいぞ。一にも二にも文章の錬磨《れんま》、それが先生のご信条だ」漣が年長者らしくその場を引き締める。

冬子は縁側にまわり、板に張っている木綿の布地に触れた。反物に戻して水洗いして糊付《のりづ》けを施した着物はぱりっと乾いている。陽射しが心地良いので、部屋へ運ばずにここで仕事をしようと決めた。張り板から布を外していく。

「そういやきのう玄関で応対した編輯者《へんしゅうしゃ》が言っていたが、柳後雄先生、執筆にご苦労されているらしい」

「雑誌の連載も二号続けて休載されているじゃないか」

「なあに、柳後雄先生のご不調はいまにはじまったことじゃない。前の女中が辞めてから続いているんだ」深刻そうな声音で話す野尻と藤川に対し、漣がせせら笑う口調で言った。

「前の女中？　花《はな》ちゃんになんの関係が？」

「……藤川、鈍いお前は気付いていなかったか」

もっと話をよく聞きたくて、玄関のほうににじり寄ったそのとき、「お冬！」と由喜の声が響き、冬子はびくんと飛び跳ねた。

「どこにいるの？　髪結《かみゆい》さんがいらっしゃったから、お前も結ってもらいなさい」

「奥さま、ただいま参ります」

洗い張りの着物はそのままに声のほうへ急ぐ。

いつもと同じ丸髷に結われた由喜のつぎに、冬子は髪結の勧めでいつもとは違う束髪に結ってもらった。髪を三つに分けて編むのはイギリス結びと同じだが、それを後頭部に巻きつけるのではなく、垂らしたまま折り曲げてリボンで結わえられている。新しい髪型が新鮮で嬉しくて何度も手鏡を覗き込んでしまう。

「おや、髪結が来たのか」

ようやく手鏡をしまって廊下に出ると、野尻に話しかけられた。

「マガレイトというそうです、この束髪」髪に手をやって答える。

「この束ねた糸のような部分が曲がっているから、曲がれ糸なのか」

折り込んだ三つ編みに野尻の手が触れた。そこに漣と藤川も通りかかる。

「いや、花の名前にマガレイトというのがある。そこから来ているんじゃないか」漣が腕を組み、考えながら言う。

「女の名前かもしれないぞ。『Little Women』というアメリカの小説があってね、四姉妹が出てくるんだが、その長女がマガレイトというんだ。もっとも僕は英語が駄目だから読んじゃいないが」と藤川。

「それにしてもあなたの顔立ちなら桃割れも島田も似合うだろうな」野尻にまじまじと顔を観察され、冬子の頰は熱くなった。

「厭《いや》だわ日本髪なんて。束髪に慣れたらもう、油にまみれた日本髪には戻れません。痒《かゆ》くなるんですもの」

「そういうものかね」

「野尻さんだって、似合うから月代《さかやき》を剃れって言われたらお厭でしょう?」

「はは、違いない」

桃割れも島田も似合うだろうと言われても、素直には喜べなかった。祖母はことあるごとに「冬子はべっぴんだ」と言ってくれるが、天保《てんぽう》生まれでいまだにお歯黒をやめない祖母が言うところの「美人」なのだと思うと複雑である。なにせいまは明治、怒濤《どとう》のような西洋化の波とそれにあらがう復古主義に日本全体が揉まれている最中なのだ。美人の基準だって江戸のころとは様変わりしつつある。

「しかし日本女性の美は日本髪にこそ宿ると私は思うんだがな。鬢付け油で黒々と艶めく髷、それを引き立てる鮮やかな鹿の子《かこ》の手絡《てがら》、鬢《びん》や前髪が描くなまめかしい曲線、揺れる花簪《はなかんざし》。日本髪の美と粋が時代によって失われるとしたら惜しい。どれほど西洋化が進んでも、私は洋装なんぞするものか」と漣は不満げだ。

翌日の昼下がり、洗濯ものを干していると、外出から戻った野尻が紙で包んだものを手渡してきた。

「これは？」

「開けてごらん」

包みを開くとパンが出てきた。まだほんのりとあたたかい。香ばしいにおいに鼻腔をくすぐられ、頰がゆるむ。

「今日は銀座に用があって行ってきたんだが、木村《きむら》屋であなたの頭にそっくりなパンを見つけてね。その名も束髪パンというらしい」

「まあ、束髪パン……。こんなに手の込んだパンがあるなんて」

干し葡萄《ぶどう》を練り込んだ生地を三つ編みにして焼き上げたパンは、確かに冬子の髪と似ている。

「さっさと食べて証拠を隠滅してくれ。おきよさんに『どうして私には買ってこないんだ』と騒がれたらやっかいだ。先生の子どもたちも食べたがって騒ぐだろう」

冬子はあわてて包みごとパンを袂《たもと》に隠した。袖にかかるわずかな重みが、伝わってくるかすかなぬくもりが、こそばゆくてたまらなかった。


漣が雑誌に発表した小説が評論家の賛辞を浴びた。その翌月に発表した小説は堂々と巻頭を飾り、前作以上の評価を得て、一躍新進の若手として文壇で注目されるようになった。冬子も雑誌を購入し、それらの小説を読んだ。あの毎日顔を合わせている漣さんの頭のなかにはこんな世界が、と驚きながら、ぞくりとするほどうつくしく残酷で凄《すご》みのある小説に夢中になった。

なによりも冬子の気持ちを揺り動かしたのは、柳後雄の影響がありありと窺《うかが》えたことだ。幽玄で格調高い地の文と俗的でなまなましい会話の鮮やかな対比や、段落ごとに視点ががらりと変わる芝居のような構造、狂気と紙一重の恋慕により引き起こされる悲劇。話の筋こそ違うが、冬子が最初に読んだ柳後雄の作品と魂の部分でかたく結びついていた。

――漣さんも私と同じ小説を読んで弟子を志したんだ。私たちは遠く離れた場所で同じものを読んで胸を震わせ、まだ見ぬ柳後雄先生に想いを馳せ、自分の将来を託そうと決意したんだ。

三人の内弟子のなかで最もとっつきづらいと感じていた漣が、急に身近に思えた。彼と語らいたかった。柳後雄作品の素晴らしさについて、はじめて読んだときの世界が変わるような体験について。だが、突然女中にそんな話をされても面食らうだけだろう。漣に話しかけることはしなかったが、その日から、寝る時間を削って柳後雄の初期の小説を原稿用紙に書き写した。文章の息遣いを追いながら、同じものを読んできたであろう三人の弟子たちとも通じあうような心地がした。

残りの内弟子ふたりも漣の活躍に発奮したようだった。ある日、冬子が女中部屋にこもって自分の袷《あわせ》の着物を夏向けの単衣《ひとえ》に仕立て直していると、襖の向こうから「冬子さん、入っていいかい?」と声をかけられた。野尻の声だ。どうぞ、と答えると襖が開けられて、上気した顔の野尻が入ってきた。

「聞いてくれ、新たな筆名を決めたよ。くきしゅんめいだ」

「くき? 植物の茎ですか」

「いや、違う」

野尻は筆書きした紙を懐《ふところ》から取り出して見せた。——九鬼春明。あまり巧くはないが勢いのある筆致で書かれた文字を見て、ぞくりと厭な寒気が背すじを走る。

「鬼だなんて……野尻さんに似合いません」

「だったら似合う男になるまでだ。胸中に九つの鬼を飼う、修羅のような小説家におれはなる」

「なにもそんなに恐ろしい名前をつけなくても。野尻権兵衛、充分に素敵な名前じゃありませんか」

そもそも、柳後雄も漣も藤川も、名字は生まれ持ったものをそのまま名乗り、下の名前だけを変えている。筆名のつけかたなんてまったく知らないけれど、野尻ひとりだけこんな大仰《おおぎよう》な名前を使うのはおかしくないのだろうか。

「野尻も権兵衛も気に入らない。野の尻とはなんだ。いまにも野糞を垂れそうじゃないか。権兵衛は百姓の名前と相場が決まっている。野尻権兵衛なんて名前の男が書いた小説、だれが読みたい？」

「私は読みとうございます」

「そんな世辞はいらないよ。九鬼春明、これからはこの名で生きていく。この名で世間と対峙する」

「野尻さん……」

「いいか、もう二度とおれをその名で呼ばないでおくれ」

その晩、冬子は夢を見た。野尻が巨大な青鬼に頭から呑み込まれる夢だ。鬼のぬらぬらと光る青い肌の下には赤い血管が幾筋も透けていて、それがびくびくと痙攣《けいれん》するように激しく脈打っている。大きな双眸《そうぼう》はどろりと濁り、ひしゃげたくちびるから覗く歯は黄色く尖っていた。嗤《わら》っているのか、怒っているのか、泣いているのか。表情は冬子の知っているいかなるものとも違っていた。筋骨隆々とした腕で無抵抗の野尻を掴んだ鬼は、彼を頭からばりばりと音を立てて咀嚼《そしゃく》し嚥下《えんげ》した。そして激しく身震いすると、浮き上がっていた血管はつるりと消えて、晴れやかな笑みを浮かべた野尻の顔になった。それを物陰で息を殺してただ目撃することしかできなかった。

つめたい汗を全身にかいて飛び起きると、外はまだ仄暗《ほのぐら》かった。布団から上体を起こしたまま、胸を押さえて荒い呼吸を整えた。

漣の身内に不幸があり、しばらく郷里の金沢に帰ることになったので、送別会が開かれた。内弟子以外の門下生や編輯者なども尾形家に集まり、賑《にぎ》やかに宴《うたげ》は催された。冬子と由喜ときよの女三人は料理や酒を運ぶため、客間と台所を息つく間もなく往復した。

神経質で衛生観念に独自のこだわりのある漣の頼みで、ぐらぐらに燗して風味も酒分も飛んだ徳利を冬子が布巾で包んで持っていくと、柳後雄の弟子の田村叢生《たむらそうせい》という四角い顔をした男が庭に出て柳の枝を一本手折《たお》っているところだった。

「客舎青青《かくしゃせいせい》、柳色《りゅうしょく》新たなり」

山から下りてきた熊のような田村は朗々とした声で吟じ、もったいぶった動作で柳の枝を漣に渡した。

「君に勧むさらに尽くせ一杯の酒。王維《おうい》ですね」

冬子は知っている詩句につい嬉しくなって、続きを言いながら漣の前に徳利を置く。

そのとたん、騒々しかった客間が静まりかえった。全員の視線が冬子に集中する。出しゃばった真似をしてしまった、と後悔が押し寄せて、全身が発火しそうなほど熱くなる。

「……ほう。お前、漢詩の心得があるのか」

柳後雄がやや厚ぼったい目蓋を上げ、不思議な色気のある切れ長の瞳で冬子を見つめた。

「郷里にいたころ、地元の先生に教わっておりましたので」

消え入りそうな声で答え、空になった徳利と皿をかき集めて足早に台所へ下がった。

宴の開始から三時間ほど経過すると、ようやく酒や料理を求めて女衆を呼ぶ声も収まった。

「朝から立ちっぱなしだったでしょう。片付けの時間までしばらく休んでなさい」と由喜に言われ、冬子は台所の板の間に腰を下ろした。手ぬぐいで額の汗を拭き、茶を啜る。ふう、と息を吐いたそのとき、客間から食器が割れる大きな音が聞こえた。なにごとかと覗きに行くと、野尻が膳をひっくり返して暴れている。猪口《ちょこ》の破片が散らばり、甘鯛の照り焼きの食べ残しが畳にしみをつくっていた。顔を上げると、障子がびりびりに破けているのが眼に入る。

「なにがあったのですか」

被害が及ばぬよう遠巻きに見ている藤川に小声で訊ねた。

「なにって、これがなにも起こっていないんだ。なごやかに文学談義をしていたら、酔った野尻が急に暴れ出しただけで」

「これほどまでに酒癖が悪かったとは。猫が大虎になってしまった」と漣が冷ややかな眼差しを野尻に向けている。野尻は初対面であるはずの田村に絡んでいた。押さえ込むように田村の肩を抱き、耳もとでなにごとか喚《わめ》いている。

「もともと猫というたちでもないけどな」と藤川。

「犬か、狸《たぬき》か、それとも鼠《ねずみ》か？　野尻は」

「おい、野尻じゃない。九鬼春明だ。野尻と呼ぶと怒られるぞ」

「そうだった。九鬼春明、なんだってそんな面妖《めんよう》な名前をつけたのだろうな」そう言って漣はくつくつと笑う。

冬子は野尻——いや、九鬼春明の顔を見た。顔色こそ赤いが、先日夢で見た青鬼にそっくりな形相をしている。嗤っているのか、怒っているのか、泣いているのか。いつも眼が合うたびに口角にきゅっと微笑をつくる彼の顔とはまるで別人だ。

ようやく田村を解放した彼は、よたよたと二、三歩歩き、ふと立ち止まってあたりを見まわした。つぎはなにをしでかすのかと部屋じゅうの者が息をのんで見守っていると、眼を瞑り、ひっくり返った。

しんと静かになった部屋に柳後雄の大きなため息が響く。ややあって、地鳴りのようないびきが聞こえてきた。

九鬼さん、と呼ぶと恐ろしい字面が浮かんでしまうので、冬子は春明さんと呼ぶことにした。明るい春。それは彼とはじめて会った早朝の風景を思い出させてくれる。つめたい空気に混じるかすかだけど確かな春の香り、溶けかかった雪の輝き、逆光の陽射しを背負って立つ男の輪郭、予感に弾む胸——。

宴会の明くる朝、自分の醜態について聞かされた春明はひどく羞《は》じ入り、師匠に迷惑をかけたことを悔いていた。午前中は具合が悪そうにしていたものの、午後になると机に向かい、猛然と筆を動かしはじめた。以来、来る日も来る日も取次の間にある自分の机にかじりつき、ろくに食事も摂らずに執筆している。

さすがにからだに悪いだろうからと夜に茶漬けを持っていくと、ありがとう、と原稿用紙から顔を上げずに礼を言われた。書燈に照らされた真剣な横顔をそっと眺める。下向きに生えた睫毛《まつげ》が繊細な影を目もとに落としている。薄いくちびるの隙間から、かたく噛みしめた歯が覗いていた。

「先生の顔に塗った泥を落とすには、名声を上から塗りたくるしかない。柳後雄門下に九鬼春明あり、と言われるよう精進しなければ」春明は自分に言い聞かせるように呟く。あるいは漣が留守のうちに彼に追いつこうと考えているのかもしれない、と冬子は想像した。兄弟子の活躍に内心穏やかではないだろう。

いっぽう冬子はというと、柳後雄に倣い、近所の相馬《そうま》屋で背伸びして買い求めた西洋紙の原稿用紙に新しく書きはじめた小説は出だしの数行で止まってしまい、その後の展開はなにも思いつかない。完結させるつもりだった高等小学校時代の思い出話――親友とのある冒険の一日を描いている――は読み返してみるとまるで子どもの作文で、すっかり続きを書く気を失ってしまった。頓挫《とんざ》した原稿用紙ばかりが柳行李のなかに留まっていく。書いても書いても、いっこうに思い描くかたちにはならない。春明か藤川に見せて意見を仰ぐことも考えたが、言い出す勇気がなかった。小説に人生を賭《と》している彼らに対し、自分なんかが……という引け目があった。互いに作品を見せあって口論している彼らが羨《うらや》ましい。さらに敬愛する師からの助言ももらえるなんて。

あの夜の焼けつくような焦燥を取り戻さなければ。爪を嚙みながら二階へ上がる。柳後雄の部屋の前の廊下に積み上げられている雑誌。そのなかから女の書き手の名前が載っているものをさがしていると、音を立てて正面の襖が引かれた。

「出やがったな、この雑誌泥棒め」

自分を見下ろしている柳後雄の双眸と眼が合う。一気に血の気が引いた。

「申し訳ございません!」

雑誌から手を離し、床に頭をこすりつけた。羞恥《しゅうち》と後悔で涙が滲《にじ》む。今日限りで暇を出されて、郷里に戻ることになるだろう。あとは嫁入りを待つ無味乾燥な毎日がひたすら続くだけ。

「いや、怒っているわけじゃあない」

柳後雄は冬子の肩に手を置き、顔を上げさせる。

「以前からここの雑誌が歯抜けになっていることには気付いていたさ。お前の足音と紙をめくる音にも」

気付かれているとは夢にも思わずに、いそいそと盗み続けていた自分の間抜けさに顔が熱くなる。柳後雄の顔をまともに見られなかった。

「先日の漣の送別会で漢詩の話をしていたな。ほら、王維の柳の。お前、文学に関心があるのか？」

「……はい」こくこくと頷《うなず》きながら消え入りそうな声で答えた。

そもそも冬子が尾形家の女中になったのは、女の弟子を取っているかどうか知人を通じて訊ねたのがきっかけだったのだが、柳後雄は忘れているか、あるいは話が正しく伝わっていなかったのかもしれない。

「ここにあるのは古い号で、おまけに私が切り取ったり茶をこぼしたり鼻をかんだり尻を拭いたりしている」

「鼻を……？」

「いや、後半は冗談だ。新しい号が読みたいのなら自由に読めるようにしてやろう。部屋に入って好きに持っていきなさい」

願ってもみない申し出だった。弟子や妻子すら入れない書斎に出入りできるなんて。

「ありがとうございますっ！」冬子はまた床に頭をこすりつけた。

「その代わり条件がある」

「なんでしょうか」

「私の執筆を手伝ってくれないか」

「なんでもお手伝いいたします！　お原稿の整理でしょうか？　清書でしょうか？」

自分の声が弾んでいるのがわかった。頬の肉が自然と持ち上がる。

「いや、そういうことではないのだ。……なかに入って話をしよう」

柳後雄は周囲を窺いながら冬子を室内に入れた。ぴしゃりと鋭い音を立てて背後の襖が閉められる。はじめて入る書斎は書棚に収まりきらない本が床のいたるところに積み上げられ、判別不明なほどに朱が入った原稿が散らばっていて、足の踏み場がなかった。冬子は本や原稿用紙や走り書きの紙を踏まないよう気をつけて歩きながら、部屋に充満している墨と本の香りを吸い込んだ。あのうつくしい小説群がこの混沌とした部屋から――。不思議な感動が胸にこみ上げた。机にはまだ墨がくろぐろと濡れている原稿が広げられている。まだ世に出ていない、たったいまこの世に生み落とされたばかりの柳後雄の文章。息を詰めて原稿に近づいた冬子の肩を柳後雄が抱く。

「弟子には頼めない、お前にしかできないことだ」

ひそめた声が鼓膜を震わせる。吐息まじりの低い声が囁《ささや》く甘美な言葉に、脳がとろりと揺れる。

柳後雄は座布団に腰を下ろした。「お前はそこに」と机を挟んだ向こうを指す。冬子はおずおずと畳に正座した。

「精神と肉体は分かちがたく結びついている。筆に息吹を与え、原稿用紙にまじないをかけ、小説を飛翔させるには、肉体の活力が不可欠だ。単なる文字の羅列に命を吹き込むには、肉体を供物《くもつ》にしなければ」

柳後雄が女中の自分にこんな話をしてくれる機会など、二度とおとずれないかもしれない。耳に意識を集中し、なんとか咀嚼して理解しようと頭を働かせる。

「つまり……よい小説を書くには、牛鍋などを食べて英気を養うことが必要だとおっしゃりたいのでしょうか?」

「確かに牛鍋も悪くはないがね」

柳後雄が愉快そうに歯を見せて笑ったことに、冬子はほっとした。

「しかしお前、鍋を食べながら書くわけにゃいかないだろう。原稿用紙が汁で汚れちまうし、腹がくちくなると脳に血が行かなくなる。それに牛鍋には酒がつきものじゃないか。酔ったら元も子もない。私が編み出したのは違う方法だ。いまから教えるから机の下に潜ってくれ」

話の行くさきがわからないまま、這いつくばって低い文机《ふづくえ》の下に潜った。胡座《あぐら》をかいた柳後雄の臑毛《すねげ》が生えた脚が目前にある。乱れた紺鼠《こんねず》の紬《つむぎ》の着物から褌《ふんどし》が覗いていて眼を逸らした。

「さあ、褌に手を入れてそのなかのものを握っておくれ」

驚いた拍子に机の天板に頭をしたたか打ちつけた。後頭部を押さえてうずくまる。眼の奥で閃光《せんこう》がちかちかと炸裂している。

「ずいぶん大きな音がしたな。瘤《こぶ》になっていないか?」

快活な笑い声とともに柳後雄の手が冬子の頭に伸びる。子どもをあやすようにやさしく撫でられ、さっきのは聞き間違いだったらしいと安堵《あんど》したのもつかのま、「もっとこちらへ」と股間に顔を接近させられた。マガレイトに結わえた浅葱《あさぎ》色のリボンがほどけて首すじをくすぐる。

かぶりを振り、できませんと言うために冬子は口を開きかけた。だがそのとき、階下からどっと弾けるような笑い声が聞こえた。藤川と顔馴染みの編輯者が談笑しているらしい。玄関の横にある取次の間が脳裏に思い浮かぶ。内弟子たちが机を並べて切磋琢磨《せっさたくま》している空間。彼らと冬子のあいだには、見えない線が引かれている。たとえひとりで何百枚何千枚と書いたところで、乗り越えることなどかなわない線が。

だけどいま、先生の信頼を勝ち得ている弟子や編輯者ですら入れない聖域にいる。魔《ま》窟《くつ》のようなこの書斎で、小説を生み出す瞬間に立ち会おうとしている。男である弟子たちにはできないであろう方法で。いまだけは、だれよりも先生に近いところにいる。

「さあ、早く」

木綿の晒《さら》しの褌に手をかけた。眼をきつく瞑り、その奥に潜むものをおそるおそるさぐる。ごわついた草むらをかき分けると、人間の皮膚とは思えない、ねっとりとしたものに触れた。糊で貼ったように手のひらにへばりつく。

「もっと力を込めてゆっくりと動かしてくれ」

無心になろうと努めながら言われたとおりにする。それは熱を帯び、膨らんで硬さを増していく。人間の肉体の一部がそんな変化を起こすなんて信じがたくて恐ろしかった。目の前の男は人間ではなく、物の怪《もののけ》のたぐいなのではないか。怖気《おぞけ》で歯がかたかたと鳴る。

荒い息遣いに混じって、さらさらと筆を走らせる音が頭上で聞こえはじめた。

「ああ、このまま続けておくれ。書ける、書ける、書けるぞ。霊感がみなぎる、言葉が天から降ってくる――」

冷えた井戸の水でいくら洗っても、感触は手のひらから消えてくれなかった。滲む涙をぬぐい、血が噴き出しそうなほど真っ赤になった手を再度つめたい水に浸す。きたない、きたない、きたない、と無意識のうちに口から言葉が洩《も》れていた。汚いって、なにがだろう。先生の肉体が？　私の憧れを利用し踏みにじった先生の行為が？　自分のなかに生まれた恥ずべき打算が？　頭の芯の冷静な部分で考える。

「ただいま」と背後から呼びかけられ、びくりと肩を震わせて振り向いた。春明だった。足取りが軽く、ずいぶんと上機嫌だ。

「筆が乗って乗ってしかたがなくて原稿用紙が足りなくなったから、そこの相馬屋で買ってきたんだ。この調子だと明日の朝には書き上がるだろう」

筆が乗るという言葉から、柳後雄の筆を走らせる音と獣のような息遣いを思い出し、肌が粟立《あわだ》った。

「完成したら読ませてくださいますか」

こわばる顔をなんとか笑顔のかたちにして春明の顔を見た。

「まずは柳後雄先生にお見せしないと。あなたには雑誌に載ってきれいな活字になったものを読ませてあげよう」

「愉しみにして待っています」

このひとは、先生が私に強いたことを知ったらどう思うのだろう。先生に対して怒りを抱くのか、それとも私を軽蔑するのか。いずれにしてもぜったいに知られたくない。新しい雑誌という餌にまんまと釣られ、醜い打算と弟子たちへの対抗心で身を汚した自分と、傷ついている少女のままの自分。ふたりの自分がひとつの肉体の内側に共存している。からだの中心からまっぷたつに裂けてしまいそうだ。

弾むような足取りで玄関へ向かう春明の後ろすがたを、冬子は涙にぼやける眼で見送った。

梅雨のあいまの晴れた日、この機を逃すまいと外で洗濯をしていると、茶の間から柳後雄と春明の話し声が聞こえた。

「お前はおれの話をまるで聞いちゃいないな」

柳後雄の深いため息。

「そんなことはございません。先生のお話はひと言残らずこころに刻み、血肉としております」

「その結果がこれか。着想に手腕が及ばないのは稽古中の身であるからしかたがないとして、お前の小説には品がない。人間は悪くないのに、書くものときたら」

「品、ですか」

「お前の筆はすぐに醜悪なものを書き立てたがる。読者にどんな恨みがあって不快にさせようとするのだ。道徳はどこへ行った」

道徳。冬子の胸がぎしりと鳴った。どの口で――、と尊敬しているはずの先生に対して反発心が湧き、必死でその気持ちを抑え込む。

「お言葉ですが先生、元来人間とは醜悪なものです」冬子はどきりとする。まるで自分の汚さを言い当てられたような気がした。「ひとが隠そうとしている面をえぐり出すことこそが、小説の仕事だとはお思いになりませんか?」と春明は続ける。

「それがお前の思想か。ならば荷物をまとめて出ていってほかの者に師事するがいい。私の考えとは相容《あいい》れない」

「そんなご無体なこと、おっしゃらないでください！　先生に捨てられたら行く場所などございません！」

「いいか野尻、ではなかった、九鬼だな、九鬼……この名前も私には理解ができないが、まあいい――。おれはお前を見込んでいるんだ。必ずや、文壇を背負って立つ男になると信じている。お前の筆にはお前のひとりの人生がかかっているのではない。日本の文壇の将来がかかっているのだ。日本の小説が正しい道を歩めるかどうかお前次第なのだ。頼む、どうか、頼む――」

熱を帯びた柳後雄の声は、途中から涙に濡れて震えた。

「先生、」と言いかけて詰まった春明の声もまた、涙声だった。

弟子思いの師匠、師を慕う弟子。うるわしい師弟愛。先日の自分に対する柳後雄の振る舞いと一致しなくて、冬子は混乱してしまう。柳後雄の娘の襦袢《じゅばん》を洗濯板にこすりつける力が自然と強くなる。

あれから一週間が経ったが、柳後雄はなにごともなかったかのような態度を取っていた。廊下ですれ違ったときも、食事を運んだときも、ろくに顔も見ずに「うむ」としか言ってこない。冬子はすべて悪い夢だったのだと信じたかった。

だが、この日の午後、洗濯ものを干している冬子のもとへ柳後雄が近づいてきた。

「新しい雑誌が届いているから、あとで私の部屋へ」と髭の下の口をほとんど動かさずに囁かれる。

あの書斎へふたたび足を踏み入れるのは恐ろしかった。だが、辱めの代償を受け取らなければ、ただ踏みにじられただけになってしまう。けれど、もしまた求められたら――なかなか決心がつかず、二階への階段を何度も上り下りしていると、ある考えが浮かんだ。それを考えたのが自分だということにぞっとしながらも、不思議と冬子の頭はしんと冴えていた。長い息を吐いて書斎の襖を開ける。

「来たか。早く机に潜ってくれ。このあいだの要領は憶えているな?」

「あの、雑誌は」

「それはあとで渡す。さあ早く。締切が迫っているんだ」

落胆する気持ちを抑えきれないまま、もぞもぞと机に潜った。むんと男の体臭が鼻をつく。少しためらったが、褌をゆるめ、そのなかへ手を差し入れる。按摩《あんま》のようなもの、肩や腰を揉むのとなんら変わりない、と自分に言い聞かせ、柳後雄のものを握った。となりの部屋からは、柳後雄の娘たちが喧嘩《けんか》をして泣き叫んでいる声が聞こえる。

時間が経過し、動揺が落ち着いてくると机の上が気になってくる。柳後雄は数行書いては筆を置き、くしゃくしゃに原稿用紙を丸めて屑入れに投げていた。どうやら新たな小説の書き出しが定まらないらしい。

「言文一致で行くか、それとも雅俗折衷体にするか――」

独りごとを言いながらまたもや書きかけの文を墨で塗りつぶし、紙を握りしめる。

「それにつけても言文一致の困難なことよ。だいたい提唱者の逍遙《しょうよう》だって苦戦しているじゃないか」

企みを抱いて部屋に入ったとはいえ、それを実践するには勇気が要った。頭のなかで言うべき台詞《せりふ》を何度か繰り返したあと、手の動きを止めずに「先生」と切り出す。

「なんだ？　気が散るからあまり話しかけないでくれ」

「机の下は窮屈で動きにくうございます。先生の後ろにまわってもよろしゅうございますか」

両側に抽斗《ひきだし》のついている文机の下の空間は狭く、身じろぎすらできなかった。しかも熱気がこもって息苦しい。

「かまわん。好きにしろ」

尻から後ろに下がって机の下から出ると、柳後雄の背後へまわった。背に胸を押しつけるような体勢になり、股間へ手を伸ばす。――思ったとおり、この位置だと原稿がよく見える。

「最初の一文、これさえ決まればあとは流れるように出てくるはずなのだが……」

柳後雄はまるで部屋に自分ひとりしかいないかのように、無防備に独りごとを続けている。冬子は自分が幽霊にでもなったような錯覚に襲われながら、題名と筆名だけ書いてある原稿用紙を柳後雄の背後から食い入るように見つめた。どのくらい時間が経っただろうか。そこに置かれた筆が、くびきから解き放たれたように突如さらさらと動く。

「……見えた」

柳後雄はひと言そう呟くと、あとは無言で書き続けた。冬子は躍る筆をじっと見つめる。かぐわしい文章がまるで魔術のように生まれていく。実際には存在しない架空の人物が紙の上にあらわれ、呼吸をし歩き語り泣く。筆はときおりよどみ、書き損じを塗りつぶし、額を押さえて唸《うな》り、紙巻き煙草《たばこ》を吸い、茶を飲み、頭を掻きむしり、また続きを綴る。

冬子は柳後雄の股間のものを握ったまま、その一部始終を凝視していた。

——盗んでみせる。

そう胸に誓った。だれよりも間近で作品が誕生する瞬間に立ち会い、その技術を、心髄を盗んでみせる。春明さんは胸中に九つの鬼を飼う、修羅のような小説家になると言った。ならば私だって、一匹ぐらい鬼を飼ってみせよう。飼い慣らせるかどうかはわからない。喰われてしまうかもしれない。それでも、なにも成せずに老いていくよりは。

＊

「冬子さん、とうとう載りました！」

春明が「新文芸」という雑誌を片手に息せき切って、針仕事をしている冬子のもとへ飛んできた。

「違う名前で小説を発表したことは何度かあるが、九鬼春明の名が世に出るのはこれがはじめてなんだ。記念すべき門出を祝しておくれ」

早口でまくし立てる春明は、冬の日の童子のように頰を紅潮させている。

差し出された頁に視線を落とした。『白粉皺《おしろいじわ》』という題の横に、「九鬼春明」と「尾形柳後雄補」のふたつの名が並んでいる。

「これは？」

「先生の補筆が入っているという意味だよ。もっとも、先生はこの小説をお気に召しておられぬようだがね」

すぐにでも読みたかったが、今日じゅうにと由喜に指示されている繕いものがあった。

「明日にはお返しします」と言って雑誌を借りる。意識がついつい雑誌のほうへ向き、身八つ口《みやつくち》を男物のように縫い閉じてほどいてやり直すはめになったり、指を針で刺して衿に赤い斑点をつけてしまったり、その日の仕事はさんざんだった。

夜、ようやく布団に入って自由な時間を得られると、春明に渡された雑誌を開いた。高鳴る胸を押さえ、呼吸を整えてから、九鬼春明の名で発表された短い小説を読みはじめる。

田舎の素封家《そほうか》の主人、弥吉《やきち》は医者に余命を宣告された。心残りはひとり息子の一乃助《いちのすけ》のこと。頭の鈍い一乃助は大飯を食らう以外はなにもできない。自分が存命のうちに嫁を見つけなければと決意した弥吉は縁談を求めて飛びまわるが、なかなかまとまらない。はじめは財産に飛びついた相手も、一乃助の噂を耳にしたりすがたを目にしたりすると、断りを入れてくる。

妻のお染《そめ》はそんな一乃助がかわいそうだと泣いてばかりいた。縁談を断られれば断られるほど、不憫《ふびん》な息子への愛情が増すらしい。そのうち、お染はなぜか「家柄が釣り合わない」「不器量だ」「方角が悪い」と難癖をつけて縁談を勝手に断るようになった。断れる立場ではないのだと弥吉は説得を試みるが、お染の態度は変わらない。そんな妻の顔をまじまじと見ると、深く刻まれた皺に白粉が入り込んでいる。もう何年も化粧などしていなかったのに、いったいどうしたのか。しかも最近、お染はしょっちゅう自分の腹をいとおしそうに撫でている。はるかむかし、一乃助を妊娠中にしていた動作と同じだ。

ある日弥吉が歩いていると、薄ら笑いを浮かべた近所の菓子屋の主人に「そのお年でずいぶんと頑張りましたな」と話しかけられる。なんのことかわからない弥吉が問い質《ただ》すと、「女房が風呂屋でお宅の細君に会って、あのからだはぜったいにそうに違いないと言っていたんだが」と首をひねりながら説明された。

弥吉の病気は進行し、縁談さがしのために出歩くのも困難になってきた。床に大の字に転がって口を開けていびきをかいている一乃助を見て悩んでいると、息子の着物の衿が白い粉で汚れていることに気付く。さては大福でも食べたなと思い、粉を払ってやる。その手で鼻をこすると、粉がついた指から女のにおいがした。

これは大福の粉ではなく白粉だ。だとするとお染の腹にいるのは――。すべてを理解した弥吉の胸に激しい痛みが走った。視界が暗くなって昏倒《こんとう》する。命が尽きたのだった。

そんな内容の小説だった。最後の行まで辿り着いた冬子は、ぱたんと音を立てて雑誌を閉じた。読んではいけないものを読んでしまった、という後ろめたさがこみ上げ、だれかに見られている気がして室内を見まわす。となりの布団で寝ているきよが高らかにいびきをかいていた。小説の外ではいつもどおりの夜が更けていく。

螺鈿《らでん》細工のように丹精を凝らした文章に惑わされそうになるが、描かれている内容はうつくしさとは無縁だった。母と息子との姦通、妊娠。――こんなことを書いて、世に出して、いいのだろうか。

もちろん、はっきりと明言はされていない。当たり前だがそういった場面は出てこない。だがよっぽど鈍感な人間か、小説というものをはじめて読んだ人間でない限り、母と息子のいかがわしい関係を察することができる書きぶりだった。

昼間の春明の浮かれた調子を思い起こす。明日の朝、顔を合わせたらきっと感想を求めてくるに違いない。なんて答えればいいのだろう。なかなか寝つけず、いったんは閉じて遠くに追いやった雑誌に手を伸ばし、再度はじめから読み出した。


だが、明くる日、それよりもはるかに大きい問題が持ち上がった。

朝の早い時間、尾形家に来客があった。玄関番のうちのだれかが応対している声が、台所で朝餉《あさげ》の準備をしている冬子のところまで洩れ聞こえてくる。

「なに？　発禁⁉」

春明の素《す》っ頓狂《とんきょう》な叫びが響いた。

「風俗壊乱にあたるそうです」来客は尾形家によく出入りしている編輯者だった。

冬子は鍋に味噌を溶かす手を止めて耳を澄ます。

「風俗壊乱？　小説で世間の風俗が乱れるのか？」

「二年前に出版法が制定されて以来、内務省の検閲が厳しくなっているのです」

「ごく当たり前の姦通を描いたとしても検閲を通らないことが多いのだから、あの内容では無理からぬことだ」

漣の声だ。騒ぎを聞きつけて起きたのだろう。漣は少し前に郷里から戻ってきていた。

「しくじったな。先生の顔に泥を塗ってしまった」と藤川。

「そうでもないさ、かえって箔《はく》がつく。文壇なんざ名を売った者勝ちだ。長い目で見れば九鬼の勝ちさ」すでに文壇で足場を固めつつある漣が言うと頼もしかった。

そこへ二階から柳後雄も下りてくる。

「……そうか、発禁処分か。版元には私があとで詫びを入れに行く」

「先生、ご一緒させてください」

「お前は次作を早く完成させてくれ。このまま消えるか、それともこの騒動を足がかりにできるか。つぎの一手にお前の小説家としての命運がかかっている」

冬子はいつのまにか半身を廊下に出して立ち聞きしていたが、釜が噴きこぼれる音でわれに返り、竈《かまど》に駆け寄った。


翌月号に例の九鬼春明の小説に対する文学者の寸評が載った。冬子が茶を運びに取次の間へ行くと、ちょうど三人の弟子がまわし読みしているところだった。冬子もつま先立ちになって後ろから覗き見る。

「柳後雄先生の評は辛口だな。『着想は醜悪で筆は軽佻《けいちょう》浮薄《ふはく》であり、読者にひと泡吹かせてやろうという計に溺《おぼ》れているように見えます』」と漣が読み上げる。

「醜悪で軽佻浮薄、か……」

「そりゃあ自分の弟子だから甘いことは書けないだろうさ。親の欲目と思われたら沽券《こけん》に関わる」

「それに比べると神崎昇月《かんざきしようげつ》氏の評はビスケットのように甘口だぞ。ええと――『人生の暗黒面をつまびらかにせんとする手腕は余の敬服するところなり。物語の段取りもよく整い、詩趣に富んだ文章は師ゆずりで、柳後雄の正統な後継者は漣よりも九鬼と見たり』だとさ」と藤川が読み上げる。ふん、と漣が鼻を鳴らした。

「毒舌で鳴らしている田畑《たばた》氏の評も悪くない。『きわどい趣向は慊《あきた》らないが、母の情の複雑怪奇なることを活写した技量は評価できる』」

「冬子さんは読んでくれたかい？　どう思った？」

唐突に春明から感想を訊ねられ、あの、その、と言葉を濁す。

「きみ、あれを冬ちゃんに読ませたのか？　ひどいことをしやがる。嫁入り前のお嬢さんに見せるもんじゃない」と藤川が冬子以上にあわてふためいてあいだに割り入った。

冬子は笑って部屋を出たが、廊下でひとりになったとたん、暗い気持ちに囚《とら》われた。自分はまだ、清らかな「嫁入り前のお嬢さん」と言えるのだろうか。

鬼のせせら笑う声が頭のなかで響いた。書かなければ。もう魂は渡してしまったのだから。

寸評をまわし読みしていた三人の顔を思い出す。そこに渦巻く感情を思う。誇らしげな春明の瞳に宿る高揚。嫉妬が滲んでいた漣の横顔。藤川だって内心は穏やかではないはずだ。もしも、そこに私が――。

閃《ひらめ》きは突如、文章の奔流となって渦巻いて冬子のなかへ流れ込んできた。今日、由喜は病院に出かけている。急ぎの仕事は命じられていない。台所を覗くと、きよは座ったまま居眠りしている。冬子は足早に女中部屋へ戻り、自分の持ちものをしまっている柳行李から原稿用紙と硯箱《すずりばこ》を取り出した。原稿用紙のあいだから、数日前に父から送られてきた手紙がひらりと畳に落ちる。婿の候補として考えていた青年がいたが、近況を訊ねたところ清国との戦役で死亡していた、という話が手紙には書いてあった。――急がなければいけない、私には時間がない。冬子は自分に言い聞かせる。

文机などないから食事用の膳に原稿用紙を広げる。頭のなかの文章が消えないうちに筆を走らせる。頭にぱっと見えた光景を描写していく。手の動きが脳内で矢継ぎ早に生まれる言葉に追いつかず、もどかしい。勝手に喋りはじめた主人公の声に耳を澄ます。鍵と鍵穴のようにぴたりと嵌まる言葉をさがし、指の腹を噛んで考え込む。父の手紙のことも、結婚までの期日のことも、柳後雄の仕打ちも、現実にまつわることは遠ざかり、自分の頭のなかでつくる物語だけがすべてになる。

肩胛骨《けんこうこつ》のあたりがむず痒くて、そこに鳥のような翼が生えているのを感じた。まだ空を飛んだことのない雛が羽ばたこうとしている。ばさばさ、ばさばさ、冬子の生えたばかりの翼は大きく広がり、風を立てる。

「お冬？　どこにいるの？　子どもたちをお風呂へ連れて行ってちょうだい」

由喜の声で現実に引き戻されたときには、あたりはすっかり薄暗くなっていた。いったい何時間経過したのか。頭は冴えているのに意識はぼうっとしている。目覚めたばかりのときに視界がぼやけているのと同じように、目の前の世界にうまく焦点を合わせられない。

柳後雄のふたりの娘を連れて銭湯へ行っても、思考は書きかけの小説のもとへと飛んだ。長湯ですっかりのぼせた冬子は帰途、気付けば違う場所に出ていて、何十回と通った近所の道なのに迷ってしまい、客待ちをしていた車夫に道を訊ねてなんとか帰宅できた。

尾形家の人びとが寝静まったあとも小説の続きに取り組んだ。深夜、窓の外を歩くひとの駒下駄《こまげた》の音がやけに大きく響く。最後の文の句点を打ったときにはもう、外は白みはじめ、烏《からす》が鳴いていた。ずっと同じ姿勢で書いていたためからだの節々が痛み、頭はずっしりと重たく疲労していたが、神経は昂《たか》ぶっている。

火照《ほて》った頭を冷ますため外に出ることにした。物音を立てずに部屋を出て、すり足で廊下を歩き、勝手口から出る。外の空気に触れて冬子はぶるんと身震いした。脱皮した蛇のように、全身の肌が新しく生まれ変わった気がしている。指のさき、髪の毛の一本一本にいたるまでどくどくと血が巡っているように感じた。

大きく伸びをして新鮮な空気を胸いっぱいに吸い込んでいると、背後で物音がした。振り返り、家から出てきた春明に、おはようございますと声をかける。

「おはよう。夜通し小説を書いていてね。たったいま書き終わって、まだ頭が昂奮《こうふん》しているから外に出たんだ」

春明はそう言うと冬子のとなりに並んだ。

私も書き上げたんです、と冬子は胸のうちで語りかける。近いうちに、せめてこのひとだけには教えたいと思った。

「ごらん、陽が昇る」

春明に促され、後光のような眩《まばゆ》いひかりを東京のまちに投げかけている東の空を見上げる。晴れた初夏の早朝の空はみずみずしい予感に満ちていた。この空気を、景色を、となりに立つ春明の気配を、私は生涯忘れはしないと冬子は誓った。

すれ違いざま帯のあいだにさりげなく差し込まれる紙、もしくは袂のなかに音もなく落とされる紙。そこには時間だけが書かれている。今日のその時間に書斎に来るように、という指示だ。おぞましい誘いだが、あの憧れた柳後雄先生の直筆なのだと思うと、紙のしわを伸ばして取っておいてしまう。醜悪な行為をさせる人間なのだと思い知らされても、作品のうつくしさにまだ気持ちは囚われている。そんな自分が憎たらしかった。郷里にいて東京の大作家のそばに行きたいと願っていたころを思い出すと、当時のおぼこさに目眩がする。

冬子はだれにも見られないよう足音を殺して書斎をおとずれるようにしているが、決して広くない家だから、ここで暮らす人びとに勘づかれるのも時間の問題のように思えた。柳後雄もそれを気にしていたらしく、ある日弟子を集めて説明をした。

「お冬に蔵書の整理を手伝ってもらっている。散らかって収拾がつかなくなってきたからな」

「ご本の整理でしたら私たちにまかせていただければ」藤川が前のめりになって申し出る。

「駄目だ。お前たちにやらせたら、読み耽《ふけ》ってしまってちっとも進まないだろう」

「ははは、それは違いない」と明るく笑う春明。

「その点、お冬ならうってつけだ。目の悪いおきよなら全部捨ててしまいかねないからな」

冬子が文学に関心を持っていることを柳後雄は知っているはずなのに。悔しかった。笑みを浮かべて話を聞きつつ奥歯を嚙みしめる。

女中部屋に戻った冬子は姿見を覗いた。毎朝マガレイトの髪に結わえるリボンの色を選ぶのが日々のささやかな愉しみだったのだが、もう一週間も同じ緋《ひ》色のリボンをつけている。視線を落とすと、着物の衽《おくみ》の部分についた醬油《しょうゆ》かなにかの染みが眼に留まった。染み抜きをしなければと数日前から思っているが放置している。じめじめと蒸す梅雨の日々、汗ばんだ自分のからだがむんとにおう。最後に銭湯へ行ったのはいつだろう。ここのところ、風邪ぎみだと偽って子どもたちを銭湯へ連れて行くのをきよにまかせている。もっと汚くなればいい。内面と同じぐらいに。

柳行李から原稿用紙を取り出す。先日完成した小説だ。書き上げて外に出て明けがたの新鮮な空気を吸ったあの瞬間の甘美な高揚が薄れる気がして、読み返すのを避けていた。深呼吸し、一行目から読みはじめる。自分の眉間に皺が寄っていくのを感じた。勢いで書いただけあって誤字や脱字が多すぎる。なにを言わんとしているのかわからない文章が頻繁に出てくる。

「お冬、先生がおさがしだよ！」

廊下からきよの声が聞こえて、冬子はあわてて原稿用紙を柳行李に戻した。女中部屋を出て廊下を小走りで通り、二階へ続く階段の手前でひととぶつかりそうになる。顔を上げると春明だった。

「冬子さん、先生のところへ？」

「はい」

「まったく羨ましい、先生の書斎に出入りできるのだから。替わってほしいよ」

心底羨ましそうな声の春明にあいまいな笑みを返して階段を上がる。冬子です、と小声で名乗って書斎の襖を開けた。

「遅かったな。早くしてくれ」柳後雄は文机から顔を上げることなく言った。

冬子はいつものように柳後雄の背後にまわり、正座の腰を浮かせて抱きつくように彼のからだに手をまわす。失礼します、と声をかけると、紺鼠の着物の裾をまくって褌をゆるめた。

ちらりと机の上を見る。今日は執筆中ではないらしい。弟子の原稿に朱を入れている。角張った癖のある字で、この家で暮らす三人の内弟子の筆跡ではなかった。ほかの門下生が書いたもののようだ。

「まったくどこから直せばいいものやら。添削料を取ってやりたいぐらいだ」

朱墨を含ませた小筆を弄《もてあそ》びながら嘆息している柳後雄の肌に触れ、じっとりと独特の湿り気を帯びている器官を握る。

「愚にもつかん手習いを持ってきやがって。おれを師と思っているのなら、恥ずかしくてこんなものはとても見せられないはずだ。世間に紹介してもらうための踏み台としか思っていないから、平然とした顔で添削を願いたいと突き出せるんだ。まったく見くびられたものだな」

助詞の間違いに朱を入れ、漢字の間違いに朱を入れ、それから段落をまるまるひとつ塗り潰した。さっき読み返していた自分の小説を思い出す。もしも先生に見せたらどんな朱を入れられるだろう。この原稿とどちらがすぐれているのかはわからない。でもまだ見せられる域に達していないのは確かだ。

「……待て、この文は悪くないな」

柳後雄の愚痴と手が止まる。

机の上の原稿を覗こうと首を伸ばしたそのとき、正面の襖がわずかに開いていることに気付いた。急いで部屋に入ったので閉め切るのを忘れたのか。となりの部屋からは娘たちのはしゃぐ声と「静かになさい、お父さまの仕事の邪魔になるでしょう」とたしなめる由喜の声が聞こえてくる。もしも彼女らが部屋から出て、なんとなしに襖の隙間を覗いたら。胸の谷間を流れていたぬるい汗が急激につめたくなる。閉めに行こうかと考えていると、隙間にきらりと光るものがあらわれた。猫の眼。とっさにそう思ったが、この家では猫など飼っていない。銀縁眼鏡の硝子《ガラス》ごしの人間の眼。射貫くようにまっすぐこちらを見据えている。――ああ、あれは、春明さんの眼だ。ほがらかで世慣れた人柄に反していつもどことなく伏し目がちで周囲を窺っている眼が、いまは大きく見開かれている。

冬子の全身が羞恥でかあっと燃え上がり、顔がこわばった。それなのに右手はべつの生きもののように規則正しい動きを続けている。柳後雄は片肘をつき背を丸めて机にかじりついていて、視線に気付く気配はない。

見られている、見られている。隙間から覗いているのは片眼のみで、表情の全貌は窺えない。驚愕《きょうがく》しているのか、欲情しているのか、軽蔑しているのか。視線の圧に耐えられず冬子は眼を瞑った。網膜に焼きついた春明の瞳は、いつか夢で見た鬼のぎょろりとした眼に変わる。その濁った白目に走った血管が膨らんで眼球から飛び出して破裂し、血が噴き、畳にあふれる──。

自分の右手の動きが激しくなっていたことも、柳後雄が呻き声を洩らしていることにも気付かなかった。「あ、こら。そんなに強くするな」と苦しげな声を洩らすのとほぼ同時に手のなかの怒張が痙攣し、なにかを噴き上げる。粘ついた液体の感触に驚いて眼を開けると、どろりと白いものが手にまとわりついていた。

荒い呼吸を繰り返していた柳後雄が、額の汗をぬぐって天井を見上げ、嘆息した。

「……これでは仕事にならんな。しばらく休憩だ」

冬子はおそるおそる襖の隙間に視線を向ける。そこにあった眼は消えていた。

じゅわじゅわじゅわじゅわ、湯が沸く音のような声で油蟬《あぶらぜみ》が合唱している。梅雨はもう明けたらしく、濃い桃色の花が咲きはじめた木の向こうに鮮やかな青空が広がっている。庭に植えてあるあの木が百日紅《さるすべり》という名であることを、冬子は春明から聞いていた。それを教わったころはまだ木につぼみもついていなかった。

ひたひたの梅酢に浸かった梅をひとつずつ甕《かめ》から取り出し、縁側に置いた盆ざるに並べる。梅特有のかぐわしい香りがふわりと鼻腔をくすぐった。三日三晩干すあいだ、雨に当ててはいけないので、しばらくは天候の変化に敏感になる必要がある。梅を黴《か》びさせると災いが起こる、と祖母は真剣な顔でよく言っていた。わざわい、と口のなかで音を転がすように言ってみる。起こるなら起こればいい。ふくらはぎの赤く膨れた虫刺されをかりかりと爪で掻く。寝るときに使っている蚊帳《かや》のどこかに穴が空いているようだが、直す気力が湧かない。

外出から戻ってきた春明が視界の端に見えた。顔を上げずに気付かないふりをする。彼からも縁側に腰をかけている冬子が見えているはずなのに、縁側に寄ることなくまっすぐ玄関へ向かった。

隙間から覗く眼に目撃された日以来、冬子は春明を避けていた。春明のほうでも以前のように親しげに話しかけてくることはなくなった。小説を書き上げて外に出て、真新しい同じ空気を吸ったあの早朝が嘘《うそ》のようだ。あのときは、自分の一部が朝の空に溶け出して彼と結びついている、そんな気がしたのに。

「お、梅干しか。いつ食べられるんだい？」

さっきまで客間で編輯者と話していた藤川が、肩越しに笊ざるを覗き込み、ひとつぶ摘《つ》まみ上げる。

「天地をひっくり返しながら三日三晩干したらできあがりですが、塩角《しおかど》が取れるまで三か月は寝かせたほうがおいしくいただけます」

「そんなにかかるのか。すっかり食べたい口になっていたのに」

「客間にまで香りが届いていたからな」と漣も会話に加わる。「西洋の石造りの堅牢《けんろう》な建物と違い、日本の家はなにもかもが筒抜けだ。木と紙でできていて、香りだけでなく風も声もよく通す。縁側は開け放たれ、外からの視線を遮るのはまばらに伸びた生け垣のみ。およそ秘密を抱えるには向いていない」

そう話す漣の美人画から抜け出したような双眸が、藤川の顔から冬子へと動く。眼が合い、あ、と声を洩らしそうになった。――当てこすりで言っている。梅の話をしているふりをして、書斎での行為を指している。春明さんから聞いたのかしら、と一瞬疑ったが、勘のよい漣のことだから自分で気付いたに違いない。

「そうそう、先生がお待ちだぞ。本をさがすのを手伝ってほしいらしい」

駄目押しのように言ってちらりと流し目を送ってくる。その眼差しのつめたさに、胃が縮こまる。

「これを干し終えましたらまいります」

動揺を隠して平坦な声で応えたが、梅を摑む箸《はし》に力が入り、皮をやぶいてしまった。ああ、と声を洩らすと「それは僕がいただこう」と藤川が横から手を伸ばす。真っ赤でどろりとした中身を覗かせている梅を口に入れ、「うっ、塩辛い」と顔をくしゃくしゃに歪《ゆが》める藤川に「暑気払いにいいだろう」と漣が笑った。

梅酢だけになった甕を戻しに台所へ行くと、厠《かわや》から出てきた由喜と鉢合わせた。蒼白い顔をして口もとをぬぐっている。

「奥さま、お加減はいかがですか」

少し前に妊娠が判明した由喜は悪阻《つわり》の最中で、ここのところずっと臥せっていた。

「その梅酢を少しちょうだい」

由喜は冬子の抱えている甕を見て言った。

「はい、お待ちください」

赤紫蘇の色に染まった梅酢を柄杓《ひしやく》ですくい、そばにあった湯呑みに注ぐ。このままでは酸味と塩辛さで飲めたものではないので水で薄める。そのあいだ、背に剣山で刺すような視線を感じていた。木綿の着物の内側で、つうっとひとすじ汗が流れる。由喜が寝込んでいる寝室は書斎のとなりである。日本の家はなにもかもが筒抜け——。漣の言葉を思い出した。壁一枚隔てたところで夫と女中がなにをしているのか。勘づいているのは漣だけではないかもしれない。

「奥さま、どうぞ」

震えそうになる手で湯呑みを差し出した。由喜は受け取った湯呑みに口をつけ、傾ける。体調不良により紫がかっていたくちびるが、血を啜ったように赤く染まった。なにか言いたげにじっと眼を合わせたまま、由喜は赤いくちびるをゆっくり舌で舐め取る。肌が粟立った。冬子は無言で逃げるように台所をあとにする。

階段を上がり、書斎に入った。柳後雄はちらりと冬子を見てから原稿用紙に視線を戻す。その顔はいつも弟子たちに見せている師としての威厳に満ちた面持ちとはまるで違った。眉間には深い皺が刻まれ、眼窩《がんか》は落ちくぼみ、いつもぴたりと撫でつけてある髪は乱れ、ひっきりなしにため息を洩らしている。連載の原稿がうまく進んでいないのだ。『錦繍羅刹《きんしゅうらせつ》』という題の長編小説で一時期は調子よく書けていたが、物語が佳境を迎え、柳後雄の筆はまったく動かなくなっていた。

「今日は何日だ？」

「七月二十五日です」

「……すでに締切を五日過ぎているな」

柳後雄は新しい紙巻き煙草に火をつけ、数口吸うと煙草盆に荒っぽく押しつけた。

「おい、いつものを」

冬子は立ち尽くしたまま襖に視線を向ける。今日はだいじょうぶだ、しっかり閉め切っている。だが、そこから覗く春明の眼が網膜に焼きついていて、襖から眼を離すのが怖かった。いつまたあの眼が自分を射貫くのか。

「どうした？　早くしてくれ」

「……先生、机を窓のほうに向けてみてはいかがでしょうか。見える景色が変わればご執筆もはかどるかもしれません。向こうのお寺の緑がうつくしゅうございます」

「駄目だ、西陽が眩しくて仕事にならん。それに風が吹くと原稿が飛ぶだろう」

柳後雄は胸もとを大きくはだけ、扇子で扇《あお》いでいる。大粒の汗が流れている胸にじっとりと濡れた黒い毛が渦を巻いていた。自分とは異なる肉体を持つ生きものだということを意識させられて、いまさら戸惑う。ぷつぷつと浮き出た汗疹《あせも》と引っ掻いたあとの赤い傷が醜い。

それでも冬子はしぶしぶ柳後雄の背にまわった。からだを接触させると熱気と汗の湿り気が着物ごしに伝わって不快だ。褌をゆるめて手を差し入れた。だがいつもはすぐに手のなかで硬度を増すそれは、息絶えたばかりの小動物の死骸のようにぐったりと横たわっている。文机の上の筆も止まったままだ。連載小説の前回の終わりを思い出し、自分だったらどんな結末にするだろうと冬子は考えてみる。

「……駄目だ、なにも思い浮かばん」

柳後雄は左手の扇子を机に叩きつけて畳み、床に投げ捨てた。扇子の先端が陽に焼けた畳の目を抉《えぐ》る。じゅわじゅわ鳴いている油蟬の声が一段と大きくなった。その鳴き声に気を取られて窓のほうを見やった冬子の手を、柳後雄が摑み、振り返った。

「先生?」

「……右手だけでは足りないな」

冬子を凝視している柳後雄のどろりと濁った眼を見て、あ、ここにも鬼が、と思ったつぎの瞬間、冬子のからだは畳に投げ出されていた。背をしたたかに打ちつけて、一瞬呼吸ができなくなる。

「先生!」

上体を起こした冬子のからだを柳後雄はふたたび組み敷いた。

「供物になってくれ」なまあたたかい息が顔にかかる。

「おやめください!」

なにをするつもりなのか瞬時に察した冬子は、あらん限りの力を振り絞り、柳後雄を突き飛ばした。

「小説の供物になってくれ。精神を高く空へ飛ばすには肉体の羽ばたきが必要だ。お前の肉体を捧げてくれ」

なおも柳後雄は冬子に挑みかかる。

「血を流さなければ。それもおれのような汚れた中年の血ではなく、新鮮な生娘《きむすめ》の血を」

大人の男の下で藻掻《もが》く冬子の格子縞の着物の裾は大きく割れ、緋色の腰巻があらわになっている。柳後雄の肉体を押し戻そうとする肘が畳にこすれて皮膚に痛みが走った。

男の本気の力にはかなわない、という絶望に覆われて気が遠くなる。自分のからだから魂が抜けていくように感じたそのとき、腹の底からどす黒いものがごぼごぼと湧き上がった。それは言葉となって口から飛び出す。

「条件がございます」

鬼の眼を正面からまともに見つめて、冬子は切り出した。柳後雄から見た自分の眼の奥にも鬼がいるのだろう、と頭のどこかで考えながら。

「条件？」

柳後雄の力がゆるめられる。いまなら突き飛ばした隙に逃げられるかもしれないが、冬子はそうはしなかった。

「私の書いた小説を添削して、編輯者のかたに渡していただきたいのです」

「……お前も書くのか」

「約束してくださるなら、私のからだはお好きにしてくださってかまいません」

ああ、私はとんでもないことを言っている、と冬子のなかの鬼に囚われていない部分が戦慄《せんりつ》している。

じじじっ、と蟬が鋭く鳴いた。

「……そうか」

柳後雄は立ち上がって窓辺へ行き、開け放たれていた窓を閉める。蟬の鳴き声が遠ざかった。風の流れがなくなり、むんと暑さが増す。さっき台所で会った由喜はもう部屋に戻っているのだろうか。壁を隔てたとなりの部屋に。

畳の軋《きし》む音が近づいてきて、横たわったまま眼をきつく閉じる。一瞬の閃きで言い出したことであるものの、覚悟はできていなかった。男の手に衿もとを広げられ、嚙みしめた歯がかちかちと音を立てて震え出す。帯を解かれた。汗を吸った着物がはだける。剝《む》き出《だ》しの肌がこころもとない。腰巻に手をかけられて、臍《へそ》の下に重たい鉄の板を載せられたように動けなくなる。

「痛むだろうが声を上げるなよ」

柳後雄は冬子の口に書き損じの丸めた原稿用紙を押し込んだ。紙と墨のにおいが鼻に抜ける。膝裏に手を差し込まれ、脚を大きく広げられた。

押し寄せる後悔に直面するのを避けるため、なにも考えないように努める。熱気を帯びたかたいものがあたる感触に、ぞわぞわと全身の皮膚が粟立つ。

「力を抜けよ」

耳もとでそう囁かれたつぎの瞬間、経験したことのない痛みに貫かれた。死ぬのではないかと恐怖にかられて、押し込められた紙のあいだから呻き声を上げる。

「声を出すな」

口のなかにさらに原稿用紙を詰め込まれ、手で塞がれた。痛みに加え、呼吸ができない苦しみにのたうちまわる。畳の上で溺れているかのように手足を振り乱して逃げようとするが、抑え込まれた。

汗のしずくが雨のように降ってきて、思わず目蓋を開ける。視界に飛び込んできた柳後雄は歯を食いしばり顔じゅうにしわを寄せていた。欲望に歪む表情の醜さから顔を背けるように顎《あご》を後ろへ反らすと、上下が逆さまになった襖が見えた。閉め切ったはずの襖はわずかに開いている。——眼が覗いていた。いつかとまったく同じ眼が。瞬きせず凝視する、眼鏡の奥の眼。

地面に散った百日紅の桃色の花びらを褥《しとね》にして、蟬の死骸がひっくり返っている。竹箒《たけぼうき》で掃くと、かさりとかすかな音を立てて舞った。何年も地中で暮らしていた命が立てる音が、こんなに乾いていて軽いだなんて。

だれかが縁側から出てくる気配があった。振り返ると漣と春明だ。春明と一瞬眼が合ったがすぐに逸らされた。冬子も地面に視線を落とし、掃除に集中しているふりをする。すでにあらかたきれいになった場所を何度も竹箒で掃く。すぐにどこかへ行ってほしいと願うが、ふたりは庭で立ち話をはじめ、出かける気配はない。

「これは黒すぐりというやつだ」

春明がそばに生えている植物を引っ張っている。毒々しい赤い茎に、びっしりとなっている黒光りする丸い実。葡萄に似ているが、ぞわっと背の産毛《うぶげ》が逆立つような不気味な印象を受けた。

「酸味があってうまいらしい」

春明はひとつぶ取って指の腹で潰してみせた。濃い紅紫色に指が染まる。

「やめとけ、腹を壊しても知らないぞ」

漣が顔をしかめて言う。神経質でなまものを食べられない漣には、庭になった得体の知れない実を食べるなど自殺行為にしか思えないだろう。

「お前からも止めてやってくれ。私が言っても聞く耳を持たない」

漣に手招きされ、冬子はしぶしぶふたりのもとへ近づいた。柳後雄に組み敷かれて犯されたのを目撃された日以来、春明とはいちども言葉を交わしていない。ためらいながら「あの……」と言いかけたところで、彼は実を口に入れた。あっ、と冬子と漣は同時に声を上げる。ふたりが見つめるなか、春明は実を咀嚼して飲み込んだ。

「……青くさいがわずかに甘みがある。だがえぐみが強いな」

「ほら、やっぱり食べられたもんじゃないだろう。我慢せずにさっさと吐き出せ」

「いや、このえぐみが癖になる」

そう言って春明はさらに実を摘まむ。やや青い苦しげな面持ちでつぎからつぎへと実を口へ放り込むようすは、ほとんど自棄《やけ》になっているとしか思えなかった。自棄になる原因のひとつに自分のことがあるとしたら——それはうぬぼれすぎだろうか。

「もうおやめになったほうが……」

春明は冬子の呼びかけを無視して房ごとかぶりつく。汁が弾けて着物の衿に散った。漣と冬子が呆気にとられて見ている前で、彼はぼりぼりと音を立てて種まで噛み砕き、飲み込んだ。そのくちびるは毒々しい色に染まっている。唐突に顔を上げた彼に、正面から見つめられる。冬子は緊張に頬がこわばるのを感じた。

「冬子さんも食べるかい？」

咀嚼しながら手のなかの実を差し出す。開いた口は歯まで赤黒く、泡立った赤い唾液がだらりと糸を引いて顎に垂れた。冬子は思わず後ずさる。

「いえ、けっこうです」

竹箒を胸に抱え、逃げるようにその場から去った。

その夜、片付ける予定の蚊帳に空いている穴を洋燈の明かりのもと繕っていると、何度も玄関のほうから足音が聞こえた。だれかが厠へ向かっているらしい。足音はよろめいているのか不規則だ。悪いものでも食べたのかしら、夕餉《ゆうげ》になまものはなかったはずだけど、と考えて、昼間の光景が脳裏をよぎった。鼓動が速くなる。――あの実。やはり食べてはいけないものだったのではないか。ぎし、ぎし、と床の軋む音がほかの者は寝静まっている家に響く。ようすを見に行こうかと迷っていたが、睡魔に負けてそのうち眠ってしまった。

明くる日、柳後雄が朝食と昼食を兼ねた食事をとる十一時を過ぎても、春明は顔を見せなかった。昨夜のことが気になって玄関横の窮屈な部屋を覗くと、文机に向かって書きものをしている漣と藤川の陣地を塞ぐように布団が敷かれ、春明が横になっていた。

「あの、どうなさったのですか。まさかきのう食べたあの実が……」

春明はわずかに首を枕から上げ、弱々しい笑みを浮かべてこくりと頷く。はじめて見る幼子のような表情に、状況を忘れて冬子の胸は甘く疼《うず》いた。

「言わんこっちゃない。妙なものを食うから、腹を下して寝込むはめになるんだ」漣は忌々《いまいま》しそうな口調で言ったが、その眼差しには心配の色が滲んでいる。

「玄関はお客さまがいらっしゃって騒々しいので、奥の四畳半へ移ってはいかがでしょうか」

「野尻、起きられるか？」藤川が春明のからだに触れる。

いつもなら「野尻と呼ぶな、九鬼春明だ」とすぐさま訂正するのに、春明は口を開くことなく藤川に肩を借りて寝床から引っ張り上げられた。

冬子はさきまわりして奥の四畳半へ行き、布団を敷いた。色褪せた絞りの浴衣に兵児《へこ》帯《おび》を締めている春明を藤川とふたりで寝かせる。がたがたと震えているので布団の上にさらに掻巻《かいまき》をかけた。すまないね、と彼のくちびるが動いたが、声は耳まで届かない。潤んだ上目遣いはすがるように冬子を見ている。襖の隙間から覗く感情の読めない眼とはまるで違っていた。書斎での一件以来ふたりのあいだにあったぎこちなさや緊張感が消え去っている。

――いつまでもこのままでいてくれればいいのに。頼りない幼子の眼差しで、無力な肉体で、弱々しく私を見上げていてくれればいい。

そう考えている自分に気付き、ぞくりと寒気がした。

「野尻さんが臥せってそろそろ一週間が経つかねえ。重湯《おもゆ》から五分粥にしてみてもいいんじゃないかい」

老女中のきよが台所で米を研ぎながら言う。きよはこの家でただひとり、いまだ春明を野尻と呼び続けていた。本人に何度訂正されても苦々しい顔をされても、意に介するようすはない。

「お昼の重湯は全部召し上がっていらっしゃいました。あとで五分粥でいいか訊いてみますね」

だが、彼に五分粥を出し、夕餉の片付けをしてひと息ついていると、奥の四畳半から藤川の叫び声が聞こえた。

「だれか来てくれ！　嘔吐《おうと》だ！　野尻が吐いた！」

冬子は布巾と金盥《かなだらい》を摑んで台所を飛び出した。部屋に入ると、つんとした酸っぱいにおいが鼻をつく。春明の着たきり雀《すずめ》になっている浴衣の胸もとと布団に、ほとんど液体の白い嘔吐物が広がって染みをつくっていた。

数日前、柳後雄に春明が食べた実について話すと、「黒すぐりじゃない。洋種山牛蒡《ようしゆやまごぼう》という西洋の植物で、知人に分けてもらったんだ」と苦々しい顔で言っていた。「山牛蒡なら食べても問題はないんじゃありませんか」と藤川が問うたが、柳後雄もそれがどういう植物なのかは知らないようだった。

「……ここまで長引くと、あの実のせいではないのかもしれないな」漣が細面をしかめ、手巾《ハンカチーフ》で口を押さえて静かな声で呟いた。

――虎列拉《コレラ》。

その場にいる人間の頭に同じ言葉が浮かんでいるのが、手に取るようにわかった。だがその呪わしい病名を口に出すと事実になってしまいそうで、だれもがくちびるをかたく閉じて疑惑が言葉という骨格を持つのを押しとどめている。

布巾で拭こうと春明の汚れた胸もとに伸ばした冬子の手を、漣が摑んで止めた。顔を見上げると首を左右に振られる。

「柳後雄先生を呼んできます！」

いても立ってもいられなくなったのであろう藤川がそう告げて部屋から出ていった。

「……先生はどちらへ？」と冬子は漣に訊ねる。

「明進軒《めいしんけん》だ。今日は午後から矢場へお出かけになられて、そのあとは会食のご予定が入っていたはずだ。私は医者を呼んでこよう」

部屋にひとり残された冬子は、春明さん、とちいさな声で呼びかける。春明さん、春明さん、と何度も。泣きたくなるのをこらえて、浴衣に飛び散っている嘔吐物を布巾で拭いた。布巾を畳んできれいな面を出し、開いた衿から覗く裸の胸に滲んでいるひんやりとつめたい汗もぬぐう。春明は眉間にぎゅっと力を入れ、震える吐息をひとつ吐いた。数日前までぴんと張っていた肌は、いまや老人のように乾燥して皺が寄っている。

しばらく彼の顔を見つめていると、にわかに部屋の外が騒がしくなった。どたどたと荒々しい足音が板張りの廊下に響き、息せき切って柳後雄が飛び込んでくる。

「野尻、具合はどうだ」

「……先生」

春明はしゃがれた声でそう言い、弱々しい笑みを浮かべて枕から頭を上げた。すっかり肉の削げた腕を床について上体を起こそうとする。冬子は眼を見はってそれを眺めていた。——私が声をかけても目蓋を開けることすらできなかったのに。

「無茶をするな、横になっていろ」柳後雄は春明を押しとどめる。「なにか食えるものはあるか」

「氷ならどうにか……」

「氷か。藤川、買ってきてくれ。なるべく急げ」振り向かずに後ろに立つ藤川に命じた。

「はいっ、行って参ります」

「子どもたちが留守なのは不幸中のさいわいだな」布団の横に胡座をかいた柳後雄は髭を弄《いじ》りながら独りごとのように呟く。身重の由喜はふたりの娘を連れて数日前から生家に帰っていた。

そこに柳後雄の友人でもあるかかりつけの医者が到着する。のろのろとした動作で薬《やく》籠鞄《ろうかばん》を広げ羽織を脱ぎ、聴診器を胸に当てた医者に、焦《じ》れた柳後雄は「どうだ、ただの腸胃加答児《カタル》だろう?」と答えをせっついている。

医者が聴診器を外し、腹に手を当てたとたん、春明は大きく身をくの字に曲げてえずいた。金盥を差し出すのも間に合わずに嘔吐する。その激しい音に冬子の背すじは凍った。柳後雄の顔色も青ざめている。

「おい、そんな大きな音を立てるな。近所の人間に密告されて検疫係に踏み込まれでもしたら――」嘔吐物がかかるのも恐れずに柳後雄は春明に摑みかかった。

「病人にそれはご無体です」と医者がたしなめる。

「ああ、白い……。虎列拉の吐瀉物は米の研ぎ汁のようだというじゃないか」

「それは夜に召し上がったお粥です！」思わず上げた冬子の声にかぶせて、「避病院《ひびょういん》なぞ行かせないぞ！」と柳後雄が絶叫した。江戸っ子の柳後雄が言うと「避病院」が「死病院」に聞こえて、不吉な響きに耳を塞ぎたくなる。

幕末に海の向こうから持ち込まれた虎列拉は、明治の世になっても依然猛威を振るっている。疑いのある患者は避病院に収容されることが法で決まっており、判断に迷い届けを出すのが遅くなった医者が取り締まりを受けたり罰金に処せられたりした例もあるらしい。避病院は火葬場のそばに建てられていることが多く、入ったが最後、ろくな治療も受けられず死を待つ場所だと噂されている。毎朝死体を入れた四斗樽《しとだる》で満載になった荷馬車が、火葬場へ列をなしているという。

いつのまにか外では大雨が降っていた。ざあざあと鼓膜が痛くなるほどの雨音が家を包んでいる。稲光が走り、春明の顔が一瞬幽霊のような蒼白さで浮かび上がった。

「念のため、検疫医に診せたほうがよろしいでしょうな」

脚を指で押して弾力を確かめ、目蓋を引っ張って血色を見、腋に体温器を十五分挿して計測した医者は沈鬱《ちんうつ》な表情でそう言った。

「検疫医！」まるで弟子の死を宣告されたように、柳後雄は悲嘆の声を上げる。

柳後雄のその叫びを聞いたとたん、冬子の胸にひんやりとした秋風が吹いた。――もしも私が虎列拉の疑いで臥せっていたら。先生はどんな反応をするだろう。看病されず、歩くこともままならない弱ったからだのまま郷里へ帰されるに違いない。私が弟子だったら、いや、男だったら――。考えてもしかたがないとわかっていても、書斎で自分に向けられる顔と、食い入るように春明を見つめる表情のあまりの違いに、息が苦しくなる。

春明がうっすらと目蓋を開けた。自分の顔を覗き込んでいる師を、落ちくぼんで焦点の定まっていない瞳で見上げる。

「先生、柳後雄先生……」

嘔吐物のついたくちびるが開き、潮で洗われて錆《さ》びきったようなしゃがれ声を洩らした。

「どうした、欲しいものはあるか」

「これ以上ご迷惑はかけられません。避病院へ送ってください」

やつれた顔に浮かべた笑みは、恍惚《こうこつ》とすらしていた。

＊

盥の水に浸けた襁褓《むつき》を洗う手はかじかんで真っ赤になっている。朝の早い時間に一回、午後の陽が陰る前に一回洗う生活を繰り返しているうち、もともと乾燥ぎみだった冬子の手はひび割れて皮が剝けていた。洗濯板でこすってもなかなか落ちない汚れを見て、そろそろまとめて煮洗いしなければと嘆息する。

洗濯しているあいだも竹竿《たけざお》に干しているあいだも、ずっと二階から赤ん坊の泣き声が聞こえていた。家のどこにいてもあの泣き声から逃れることはできない。

やっぱり室内に干すべきだっただろうかと考えながら空を見上げた。重たげな灰色の雲が空を覆っている。いまにも雪が降りそうだ。東京に出てきてから一年と四か月。父と約束した三年間の半分近くが過ぎようとしている。浅草にそびえる十二階も、銀座に建ち並ぶ煉瓦《れんが》づくりの洋館もいまだ見に行けていない。いや、それよりもさきにすべきことがあるのに。

「やれやれ、こうもうるさいと執筆どころじゃないな」

唐突に聞こえた春明の声に冬子はびくりと肩を震わせた。

あの虎列拉の騒動から三か月ほどが経っていた。春明は避病院へ送られるすんでのところで快方に向かい、こうしていまも生き長らえている。検疫係を引きつれて巡査が家に来た朝のことを思い出すだけで、冬子のからだは恐怖でこわばった。尖った革靴の乱暴な足音、がしゃりがしゃりと冷酷な音を立てる剣鞘《けんざや》、甲高《かんだか》く居丈高な声。地獄で亡者を待ちかまえる獄卒のようだった。

一時期は冬子に対して距離を取っていた彼だったが、病床から甦って以来、また親しげに話しかけてくるようになった。いっぽうで柳後雄の書斎の覗きは常習化していた。くちびるを嚙んで恥辱に耐えているあいだ、毎回のように隙間から春明の視線を感じる。だがそのことに関して彼はなにも言ってこない。だから冬子もできる限り普通に接しようと決めていた。

赤ん坊の泣き声がさらに大きくなり、春明は冬子に向かって苦笑して見せた。その秘密めかした表情に思わず胸が甘く疼く。自分の顔がゆるんでいることに気付き、あわてて引き締めた。

「しかし、日に日に力強く泣くようになるな」

清太郎《せいたろう》が産まれて半月。三人めにして初の男児の誕生に柳後雄はたいへんなはしゃぎようだが、弟子たちは師匠と一心同体というわけにはいかないらしい。

「そこにぼろ屋があるだろう」

春明は二階建ての家を指した。柳後雄の邸宅と庭続きになっているその家は廃屋といっていたたずまいで、屋根には枯れ葉が剃り残した髪の毛のように生えている。冬子がここに住みはじめたときにはすでに空き家で、ひとが出入りしているところを見たことがない。柳後雄がいくら花の咲く樹木やめずらしい西洋の植物を庭に植えたところで、あの家が視界に入ると台無しだった。

「あれを借りようと計画しているんだ」

「借りてどうなさるんですか」

「私塾をつくろうと思ってね。名前はもう決めている。暁の文と書いて暁文堂《ぎょうぶんどう》だ」

「暁文堂……」

「玄関は手狭で来客が多いし、子どもたちは騒々しい。いまは勝負どきなのだから書く環境を整える必要がある。それに先生の門下生は増えるいっぽうで、塾をつくるなら加わりたいと名乗り出ている者もいるからね。同じ野心を持つ人間が寝起きをともにし、しのぎを削って切磋琢磨しあう、そんな場にできればいい」

「私も――」

とっさに言いかけて言葉を呑み込んだ。私もそこに加わりたい。

「ん？　なんだい？」

「なんでもございません」

かぶりを振って言った冬子に、春明は不思議そうに首を傾《かし》げて目もとと口もとに笑みを浮かべる。

言葉に迷ったときやなにかを言いかける際に必ず微笑を洩らす、その癖が好ましいとずっと思っていた。しかし微笑の奥で彼はなにを考えているのだろう。あんな行為を目撃しているのに笑みを向けてくる、その本心がまるで見えなくて怖くなった。

私塾の計画は順調に進み、三人の玄関番はとなりの二階家に移ることになった。文机と布団と座布団と書物とわずかな衣類、そのぐらいしか荷物はないので引っ越し作業はあっというまに済んだ。

「冬ちゃん、お世話になりました」

ちらちらと雪が舞うなか、藤川がふかぶかと頭を下げる。

「大げさな。この家とあの家は繋《つな》がっていないいだけで離れみたいなものだろう。これからも世話になるのは変わりないさ」と漣。

「落ち着いたら遊びに来てくださいい。すぐに汚れて獣の巣穴になるだろうから、なるべく早いうちに」春明が傷んだ柳行李を担ぎながら言った。この柳行李を担ぎ逆光を背負って庭に入ってきた、はじめて出会った日の朝を思い出す。

三人が去ってがらんと空いた玄関わきの部屋に入った冬子は、ぺたりと腰を床に下ろした。机の脚があった場所の畳が沈んでいる。冬子は欄間《らんま》から射す午後の陽光に照らされているその四角い跡をそっと撫でた。取り残されてしまったような喪失感で胸がすうすうする。こういうときに限って清太郎は熟睡しているらしく泣いておらず、家は静寂に包まれていた。

静かなうちに集中力が必要な針仕事でもやろうと、女中部屋に戻り、穴の空いて綿が飛び出している自分の綿入れ半纏《はんてん》と針箱を広げる。だが、となりの家のことが気になり、運針の手は止まってばかりで進まない。諦めて針を片付ける。

荷ほどきを終えてひと息ついているであろう頃合いを見計らい、お茶と大福を持って創立されたばかりの暁文堂へ行くことにした。尾形家の庭の裏手にある垣根の隙間から出て、ちょっとした崖のような勾配を下ったところにその家はある。開け放たれていた玄関から入ると米を炊くにおいがした。意外に思いながら台所を覗く。藤川が竈の前に屈《かが》み、薪《まき》を引いて熾火《おきび》にしていた。冬子に気付くと照れた表情で額の汗をぬぐう。

「いやあ、慣れないと難しいものだね。飯は交代で炊くと決めたんだが、菜はいままでどおり僕らのぶんも頼みます」

そこに春明も顔を出した。

「冬子さん、来たのか。塾を案内しよう」

雨風に洗われてささくれ立った濡縁《ぬれえん》のある部屋を覗き、裏庭に面した座敷に入る。畳は水分を含んで膨らんでおり、一歩ごとに足が沈み込んだ。黴《かび》のにおいがむずむずと鼻をくすぐって、くしゃみが出そうになる。空気が肺に悪そうだ。床の一部に新聞が敷きつめてあったので不思議に思ってめくってみると、その下の畳は破れて土台が見えていた。

「古いが風情はあるだろう」と自慢げに言われ、頷きながらなんとかよいところをさがそうと視線をさまよわせる。

「ここは漣の部屋、こっちが藤川の部屋、そっちはこれから合流するやつの部屋。おれの部屋は二階だ。おいで」

狭くて勾配が急な階段を、ぎしぎしと音を立てながら春明のあとについて上る。居室というよりは物置に近いつくりの部屋に入り、見慣れた文机や書燈や火鉢が配置されているのを眺めた。

「この家を借りたのは、景色がよいからなんだ」

春明はほがらかに笑いながら高窓を指した。縁に雪がうっすら積もっているその窓からなにげなく外を見た冬子は息をのんだ。頭から血の気が引き、視界がぐらぐらと揺れる。窓から見える景色――それは柳後雄の書斎だった。正面からまともに書斎が見えるのだ。激しい動悸で呼吸が乱れ膝が震えて、冬子は立っているのがやっとの状態だった。

柳後雄は留守らしく、書斎にひとの気配はない。

「なにが見える?」

「……先生の書斎が見えます」

うつむいて畳の目を見つめ、観念したように答える。かあっと顔が火照った。背後に立つ春明の手が動く気配を感じた。指がマガレイトに編んだ髪に触れる。結わえてある緋色のリボンを引っ張られる感触があった。

「だからこの部屋を選んだんだ」

声は聞いたことがないほど低く、地を這うようだった。彼の肩に入っているという女の顔の刺青を想像する。漣は下手な墨だと言っていたが、どんな顔立ちの女なのだろう。天女なのか、夜叉《やしゃ》なのか。少しは私に似ているところがあるだろうか。

「先生とあなたがよく見えるように」

首に細くやわらかい布を感じた。ほどいたリボンを巻きつけられている。春明の指はそれをくっと引っ張った。ああ――。冬子は絞められた喉からかすかな声を洩らす。春明はしばらくそのままにしていたが、ふっと冷ややかに笑うと力を抜き、リボンを手放した。血のような緋色がひらひら舞って床に落ちる。

冬子は解放された喉を押さえ、けほけほと咳《せき》をした。春明はすでに冬子を見ていない。窓の向こう、だれもいない柳後雄の書斎に遠い眼差しを向けている。

「死の淵《ふち》をさまよっていたあのとき、思ったんだ。先生の腕のなかで息を引き取ることができたらこれ以上の幸福はないと。しかしこうやって死神に拒絶されて生き返ったのだから」独りごとのようにそこまで言うと、彼はぜんまいが切れた時計みたいに無言で立ち尽くした。

「……だから、どうするのですか」沈黙に耐えきれず、喉を押さえたまま冬子はさきを促す。

「……いや。このさきは言うまい」

とたんにもの憂げな面持ちになり、彼は部屋を出ていった。ひとり残された冬子は床に落ちたリボンを拾い、また窓の外を見た。雪が東京を覆い尽くそうと激しく降りはじめている。

柳後雄は一日に何度も家を出て勾配を下り、暁文堂へ通った。俳諧の運座を開いたり、文章指導をおこなったり、ひとつ屋根の下に暮らしていたころ以上に門下生たちを気にかけている。田村叢生など古い弟子も頻繁に顔を見せ、新しく住みはじめた者もいて、同じ志を持つ青年たちの住居は賑わった。冬子が女中部屋で日付が変わるころまで針仕事をして布団に入るときに、遠くから聞こえていた熱っぽく語らう声が、翌朝、水を汲みに井戸へ出た際にもまだ続いていたこともあった。

洗濯ものを預かりに行った冬子に藤川は「男所帯の臭い汚れものをすまないね」と恐縮しながら「生活費として月ごとにひとり五円ずつ出す決まりなんだが、払えるのは原稿の収入があった月だけでね。売れっ子の漣はいいが、僕なんて先生に頼りっぱなしだ。紙巻き煙草も金を出しあって半分に切って分配してさ、とんだ貧乏暮らしだよ」と語る。その顔はどこか嬉しそうだった。

少し前まで同じ家で暮らしていた彼らが急に遠くに行ってしまったようで、寂しかった。玄関番の暮らしだって硝子戸ごしに見るような隔絶を感じていたのに、よそに城を築かれてしまっては手が届かない。

深夜、同室のきよを起こさぬよう静かに原稿用紙を取り出し、洋燈の明かりのもとで筆を走らせる。ときおり手を止めて、冷えた指をこすりあわせてあたためた。今宵も暁文堂のほうから男たちの声が聞こえてくる。さすがに会話の内容まではわからないが、ずいぶん盛り上がっているようだ。酒も入っているのだろう。——私だって。あの場に交われない寂しさや虚しさを、悔しさを、怒りを、黒い墨に託して原稿用紙の枡目《ますめ》にぶちまける。自分に似ているけれど自分とはまったく違う主人公が、筆にすがたを変えて思いのままに原稿用紙上を走る。ほどけた髪も乱れた裾も気にせずに、素足を泥で汚して。

ものが壊れる大きな物音が聞こえた。冬子は一瞬手を止めたが、すぐに原稿に戻る。また酒に酔った春明が暴れているのだろう。漣の送別会にて酔って大虎になったすがたをはじめて見たときには肝を潰したが、いまや彼の酒癖の悪さはよく知られていた。暁文堂に移ってからは頻繁に騒動を起こしている。柳後雄が連れてきた客人である挿絵画家に難癖をつけて言い争いをしたり、漣が大事にしている柳後雄の使い古しの机を庭に放り投げて数日間絶交したり。仲間も師も彼の酒癖には手を焼いているようだった。「あれの酒癖の悪さはいつか命取りになる」と柳後雄が渋面で話しているのを聞いたこともある。

しかし、酒を呑むのは正月の屠蘇《とそ》だけで自分から欲したことのない冬子にも、春明が酒に溺れる心情はわかる気がしていた。美酒のもたらす酩酊《めいてい》を好む酒呑みや、酒席のなごやかな空気を愛する酒呑みとは明らかに違う。自分で自分の腕に小刀を刺すような呑みかたをせずにいられない、それはきっと冬子のなかにも存在する鬼の仕業だ。その鬼を駆り立てているものがなんなのかは知らないけれど。

筆を横にして口に咥《くわ》え、がりりと噛んで続きを考える。洋燈の芯がじじっと音を立てた。今夜は油が尽きて火が消えるまで書き続けよう。

季節は巡り、空気が春の香りに変わったことを知る朝がふたたびやってきた。去年と同様に井戸の水を汲むため外に出ていた冬子は眼を瞑り、目蓋に降り注ぐ真新しい陽射しのぬくもりを感じながら深く息を吸う。

だがその直後、吐き気がこみ上げて地面に膝をついた。酸っぱいものが胃から食道を逆流し、口を押さえた手の隙間からなまあたたかい嘔吐物があふれる。

そこへ春明と藤川が暁文堂のほうから垣根の隙間をくぐって歩いてきた。夜どおし文学論を闘わせていたらしく、早朝らしからぬ高揚した早口で言い合いながら下駄を鳴らして近づいてくる。さきに冬子の存在に気付いたのは藤川だった。

「おはよう、冬ちゃん」陽気な足取りで近づいてきたが、冬子の蒼白の顔と口もとからしたたる嘔吐物を見て顔色を変える。

「もしや冬ちゃんも庭に生えている実を食べたのかい？　いつぞやの偽黒すぐりを食らったこいつみたいに」

いいえ、そんなことは、と言いかけてまた嘔吐感に襲われる。口を押さえて厠へと走った。ひとしきり吐いたあと手水《ちょうず》で手を洗って口をゆすいでいると、背後にひとの気配を感じた。

「蕊《しべ》にたっぷりと花粉をつけられて、実を結んでしまったか」

春明の声だった。

数日前から直視しないように努めていた疑惑を突きつけられて、冬子の両の眼から涙が噴き出した。蒼白い顔で吐いてばかりいた悪阻の時期の由喜が頭をよぎる。郷里の父の顔が浮かぶ。どれほど失望させてしまうだろう。すべて終わりだ。東京暮らしも、肉体と引き換えに柳後雄に取りつけた約束も、やっと見てほしいと思える状態まで磨き上げた小説も。涙がこぼれると、感情を抑えられなくなった。わあわあ声を上げて泣きじゃくる。

「どうするつもりだ？　どうしたい？」

春明は冬子の背をあやすようにぽんぽんと叩きながら囁き声で訊ねる。

わかりません、としゃくり上げる呼吸のあいまに答えた。もうなにもかもおしまいです。

「解決策はあるさ」

一瞬、涙が止まった。彼の顔を見る。

「おれと結婚して、腹の子はおれの子として育てればいい。同郷のよしみで親もうまく丸め込めるだろう」

驚いて顔を見返す。春明は平然とした面持ちで冬子に視線を向けている。とんでもない提案を当たり前のことのように淡々と話す彼の腹のうちが、まるで読めなかった。

「……春明さんはそれでよいのですか」

疑問はいくらでもあったが、そう訊ねるのがやっとだった。

「よいか悪いかはわからない。だが、おれにだって打算はある。あなたとおれで共謀しないか」

「……共謀、ですか」

春明は片側の口角を上げて謎めいた微笑を浮かべる。

「ああ。おれたちはお互いに利用し、支えあうことができると思うんだ」

梅の花のほころびに気付いた日の午後、久しぶりに柳後雄の書斎へ呼ばれた。また肉体を求められるのだろうか、どうやって拒めばいいのだろうと考えながら二階へ続く階段を上る。妊娠のことは告げていなかった。だが、いずれは知るところとなるだろう。

「失礼いたします」

「読んだぞ、お前の小説を」

冬子が部屋に入るなり、柳後雄は原稿用紙の束をひらひらとかざした。嘔吐したあの日、もう長くはこの家にいられないのだからとほとんど自棄になって渡した小説だった。

朱筆が細やかに入っているのが見えて胸が高鳴る。

「気になったところに手直しをしてある。あとで確かめなさい」

震える手で原稿を受け取る。あの尾形柳後雄が、私の小説を読んでくれた。朱筆を入れてくれた――。郷里にいて東京の大作家に憧れていたころの無邪気な気持ちがひさびさに甦る。

「……それがお前のほんとうの望みか」

口髭をねじり、柳後雄はため息を洩らすように言った。

一瞬、なんのことかわからなかった。春明の求婚の件を知っているのだろうかと狼狽《ろうばい》したが、小説の内容の話だと思い当たる。

冬子が書いて柳後雄に読ませた小説――それは、大作家の家で暮らす四人の弟子の日々を描いた物語だった。三人の男弟子と、その末の妹のような存在の女弟子。おてんばな彼女は兄弟子たちと同等に張りあい、師の薫陶を受けて切磋琢磨し、ときには喧嘩し、酒を呑んで暴れ、やがて文壇に名乗りを上げる――。

冬子は奥歯を噛みしめ、なにも言わずにうつむいた。

「編輯者にも読ませた。すぐにというわけにはいかないが、誌面に空きが出たら載せられるそうだ」

耳を疑った。にわかには信じられない話だった。ぱっと顔を上げ、食い入るように柳後雄を見る。女中の必死な眼差しを、同情なのか、苦々しく思っているのか、読み切ることはできない複雑な面持ちを浮かべてしばらく見下ろしていた柳後雄は、「おれは死んだら地獄行きだろうな」と呟くと書斎を出て行った。

ひとり残された冬子は、紙と墨のにおいが充満する部屋で原稿用紙を抱きしめて長い息を吐く。涙がひとつぶ原稿用紙に落ちて字が滲み、あわてて目頭をぬぐった。

第二章　夏雷

自分の着古した麻の葉文様の浴衣をほどき、一つ身の産着《うぶぎ》に仕立て直していた。何度も洗濯を繰り返してくったりとやわらかくなった木綿は、きっと赤ん坊の肌をやさしく包んでくれるはずだ。

「そんなに早《は》よ準備すると縁起悪いがね。魔に魅入られるわ」

顔を覗かせた祖母が冬子の手もとを見て眉間に皺を寄せた。

「早よ、って。あと二か月もすれば産まれてくるんだから」

「ほうか二か月か。……どえりゃあ早いがね」

冬子は運針に集中しているふりをして、祖母の言葉に潜む毒をやり過ごす。静岡に近いここ東三河とは違う、尾張《おわり》のほうの訛りが祖母の言葉には混じっていた。それを聞くたび、冬子は祖母の娘時代に思いを馳せる。この家に嫁入りする前、祖母はどんな少女だったのだろう。どんな人生を思い描いていたのだろう。何十年も経ってもかたくなに言葉を変えないのは、婚家にからだの芯までは染まらないという意地のようにも思えた。

「権兵衛さんは元気にしとるの？」

「今朝手紙がありました。締切が重なっているから、当分そっちには行けそうにないって」

廃嫡されており家業は弟が継ぐと決まっているとはいえ、春明の父は息子を見捨てたわけではなかった。文学者である息子の細君には文学に理解のある娘を、と考えていたらしく、冬子のことを聞いてぜひにと喜んだ。

いっぽう冬子の父も、娘の婿候補として目星をつけていた男がすでに結婚が決まっていたり戦死していたり病死していたりと、ことごとく当てが外れて焦っていたので、この縁談に飛びついた。家柄の釣り合いに問題はなく、東三河の豊橋と尾張の半田で離れているとはいえ同じ愛知で、なにより宮島家の婿養子になるのを了承しているとのことで、結婚は円滑に話が進んだ。

入り婿とはいえ、春明は豊橋に引きこもって暮らす気はないようだった。婚礼を済ませて間もなく、春明と冬子は東京の牛込納戸町《うしごめなんどまち》に新居をかまえた。すぐに家は春明の仲間の溜まり場となり、夜な夜なだれかしらが訪ねてきて酒宴が開かれた。騒々しいのでようすを見にいくと、「柳後雄先生のいちばんの愛弟子《まなでし》はだれか」なんて話題で摑みあいの喧嘩になっている。以前ならほほ笑ましく思えただろうに、冬子の胸はひたすら冷えた。

酒や肴《さかな》の用意をしていると、春明はかまわなくていいよと言ってくれるがそういうわけにもいかない。私塾の暁文堂は発起人だった春明の結婚で解散したので、冬子には引け目があった。それぞれが文壇で頭角をあらわし人数も増え弟分もでき、まさにこれから、という時機だったのだ。あのころの高揚しきった彼を知っているだけに、自分との結婚で奪ってしまった生活と計画を思うと、申し訳なさでいたたまれなくなる。

とはいえ身重のからだには明けがた近くまで騒がれる暮らしはきつかった。いよいよ腹が重たくなってくると、出産に向けて早めに里帰りすることにした。「ちょくちょく顔を見に行くよ」と夫は言ったが、里帰り後いちどしかこの家をおとずれていない。

産着を縫い終えた冬子は、赤い糸で背守りをほどこした。子を守り魔を撥《は》ね返すための糸印だ。一つ身の着物は背に縫い目がないので魔を睨みつける「目」がない、だからこうやってまじないをかけるのだ。男物は左斜めに、女物は右斜めに刺すと決まっているので赤子の顔を見てからつけるべきだが、産まれてくる子が男児だという根拠のない強い確信があった。

糸を切って完成させると、針箱を片付けた。伸びをひとつしておなかに触れる。それから部屋の隅にある雑誌に手を伸ばした。何度も繰り返し読んだため、手垢にまみれ、角が折れている。

ぱらぱらとめくると折り癖がついている頁が開いた。

椿の頃

九鬼冬子
尾形柳後雄補

九鬼冬子、という文字を指でなぞり、じっと見つめる。

この号が発売されたのは、まだ冬子が東京にいるころだった。礼を伝えるためひさびさに横寺町の柳後雄宅をおとずれ、どうしても知りたかったことを訊ねた。──なぜ九鬼冬子という名前で掲載されたのでしょうか、と。

「ああ、そのことか。春明の細君だとわかったほうが読者も興味を持つだろう。あいつの書くものはまだまだ稚拙だが、名前は知られてきている」

柳後雄は自分の口髭を弄びながら一瞬冬子の丸く膨らんだ腹を見たが、すぐに視線を逸らした。

「私の名前ではいけないということでしょうか。宮島冬子では」

「いけないって道理はないが、まったく無名の、それも女の書いたものなんざ、いくらおれの名前を横につけたって話題になりゃしない。よっぽど出来がよければべつだがね、そこまでじゃないからなあ。あの春明がどんな女と結婚したのか、下世話な関心を抱いて読むやつがいることに期待するのが得策だ。……まあ、九鬼なんていうおどろおどろしい名前に抵抗を持つ気持ちはわからんでもないが」

そうでもしないと読んでもらえないのかと悔しく思ったが、誌面に掲載され、本来ならすれ違うことすらない人びとに読んでもらえることは嬉しかった。

しかし、冬子の小説はとくに話題になることもなく、じきに新しい号が出て書店からも消えた。しばらくはほかの文芸雑誌もすみずみまで眼を通して九鬼冬子の名をさがしたが、寸評で取り上げられることはなかった。

自分の人生を切り開くつもりで書いたはずだった。そのためにこの身だって捧げたのに、あまりの無風ぶりに気が抜けてしまった。このまま終わるわけにはいかない——そう思いながら家事のあいまに原稿用紙を取り出してみるものの、日に日に変化していくからだに戸惑い、あらためて柳後雄が自分にしたことを直視させられて、筆を進めることができずにいた。

雑誌をもとの場所に戻し、腹帯を巻いた丸い腹に手を置く。ぽこん、と内側から返事があった。

＊

年の瀬、はたきで鴨居《かもい》の煤払《すすはら》いをしていた冬子は、台所のほうから響く赤子の泣き声にはっとして手を止めた。

「冬子、早よ来《こ》やあ！」

すぐに駆けていって祖母のおんぶ紐から透《とおる》を受け取り、ねんねこ半纏でくるんで抱く。つきたての餅のようなやわらかな肉と、湯気が立ちのぼりそうなほど高い体温、ふんわりと香る乳臭い甘いにおい。いとおしさがこみ上げて頬ずりすると、泣き声はおさまった。

「まったくこの子は気難しいもんで、あんたじゃないと泣きやませられんで」

透が生まれて四か月が経つ。夏の盛りの日だった。陣痛が激しくなったのは蟬がやかましく鳴いている正午ごろで、すぐに近所の産婆が駆けつけてお産の準備にかかった。奥の間に移動して祖母は敷布を畳に広げ、母は沸かした湯を盥に入れて持ってきた。

「ほい、仙骨の下に枕を」

座った姿勢で腰の後ろに枕をあてがい、膝を立てて広げた体勢で踏ん張る。

「あたしもあんたのお母さんも安産だった。それだであんたもするっと産めるはずだに」

そう祖母に励まされた。

だが、部屋が薄暗くなりはじめてもいっこうに子宮口は広がらず、冬子は息も絶え絶えになりながら右手を母に、左手を祖母に握ってもらって踏ん張り続けた。蒸し暑いのに血の気が引いてつめたい汗が全身から噴き出す。

外は激しい雨が降り出していた。雷が轟く。記憶が混濁し、春明が病床で嘔吐していたあの雷雨の晩の続きにいるような気がしてくる。いまにも息絶えそうな春明が柳後雄に見せた、恍惚の笑み。自分もあんな表情を産まれてくる子にできるだろうか。何度も意識を失いかけ、そのたびに頰を叩かれ、このまま母子ともに死ぬのかと朦朧《もうろう》とした意識のなかで思いながら最後の力を振り絞ったそのとき、一気に苦痛から解放されて、赤子の泣き声が耳に届いた。

「男の子だ」

という産婆の声を聞きながら、白い靄に包まれて意識を失った。

無事に産まれたことを知らせると春明はすぐに東京から駆けつけ、赤子の顔を見て
「透」と名付けた。夫婦と赤子の三人になったとき、「目もとが柳後雄先生に似ている」と満足げに呟いた。「だって父親ですから」と冬子は胸のうちで応えたが、口には出さなかった。透を見つめる春明の横顔は、赤ん坊に負けないほど無垢な表情を浮かべてい

た。

よしよしとあやしていると寝息が聞こえはじめた。祖母は沢庵《たくあん》を仕込んでいる。軒下に吊るして干していた大根を取り込み、糠を敷きつめた樽にぎゅうぎゅうと隙間なく詰めていた。このあたりでは小ぶりで肉質がすぐれた大根が穫れるため、沢庵が多くつくられている。冬に吹き抜ける強烈なからっ風が、甘みの強く身が締まった干し大根にしてくれるのだ。

祖母は大根を二段詰めて糠で覆い、昆布や唐辛子を埋め、大根葉で蓋《ふた》をした。

「冬子、漬けもの石を持って来やあ」

透をねんねこ半纏ごとそっと板の間に置き、土間の隅に転がっている石を抱きかかえた。樽の上に載せる。

「この漬けもの石はあたしが嫁に来る前からこの家にあったんだわ」

「そんなにむかしから……」

御維新のはるか以前からあると思うと、ただの石が急にありがたいものに見えてくる。

「漬けもの石は要石《かなめいし》だで」

「要石？」

「ほら、神社にあるがや。地震を鎮めるための石が。……家庭にもどっしり鎮座する石ない。

祖母は暗に夫のことを言っている、と気付いた。この家には要石になるはずの婿がいないといかん」

結婚当初こそ父は春明を歓迎していた。だが、元藩士の矜持を持ち、時代が変わってからは家を没落させないようにと所有していた土地を貸すことでやりくりしてきた実利主義の父と、文学を志し金を稼ぐことなどにはまるで興味のない春明はもともと水と油なのだ。いまや父は婿を苦々しく思っており、春明のほうでもそれを察してますます家に寄りつかない。出産後、一週間ほど滞在したが逃げるように東京へ戻ってしまった。

「ずいぶん早すぎやしないか、透が産まれたのは。計算が合わないいんじゃないか。いったいあいつはどういう男なんだ」

父にそう詰め寄られ、冬子は冷や汗をかいた。

「実際には十月十日じゃありませんからね、子が産まれるまでの日数は」と横で聞いていた母が擁護して、「そういうものなのか」と父はいったん怒りをおさめた。

沢庵の仕込みを終えた祖母は、板の間に腰を下ろして透のやわらかな髪が生えた頭を撫でる。

「こんなに幼い子連れて東京行かないかんの?」

「ええ、いつまでも離れて暮らすわけにはいかないから」

正月が明けたら東京の家へ戻ろうと計画していた。祖母と母という女手のある生家で子育てをしていると助かることが多く帰る時機を逸していたが、このままではいけない。せめて外側だけでも家庭を整えなければ、築ける関係も築けない。

「あんたはこの沢庵食べられせんね。今年の大根はうまく干せたのに」

祖母の横顔は寂しげで、胸がちくりと痛んだ。

東京へ向かう鉄道で、冬子は透が眠っている隙に夫の小説が載っている雑誌を開いた。鎌倉時代の合戦を題材とした時代物である。いままでの春明の作風とはがらりと変わっている。先月ほかの雑誌に載っていたものは、付け焼き刃としか思えないぎこちない擬古体で書かれていて、読むのに苦心した。自分なりの作風を模索している最中なのだろう。書くことじたいが愉しくてしかたがなくて、新しい手法に手を出すことに充実感を覚えているのかもしれない。最近はほぼ毎月どこかの雑誌で九鬼春明の名前を見かける。東京の文壇から隔てられた土地やそこにいる家族のことなど、いまの彼の眼中にはないのだろう。

冬子は途中まで読んだが、鎌倉時代はあまりに遠すぎて戦にも興味を持てず、雑誌を閉じた。いまの自分にふさわしい題材はなんだろうと考えながら、ぐずりはじめた透をあやし、車窓を見せる。

大きな柳行李と乳飲み子《ちのご》を抱え、長い鉄路のすえに辿り着いた約半年ぶりの納戸町の家は、他人の家のようだった。玄関には見憶えのない大きな下駄が転がっている。冬子の知らない女中を雇っているらしく、鍋の並びも塩の置き場もなにもかもが変わっていた。廊下はしばらく拭いていないようで、少し歩いただけで足袋の底が真っ黒になった。帰る日程を伝えていたにもかかわらず春明は出かけていて、家にはだれもいない。とりあえず茶を飲んで落ち着こうと思って茶筒を開けたが空だった。透が泣き出したので、胸もとを広げて乳をやる。

玄関のほうで物音がした。透を剝き出しの胸に抱えたまま、「おかえりなさい」と言って玄関に出る。そこには見知らぬ青年が立っていた。両者とも驚いた顔でしばし見つめあう。最初に口を開いたのは青年のほうだった。

「春明先生の奥さまですか。僕は先生の弟子です。青柳《あおやぎ》といいます。先生にはたいへんお世話になっています」

「まあ、お弟子さん……」

弟子を取っているとは初耳だった。いつのまにそんな立場になったのか。あらためて青年を見上げる。柔道家のように立派な体軀《たいく》に犬に似た童顔がのっている。別人の首を取りつけたみたいにちぐはぐだ。

「あの、九鬼春明はどちらへ？」

「先生は会合にお出かけです。じきにお戻りになると思います」

冬子は茶の間に布団を出して透を寝かせると、家の掃除に取りかかった。年末の煤払いもしていないらしく、鴨居や欄間にはたきで触れてみると雪のように綿埃《わたぼこり》が舞い落ちる。部屋の隅には火鉢の灰がこぼれていた。高いところの埃をすべて落としてから畳を掃き、廊下や板の間に雑巾をかける。ひととおり終えて沸かした湯を啜っていると、玄関のほうから物音が聞こえた。立ち上がって玄関へ向かう。

あなた、おかえりなさい、と言おうとしたが、糸の切れた操り人形のように三和土《たたき》に崩れている夫を見て言葉を失った。

「青柳、水をくれ」

顔を上げ、濁った眼で妻の顔を見た春明は、一瞬はっとした表情になって気まずそうに横を向く。

「……来ていたのか」

「前に出した手紙に書きました。一月十五日に東京へ行きますと」

「……そうか。読んでいなかった」

春明はげっぷをひとつした。離れているのに酒のにおいがただよってくる。いつから呑んでいたのだろう。ひょっとすると昨晩からずっと呑み続けていたのではないか。

「それで、いつまでいるんだ?」

「いつまで、って……。ここは私の家でしょう?」

「そうか。そうだな。そうだった」

眼鏡の奥の眼は焦点が合っていない。冬子が肩を貸そうとしたが、春明はそれを拒み、壁に手をかけて立ち上がった。おぼつかない足取りで自分の書斎へ向かう。

「明日までに書き上げなきゃならんものがあるんだ。部屋から出るまで声はかけないでくれ。食事もいらない」

ぴしゃりと襖が閉められる。その音に呼応するかのように眠っていたはずの透の泣き声が響き渡って、冬子はあわてて茶の間へ走った。

まさという女中は冬子よりも五つほど年上のようだがずんぐりとした外見も、愚鈍な受け答えも、見ていると苛立《いらだ》った。素手を釜に突っ込んでご飯をつまみ食いするのも気に入らない。手についた米粒をべろべろ舐め取っているのを見るとぞわっと皮膚が粟立つ。

「手をお釜に入れないで。しゃもじを使ってちょうだい」

数日我慢したものの、とうとう見かねて注意したが、河原に落ちている石のような眼でじろりと冬子を見るだけで返事はなかった。なにを考えているのかわからない。そして変わらず素手でつまみ食いしている。この女中のどこを気に入って雇っているのか、夫の心情がまったく理解できなかった。

春明は家にいる時間の大半を書斎に閉じこもって過ごしている。夜になると住み込みの弟子である青柳を相手に酒を呑んでくだを巻くか、あるいはどこかへ出かけていく。そして翌日の陽がかなり高くなったころにひどく怠《だる》そうなようすで帰ってきて、二日酔いの青い顔でえずきながら原稿用紙に向かうのだった。食事は書斎の前に置き、日によってはまったく言葉を交わさないこともある。まだ猫のほうが家族らしいかもしれない、と冬子は幼いころ飼っていた猫を思い出して考えた。

――椿の赤い花をイギリス結びの髪に挿してくれたあのとき、私を見つめたやわらかでまっすぐな眼差しは、いまはなにを見ているのだろう。早春の朝のひかりを背負い、希望を抱いて玄関先に立っていた、はじめて会った日の清らかなたたずまいは幻だったのだろうか。冬子さん、と呼びかけるやさしく誠実な声音はいまも耳に残っている。しかしその声で呼びかけてくれることはもうない。

それでも眠っている透の顔を眺めながら晩酌しているときの横顔は、このうえなく穏やかであたたかかった。血のつながりのない父子だということを忘れてしまうほどに。

「先生はあんな調子のひとだから、奥さまは苦労が多いでしょう」

午前を過ぎて正午になっても帰宅しない春明にやきもきしていると、青柳に話しかけられた。

「あんな調子って、どんな調子です」

「先生は芝居にも寄席にもまるで関心がない。ましてや海水浴なんて行くはずがない。旨い食べものにも着るものにも無頓着だ。情熱を傾けるのは文学と酒だけです。しかも酔って滔々《とうとう》と語ることだって、文学に関する展望や苦悩の話ばかりだ。およそ家庭に向いているひとではありませんよ」

東京の家に帰ってきて一か月と少しが経ったころだった。

出版社に出向いた春明は編輯者を連れて帰り、青柳と三人で呑みはじめた。ときおりどっと笑い声が上がったり、春明が声を荒らげてなにごとかを主張したり、盛り上がっているようすだ。冬子はようやく眠りについた透が起きやしないかとはらはらしていた。

透の横に寝そべって桃のような頬に自分の頬をくっつけていると、それまで会話の中身までは聞こえてこなかったのに、突如夫の声が明瞭に耳に飛び込んできた。

「まったくあの浅草の銘酒屋の女ときたら！」

かあっと冬子の体内で焔《ほのお》が熾《おこ》った。

女の冬子だって銘酒屋と呼ばれる場所がなにをするところなのか知っていた。銘酒の酌売を看板にして、実際は私娼《ししょう》が自分を売る店。

——妻の肌に触れたことはないのに。銘酒屋の女は抱くのか。からだが芯から震えてくる。私たちはほんものの夫婦ではない。情けをかけられて結婚したのだ。打算がある、共謀しないかと言われて。どういうつもりで言ったのかはいまだにわからないけれど、こんな生活は共謀ではない。互いに独りよがりで、交わるところがない。

もう豊橋の家に帰ろう。起き上がった冬子は歯を食いしばって震えを抑えながら、柳行李に荷物を詰めはじめた。

帰宅すると、祖母は「冬子に食べさせられてよかったがね」と喜び、食べごろになった沢庵を切って出してきた。祖母の言うとおり、沢庵は例年よりも出来がよかった。ぽりぽりと齧《かじ》りながら、冬子はゆるみそうになる涙腺を必死に引き締める。鼻の奥がつんと痛んだ。

＊

柳後雄先生がもう長くないらしい、と書かれた夫からの手紙が届いたのは透が三歳の誕生日を迎えてしばらく経ち、秋も深まってきたころだった。胃の腑にできた癌《がん》で重篤な状況であるということは、柳後雄が小説を連載している新聞に書かれていたので知っていた。その小説も一年近く休載している。

冬子は東京と生家を数か月ごとに行ったり来たりする暮らしを続けていた。今度こそまともな家庭を築くのだと一念発起して上京するものの、春明の生活態度に音《ね》を上げて逃げるように帰ってしまう。夫のほうから豊橋の家に顔を見せたのは片手で数えられる程度の回数だ。

病床の柳後雄のもとへ行くかどうか、冬子は迷った。かつて文学者として憧れていた。恩義もある。しかし、とんでもないことをされた。あの暮らしから遠ざかったいま、思い出しただけで全身がこわばる。

いよいよ先生が危ないから透を連れて来てほしい、と再度春明からの手紙があって、冬子は気が進まないながら透の手を引いて東海道線で東京へ向かった。「お父さんとお母さんがお世話になったかたのお見舞いに行くのよ」と説明したが、なにも知らない透は久しぶりに乗る鉄道に喜んでいた。

数年ぶりに見る柳後雄の邸宅は、記憶にあるよりもみすぼらしく感じた。女中時代のように勝手口から入るか、それとも客として玄関から入るか迷っていると、背後から呼びとめられた。

「これはこれは。九鬼春明の奥方じゃないか」

振り向くと漣が立っていた。

「漣さん。ごぶさたしております」

久しぶりに会う漣は女物のような柄物の更紗《さらさ》の羽織に大島紬の着物を合わせていて、それが色白の細面や不機嫌そうな流し目にとても似合っていた。女の私よりもずっと妖《よう》艶《えん》だ、と冬子は思った。幽玄で神秘的な作風とも調和している。柳後雄の弟子のなかでいち早く頭角をあらわし、いまや売れっ子作家のひとりとなった彼には、貧乏書生の面影はない。

「これが子か。どれ、顔をよく見せろ」

漣にぐいと顎を摑まれて、少し前からひとみしりが激しくなっていた透はぱっと冬子の尻の後ろに隠れた。

「そんなに臆病ではこの家に入れないぞ。魑魅魍魎《ちみもうりよう》の巣だからな」と漣が笑う。

さきに到着していた春明が、声を聞きつけて玄関から顔を出す。

「おい、ひとの息子を取って喰ったりするなよ」

「息子か。お前には似ていないな。むしろ柳後雄先生に瓜ふたつだ」

冬子の心臓がぎしりと軋んだ音を立てた。

「ははは、そいつは光栄だ。おれに似るよりは男ぶりも頭の出来も才覚もずっと勝るだろう」

春明は漣の言葉に潜む毒に気付いているのかいないのか、愉快そうに笑っている。

透が尿意を訴えたので後架へと連れていった。その帰り、廊下で漣に呼びとめられた。

「知っているのか？　あいつは」

視線が交錯する。

「……ええ、なにもかもご承知のうえです」

「そうか。夫婦のことだから、私はなにも言うまい」

透はきょとんとした顔でふたりを見上げていた。

由喜に案内され、柳後雄の病床となっている部屋に入る。由喜はまじまじと透の顔を見たが、「かわいい坊ちゃんね」としか言わなかった。透の顔立ちは日に日に柳後雄に似ていき、とくに厚ぼったいが涼しげな目蓋はそっくりだ。

すっかり痩《や》せ衰えて死相が出ている柳後雄に、冬子はたじろいだ。まるで人間の剝製《はくせい》だ。直視できずに眼を逸らすと、枕もとに見知らぬ女が座っていることに気付く。衿を抜いた着物の着かたといい、むらなく首まで塗った白粉といい、しなをつくるような指さきの仕草といい、病床に不似合いな色気が洩れていた。どう見ても看護婦ではない。

「あのかたは？」

小声でとなりにいた藤川に訊ねる。

「ああ、勝丸《かつまる》だ。芸者だよ。神楽坂《かぐらざか》でいちばんの名妓《めいぎ》と評判だ。先生の頼みで毎日看病をしている」

「芸者さん……」

芸者を囲っているとは知らなかった。奥さまは納得なさっているのでしょうか、と訊ねたかったが言葉を呑み込んだ。正妻が整えた家に、芸者がわがもの顔で足を踏み入れ、主人の枕もとに張りついている。

「ひとには芸者にかかわるなと言うくせに、自分は囲って家にまで招き入れているのだから」

漣が苛立たしげに呟いた。彼が師を悪く言うのはめずらしい。

「漣は芸者と暮らしていたんだ。勝丸の妹分で豆千花《まめちか》といって、まだ下っ端なんだが苦労人でね。だが先生に知られて、ひどく怒られて別れさせられたんだよ。おれか女かどっちかを選べってさ。漣に先生を捨てることなんかできないとわかりきっているのに」

「その話はいまはいい」ぴしゃりと漣は藤川の話を遮る。

寝ているように見えた柳後雄が目蓋を開けた。漣の表情が変わり、先生、とかぼそい声を上げる。

「お前ら、そこに雁首《がんくび》揃えているのか。ひとりずつしけた面を見せてくれ」かすれた声をふりしぼり、柳後雄は言った。

芸者の勝丸が後ろに下がり、兄弟子の漣から師の枕もとへ進む。

「漣か。お前にはいまさら教えることはなにもないな。立派に育った。ゆくゆくはお前の名声が師のおれの名前を後生に伝えてくれるだろう。早く良家の子女を嫁にして身をかためろ」

涙を浮かべて耳を傾けていた漣の弓なりの眉が、一瞬ぴくりと跳ね上がった。

続いて藤川の番だ。

「先生——」すでに嗚咽《おえつ》を洩らしている。

「藤川。お前はやさしすぎる。もっと貪欲になってくれ。いまにお前にしか書けないものが見つかるはずだ。焦らなくていい」

春明も枕もとに呼ばれた。

「ほら、透を連れてこっちへ」と夫に手招きされ、冬子は透を膝に乗せて夫の横に正座する。

「春明。旺盛に書いているようだが、お前の書くものは——。いや、いいんだ。あれがお前の持ち味なんだろう。持てる力をすべて注ぎ込んだ大作を書くといい。なるべく早く、気力も体力も充実している若いうちに。おれほどではないが、お前も長生きはできないだろうから」

肉が削げたせいでぎょろりと剝き出しになった眼が冬子を見る。

「お前はまだ書いているのか？」

「いえ、いまは家のことにかかりきりで」

「……また書くといい。もう添削はできないが」

膝に抱えられている透へと柳後雄の視線が下りる。布団から枯れ枝のような腕が伸びて、息子の頬に触れた。

「名はなんていうんだ？」

「透」見知らぬ瀕死《ひんし》の男に怯《おび》えながら、透は名乗った。

「そうか――」

柳後雄は眼を閉じた。腕がだらりと畳の床へ落ちる。

「……先生!?」

弟子たちは顔色を変えて身を乗り出したが、かすかな寝息が聞こえてきて、ほっと胸を撫で下ろした。

翌日の明けがた、尾形柳後雄は昏睡したまま息を引き取った。

昨夜から滞在していた見舞客や知らせを受けて飛んできた者など、決して広くはない家はひとであふれて騒々しくなった。冬子は由喜や老女中のきよとともに客にお茶を出すなど対応に追われた。

「享年三十六か。若いな」

「ほんの二か月ほど前に、英語で書かれた百科事典を買いに来た柳後雄先生に丸善で会ったと言っていたひとがいました。そのころはもう病気が進行して歩くのもやっとだったでしょうに、鬼気迫る情熱です。生きているうちに読み切れるとは思えない、分厚いうえに十冊以上もある事典を買うのだから。懐具合だってあまり芳《かんば》しくはなかったでしょうに」と編輯者のひとりが高揚した口調で語っている。

昨晩遅くに家に来た、弟子のひとりの田村叢生が腕組みして廊下の壁にもたれ、感慨深そうに息を吐く。

「ひとつの時代が終わったな」

「柳後雄先生は時代を象徴する小説家でした」そばにいた編輯者が相槌《あいづち》を打つ。

「いや、そういうつもりで言ったのではない。このあたりが柳後雄先生の潮時だったのだ。遅かれ早かれ引導を渡される立場だった。時代に取り残されていく醜態を見せずに済んでよかったんじゃないか」

あ、と思ったときには春明が飛びかかっていた。「よせ！」と藤川が叫ぶが間に合わず、田村の顔にこぶしがめり込む。重たく鈍い音に、冬子は身を縮めて眼を閉じた。

*

近くの家から羽根つきの乾いた小気味よい音と、少女たちのはしゃぐ声が聞こえている。透が元旦から寝小便で汚した布団を干しながら、冬子は庭で遊ぶ息子に視線を向けた。ぴりっと冷えたからっ風が吹くなか、透は母が買ってくれた凧《たこ》で遊んでいる。蛸《たこ》のかたちをした赤い凧は、八本の長い脚をなびかせてくるくるとまわりながら上昇していた。透はおぼつかない足取りで右へ左へと翻弄される。今年で五歳を迎えるが、同い年の子どもに比べて小柄で体調を崩しがちだ。

「そのぐらいにしておきなさい。また風邪を引くといけないから」

冬子の呼びかけに透が振り向いたそのとき、突風が吹いた。凧が舞い、その勢いで転ぶ。手から糸が離れて庭に生えている松の木に引っかかった。一瞬の間を置いて、透は火がついたように泣き出す。厚ぼったい目蓋から大粒の涙がぼろぼろとこぼれる。

「泣かない泣かない、お母さんが取ってあげる」

冬子は綿入れ半纏を脱いで縁側に置き、利休鼠色《りきゅうねずいろ》の着物の裾をからげ、袖をまくって松の木によじ登った。子どものころに何度も登ってどこに手や足をかければいいのかよく知っている木だが、からだが思うように動かない。もう身軽な子どもの肉体ではないのだといまさら思い知らされる。

やっと糸に手が届いた。枝に絡んでいる糸をほどいている最中、苛立ってつい指に力が入ってしまう。ぷつんと糸が切れた。あ、と思った瞬間、強風に煽《あお》られて凧は空に舞い上がる。いったんは泣きやんだ透が、ふたたび大声を上げて泣き出した。

冬子は遠ざかっていく凧を呆然と見上げていた。夏に東京へ行ったときに、住み込みの弟子の青柳と交わした会話を思い出す。

「柳後雄先生が亡くなってからの春明先生は、まるで糸の切れた凧です」

「糸の切れた凧……」

「新聞の連載はすでに掲載した回よりも休んだ回のほうが多いでしょう。お酒はもともとお好きでしたが、最近はさらにひどくなっています。決して強いほうではないのに呑みはじめたら止まらず、ほうぼうで問題を起こしているのです」

「あの新聞の連載小説は、自分の命運を賭《か》けて書くんだと意気込んでいました。いくら締切に追われても書き飛ばすわけにはいかないという重圧があるのでしょう」

死の淵に立つ柳後雄に言われた言葉を春明は強く意識していた。――『持てる力をすべて注ぎ込んだ大作を書くといい。なるべく早く、気力も体力も充実している若いうちに』。

あれだけ敬愛していた師の言葉は重く響いただろう。複雑な思いを抱いていた冬子ですら、「また書くといい」という柳後雄にかけられた言葉に胸を揺さぶられ、少しずつだがまた原稿用紙に向かうようになっていた。透は手のかかる子なのでまとまった時間をとるのは難しいが、ごく短い随筆のようなものをひとつふたつ書き上げた。箇条書きの断片だけではあるが、小説の案もいくつかあたためている。

「こんな話、奥さまにお聞かせするべきではありませんが、しかし、奥さまはかつて雑誌に小説を発表したことがあると伺いました。執筆の苦労はご存じでしょう。情熱だけでなく根気が必要なことも。だれかに糸を握ってもらわないと、先生のせっかくの才能が潰れかねません。いまのままでは――」青柳ははっとした顔になり、言葉を呑み込んだ。「出過ぎた真似を失礼しました」

木から下りた冬子は裾や袖を直し、洟《はな》を垂らして泣き続ける透の頭を撫でる。

「あとで宝船《たからぶね》売りが来たら絵を買ってあげるから」

数日前に祖母から初夢について教えてもらった透は、宝船売りが売り歩く、一月二日の夜に枕の下に敷く紙を心待ちにしていた。ぱっと顔を輝かせる。

「えっと、いち、に、さん、し……」指折りなにかを数え出した。「……六枚買って！」

「六枚？　そんなに欲張らなくても。一枚で充分よ」

「お母ちゃんとお父ちゃんとばあちゃんとじいちゃんとひいばあちゃんのぶんも必要でしょう？」

自分を見上げる透の無邪気な思いに胸を打たれる。同時に、今年の正月も帰ってこなかった夫へのやるせなさもこみ上げた。冬子は息子のちいさなからだを強く抱きしめる。

「お母ちゃん、苦しい」

透はくすくす笑いながら舌足らずな声で言った。


夕方、家の前の通りを「おたから～、おたから～」と言いながら宝船売りが練り歩いているのを呼びとめ、無事に宝船の絵を刷った紙を購入できた。年始の挨拶をしにおとずれた客の相手をしている父と母を置いて、透と祖母と三人で銭湯へ向かう。番台に設置された三宝《さんぽう》におひねりを入れ、初湯で身を清めた。帰り道で透は手を引かれて歩きながらうつらうつら眠りはじめたので、ぐんにゃりと力を失って重たくなったからだを負ぶって帰宅した。

透を布団に寝かせ、金柑《きんかん》の甘露煮みたいにつやつやした半開きのくちびるから垂れているよだれを指でぬぐって、自分もそのとなりに横たわる。ようやくひと息つけた、と思う。煤払い、餅つき、正月飾りや祝い膳の用意など、新年を迎える準備で慌ただしかった年末には読むことのできなかった雑誌に手を伸ばした。

目次を眺める。この文芸誌にも夫は連載をしているのだが、今月号は休載のようだ。書けないのに安請け合いをして、と冬子は腹立たしく思う。断れば、そのぶんだれかほかの書き手が発表の場を得られるかもしれないのに。世に出たいが機会に恵まれずくすぶっている、未知の才能を秘めただれかが――。

冬子は机の上の書きかけの原稿用紙に目をやった。爪を嚙みながらぱらぱらと雑誌の頁をめくっていると、小説が掲載されていないにもかかわらず九鬼の名が目に飛び込んできた。九鬼君がうんぬん、と書いてある。頁を戻って題名を確認した。田村叢生の随筆の一文らしい。「柳後雄先生を偲《しの》ぶ会」と題されたその文章を横になったまま冒頭から読み進めているうち、冬子の眉間にしわが寄った。

尾形柳後雄の一周忌に弟子たちで偲ぶ会をやろうと春明が発案し、計画が立てられた。彼は今度こそ弔文を読むのだと息巻いている。柳後雄の葬儀では漣が門弟を代表して見事な弔辞を読んだのであるが、春明としても師を敬愛した弟子のひとりとして述べたかったという忸怩《じくじ》たる思いがあるらしい。しかし当日、開会間際になっても発起人の春明は会場にあらわれない。ほうぼうをさがしまわって、ようやく居場所が判明した。あやしげなまちの暗い路地裏の奥にある銘酒屋に流連《いつづけ》していたのだ。田村が春明の弟子の青柳を連れてその店へ向かうと、ずいぶんとみすぼらしい格好の女が出てきて、奥にいる春明を呼び出した。彼はひどく酔っ払っており、訊くとまだ弔文を書いてすらいないのだと言う。結局彼はそのまま酔い潰れ、偲ぶ会は発案者を抜きにしておこなわれた。

生前の柳後雄は弟子に対して厳しく指導し、絶対的な信奉を求めたが、その内側には深い愛情があった。たとえ自分の暮らし向きが悪くても、弟子たちの生活の面倒をみていた。田村自身は柳後雄の文学に疑問を抱いてそうそうに距離を置いたので、師事していたといえるほどの影響は受けていないが、それでも多大な恩義を感じている。いっぽうで住み込みの愛弟子であった春明がこのありさまでは、師は草葉の陰で慟哭《どうこく》しているのではないか――。

そんな内容の短い随筆を読み終えたときには、冬の夕暮れだというのに全身から汗が噴き出していた。これを読んだ者すべてが夫の醜態を知ってしまったのだと思うと、羞恥でいたたまれなくなる。春明の細君は間抜けだと見知らぬ人びとにあざ笑われている気がする。そもそもこんな会がおこなわれたことすら冬子は知らなかった。火照った頬につめたい手を当てて冷やす。

だが、呆れて糾弾している田村に対し、反論したい気持ちもあった。おそらく弔文は書きたくても書けなかったのだ。一年が経っても、夫は柳後雄の死と向きあうことができていない。

柳後雄の葬儀なら冬子も末尾に参列していた。漣が涙を堪えながら読んだ弔辞の素晴らしさは、きのうのことのように鮮烈に憶えている。夫はあのとき対抗心を抱いていたのだろう。自分こそがだれよりも師を愛し、師に愛されたのだと証明するような弔文を書かねば——強い意気込みが、彼の筆を持つ手をすくませ、うらぶれた路地へと足を向かわせた。いっしょに住んだ時間よりも離れて暮らす時間のほうが長い夫婦であるが、書くことに関しては夫の心情がありありとわかるのが、われながら不思議だ。

さらに頁をめくり、巻末にも九鬼春明の名を発見した。編集後記の隅にひっそりとある「お詫び」の文章に夫の筆名が登場している。先月号に掲載された春明の連載小説で、途中から主人公の名前が変わっていたらしい。しかもそれが読者の指摘で判明したそうだ。はあ、とため息を洩らす。本人も編輯者も読み返さなかったのだろうか。私ならこんなへまはやらない、と思ってすぐに、自分にはそんな機会すらないのだと気落ちする。機会は過去にいちどだけ与えられた。しかし、だれかが原稿を落として空いた頁を埋めるだけの役割しか果たせず、つぎに繋げることはできなかった。

首を振って雑誌を閉じ、ほかの雑誌を手に取る。目次を開くと九鬼春明の名があった。短編小説を寄稿しているらしい。新聞小説に苦心しているにもかかわらず、最近夫はさかんに短編を発表している。『猫またぎ』と題されたその作品を読みはじめた。猫でさえ食べずにまたいで素通りするまずい魚になぞらえて、美丈夫ではあるが性格に難があって女に避けられる魚問屋の若旦那と、彼に言い寄られて迷惑している年上の女髪結との攻防を描いた、落語のような滑稽《こっけい》味のある小説のようだ。

読み進めるにつれ、違和感が膨らんでいった。文体がいつになく淡泊だからだろうか。いや、さまざまな文体を試みている春明のことだ、この装飾のほとんどない素朴な文章もひとつの実験だと思われる。会話が誌面の大半を占める軽い読み心地も彼らしくないが、ほかの小説家に影響を受けて書いてみたのかもしれない。

だが、女髪結に拒絶された若旦那が自暴自棄になって呑み歩く場面で、「まるで糸の切れた凧ぢやないか」という魚問屋の番頭の台詞が出てきて、冬子ははっと誌面から顔を上げた。とくにめずらしい表現ではない。しかし、「柳後雄先生が亡くなってからの春明先生は、まるで糸の切れた凧です」と訴えた青柳の顔が浮かんで頭から離れなくなった。

深呼吸して続きを読む。「シユンシユンと火鉢の上の鉄瓶が湯を沸かしてゐる」という一文で、激しい目眩に襲われた。

前回東京の家に行った際、屑箱の中身を捨てるため各部屋をまわっていて、青柳の文机にあった書きかけの原稿をちらりと見たことがあった。「シユンシユン」という言葉が目に留まって、夫の好みなら片仮名ではなく漢字で表記するところだろう、「旬々」にするだろうかそれとも「峻々」だろうかと一瞬考えたのだ。これは、もしや——。

「冬子、お客さまがお帰りになるからご挨拶にいらっしゃい」

母に廊下から呼びかけられて、肩がびくりと跳ね上がった。雑誌を畳に伏せて置き、部屋を出る。

玄関で客と会話を交わしてもうわの空だった。客のすがたが見えなくなると駆け足で部屋に戻り、動悸の治まらない胸を押さえて小説の続きを読む。もはや読みたくなかったが、真相を解明しない限り落ち着けそうにない。胸の谷間や腋に汗が流れている。

唐突にtroubleという英語が登場した。横に「苦悩」と振り仮名が添えられている。夫が文中に英単語を用いたことなどあっただろうか。英語はからきしわからないのに。

自慢げに語る夫の声が耳の奥に甦る。

「青柳は英語塾に通っていた時期があって英語が得意なんだ。参考になりそうなめぼしい海外の小説をおれの代わりに読んで、筋を教えてもらっている」

「参考になりそうな小説の筋を……。それをそっくり小説に活かすのですか？　問題にならないのでしょうか」

「なあに、だれだってやってることさ。柳後雄先生だって。先生は弟子には海外文学を参考にするなとおっしゃっていたが、ご自分はしっかりお読みになって換骨奪胎していたのだから」

——これは青柳の作品だ。九鬼春明作と偽って発表している。どういう事情があるのかはわからないけれど、許されることなのだろうか。大量にかいた汗が一気に冷えて寒気がする。正月のめでたい気分など吹き飛んでいた。

納戸に行き、年末にしまい込んだ古い号の雑誌をひと山持ってくる。先月号に載っている、一回さっと目を通したきりの春明の短編をあらためて読んでみると、これも青柳の作に思えた。小気味よい会話が中心の装飾の少ない文体、多用される片仮名の擬態語、そして唐突に挿入される英語――。さらにほかの号の短編も読むと、今度は春明でも青柳でもない人間が書いたとしか思えないものも出てくる。この文章のつたなさは、狙ったものではないだろう。しかも「潮干狩り」に「ひおしがり」、「股引」に「ももしき」と仮名が振ってあって、江戸っ子とはほど遠い尾張出身の夫が書いたとは信じがたい。校正者が勝手につけた可能性も否定できないが、しかし――。

「……あなたは、だれ？」

題名の下に印刷された九鬼春明の名に向かって冬子は問いかけた。思い浮かべようとした夫の顔には暗い影が落ちてよく見えない。

しばらく雑誌を胸に抱いて天井の吊り洋燈《ランプ》を見上げていたが、雑誌を放り投げると、簞笥から着物や帯や腰巻を引っ張り出した。小ぶりの柳行李にぐいぐいと乱雑に詰める。

そこに祖母が顔を出した。

「透は起きそうにないかい。大人はそろそろ夕餉にしようかね」

のんびりとした口調で話しかけた祖母は、荷づくりをしている冬子を見て顔色を変えた。

「いったいどうしたんだい、どこへ行くの」

「明日から数日東京へ参ります。透のことをよろしく頼みます」

気持ちよさげに寝入っている息子に視線を向け、一瞬胸が痛んだが、決意は揺らがなかった。部屋の隅にある書きかけの原稿用紙を手に取り、すぐにもとの場所に戻す。

新橋停車場の改札を出たところで、宝づくしの裾模様が華やかな晴れ着の女性とすれ違った。地味でみすぼらしい格好をしてきたことを後悔したが、すぐにいまはそれどころではないと自分に言い聞かせる。納戸町のわが家に勝手口から入ると、厠から出てきた夫と鉢合わせになった。青ざめた顔をしているが二日酔いだろう。

「おや、束髪に戻したんだな」冬子の顔を認めるなり、春明は言った。「そっちのほうがいい」

豊橋に戻って子を産んで以来、銀杏《いちょう》返しや丸髷といった日本髪にしていたが、いまは久しぶりに束髪に結っていた。花月巻《かげつまき》という最近東京で流行しているらしい髪型である。髻《もとどり》を低くとってひねり上げ、髷《まげ》を前に出している。新橋の花月という料理屋の女将《おかみ》がはじめたらしい。

ひとめで変化に気付いて褒めてくれたことに胸が華やいだが、東京に来た目的を思い出してゆるみかけた頰を引き締める。

「透は置いてきたのか?」

「今回は長居しない予定ですので。お話があって来ました」

「話?」手水で洗って濡れた手を着物で拭いながら、うろんげな眼差しを向けてくる。

腹を括《くく》って来たつもりだったが、やはり話を切り出すのは緊張した。夫の眼鏡の奥の眼を見つめて口を開いたそのとき、廊下のほうから見知らぬ男が顔を覗かせた。ひょろりと背の高い、病的に痩せぎすな若い男だ。

「まだ会っていなかったか。弟子の華本《はなもと》だ。少し前からこの家に住んでいる」

「華本です。春明先生のお世話になっております」

冬子は挨拶を返しながら、ああ、このひとか、と得心する。あの春明でも青柳でもない作品の書き手はこの新たな弟子に違いない。あんな稚拙な小説を書いて九鬼春明の名を汚して、と逆恨みとわかっているものの腹が立った。華本の怯えた表情を見て睨みつけている自分に気付き、あわてて視線を逸らす。華本は逃げるように奥へ引っ込んだ。

「青柳さんは?」

「あいつは正月のあいだ郷里に帰っている」

「さっきの……華本さんは東京のご出身なのですか」

「確かそうだったな」

その言葉で冬子は確信を深めた。

「ふたりで話したいことがあります。できればあなたの書斎で」

「書斎？　書斎にひとを入れるのは好かないが――」

春明は躊躇のようすを見せたが、冬子の迫力に気圧《けお》されたらしく、しぶしぶ自分の書斎へ向かった。

書斎に入った冬子はぐるりと室内を見渡した。陽に焼けた本のほんのり甘いようなにおいと、墨の清浄な香りが充満した部屋にいると、尾形家の玄関脇の三人が暮らしていた部屋や、暁文堂の狭苦しい書斎を思い出す。

床に積まれている雑誌の塔のいちばん上にある文芸誌を手に取った。

「最近は頻繁に短編を発表されていますね。確かこの号にも」

「読んでいるのか」

「ええ」

「めったなことは書けないな」

「めったなこともなにも――」冬子は九鬼春明の小説が載っている頁を開き、差し出す。

「これを書いたのはあなたじゃない。青柳さんでしょう？」

絶句した夫の顔をちらりと見て、さらにその下の雑誌を取る。

「これもこれも青柳さん。そしてこっちは華本さん」

沈黙のあと、春明は片頰を引きつらせ、苦笑を浮かべて口を開いた。

「……よくわかったな」

「九鬼春明の書いたものはすべて読んでいますから」

「そうか。……ありがとうと言っていいものやら」眉をハの字にし、照れたような表情になる。

「なぜこんなことをするのですか」

「弟子たちの生活のためだ。発表の場を与えて収入を得させたい。ろくに稼げない弟子を食わせる柳後雄先生のような甲斐性《かいしょう》はおれにないから」

「詭弁《きべん》ではありませんか」

「……手厳しいな。確かにほかにも理由はある。頼まれるとつい安請け合いしてしまうんだ。そのときは書けると思っているんだが、おれは筆が遅いし、かといって出来の悪いものを書いて発表するのは厭だ」

「出来の悪いものを書きたくないのに、出来の悪い弟子の小説をご自身の作品として発表するのは平気なのですか」

「まったく手厳しい」春明は歯を見せてからからと笑った。

「笑いごとではありません」

「そのとおりだ」

結婚して以来、夫とこんなに真剣に向きあって語りあったことがあっただろうか。夫も代作を糾弾されているのにもかかわらず、どこか会話を愉しんでいるふしがある。冬子は自分の全身に血がどくどくと脈打っているのを感じていた。

「ご自身の原稿だけを発表するわけにはいきませんか」

「仕事が仕事を呼ぶという面があるんだ。弟子のまずい小説だろうが、九鬼春明の名が出ているとその名前を見た人間から依頼が舞い込む。名前を忘れられたら作家はおしまいだ。そうなると、あなたや透の暮らしはどうなる？」

取りあってもらえないことは予想していた。ならば、と冬子は覚悟を決める。

「ひとつお願いがあります」

昨晩、布団のなかで一睡もできずにずっと考えていたことだ。行きの鉄道でこの場面を思い描き、何度も何度も脳内で同じ言葉を繰り返して練習した。

「なんだ？」

急激に鼓動が速くなる。唾を飲み下し、正面から夫を見つめて口を開いた。

「私にも書かせてください。代作を」

言えた、とまずは安堵がこみ上げた。それから夫の反応が気になって表情を窺う。

春明は腕を組んで考え込んでいた。

「……代作を？　あなたが？　さすがに女の書いたものでは勘づかれやしないか」

「男にしか書けないものも、女にしか書けないものも、ないと私は思います」

「それはおれにはわからないが……」

春明は懐手に腕を組み、壁に背をつけて考え込む表情になる。ここで押さなければ、と冬子はさらに食いつく。

「少なくともあの華本さんよりは恥ずかしくないものをお見せいたします」

「言ったな」

春明は面白そうに笑ったあと、ふと真面目な面持ちになった。

「いいのか？　おれの名前で。あなただってかつて自分の名前で小説を発表したことがあるじゃないか」

「自分の名前ではありません。あのときは九鬼冬子という名前でした」

無名の女の書いたものなんざ、と柳後雄に一蹴された悔しさが甦る。

「そうだった。大作家の女弟子が主人公の話だったな、三人の兄弟子がいる……」

「柳後雄先生の家でもこの家でも、私は蚊帳の外でした。同じ志があってもなかに入れてはもらえない。あなたやお仲間が階段を上っていくのを遠巻きに眺めるだけ。子を育てながらあなたの帰りを待ち続けることだけが私の役目なのでしょうか」

「……そんなことを考えていたのか」

そう呟く夫の眼の奥に同情の色が見えた。

「結婚するとき、あなたは言いましたね。共謀しないかと。させてください」

「……負けたよ。あなたの胸にも鬼が巣食っているんだな。ひとまず読んでからおれの名前で出せるか考えるか。覚悟があるなら書けばいいさ。書いたものだけがすべてだ」

数日東京にいるつもりでそのぶんの荷物も持ってきたが、いてもたってもいられなくなり、すぐに豊橋へ帰ることにした。一刻も早く原稿用紙に向かいたい。ずっと息をひそめていたものが強く鼓動するのを感じる。崇高な熱意なのか、それとも忌まわしい鬼なのか。――どちらにしてもいまは私の背を押し続けてほしい。

「なるべく早く、原稿を見せたいと思います。春が来る前には」

「もう帰るのか?」

着ていた吾妻《あづま》コートを脱ぐこともなく、まっすぐ玄関へ戻る冬子を見て、春明は少し驚いた顔をしている。

「ちょっと待ってくれ」そう言って自分の書斎に引っ込むと、ひょっとこの絵が描かれた凧を手に戻ってきた。

「これを透に。さっき道端で売っていたのを買ったんだ。つぎに会ったときにでもいっしょに揚げようと思って」

ふっと冬子の頰がゆるむ。

「きっと喜びます。きのう、凧を風で飛ばされて泣いていたので」

冬子は正月気分の東京を抜け、新橋から西へ向かう東海道線に乗った。三等汽車の座席に腰を落ち着けても鼓動は速いままだった。となりに座った老女がなにごとか話しかけてくるが、言葉が耳に入ってこない。停車場で買った弁当を開く気にもなれなかった。首を横に向け、流れる車窓を眺めていると、突如鮮やかな閃きが舞い降りた。実際には見たことのない光景が、存在しない人物の横顔が、物語の輪郭が見えてくる。筆記用具を持ってこなかったことを後悔した。間欠泉のように勢いよく湧き上がる着想や断片的な文章を、ひとつも忘れずに豊橋の家まで持ち帰る自信がない。

結局、冬子は我慢できずに浜松で降りて便箋と鉛筆と肥後守《ひごのかみ》を買い求めた。停車場の歩廊に置かれた椅子に座り、冷えた手をときおりこすってあたためながら、膝に敷いた更紗の手巾《ハンカチーフ》の上で鉛筆を削る。芯が尖ると、仄暗い洋燈のもとで普段の冬子の筆跡とは似ても似つかない汚い字を便箋に書きつけた。文章が頭に浮かぶ速度よりも手のほうが遅いのがもどかしかった。

＊

今日も手紙は届かなかった。陽が暮れるたび、冬子は濃紺の落胆にどっぷりと首まで浸かる。近所を歩いていて、丸笠をかぶり詰襟の洋服に脚絆《きゃはん》を巻いた郵便屋を見かけると、あの鞄に夫からの手紙が入っているはず、と高揚する。いそいそと帰宅して祖母に手紙が届いているか訊ね、届いていないと言われるのが習慣になっていた。

食が細く愚図《ぐず》って食べたがらない透の口に煮魚を運びながら、冬子は考える。いまごろ夫はどうしているのだろう。書斎でうんうん唸りながら締切をとうに過ぎた原稿と格闘しているのだろうか。諦めて酒を呑みはじめたころあいかもしれない。

冬子が原稿を送ってから三週間が経つ。まだ読めていないのか、読んだうえで返事をする価値なしと判断されたのか。それとも真剣に吟味しているから時間がかかっているのだろうか。事故があって届かなかったという可能性もあり得る。違う家に届いたり、不真面目な郵便屋が捨ててしまったり。違う家に届いて読まれているところを想像すると肝が冷えた。

あんなもの書かなければよかったと後悔が押し寄せて、飯茶碗を畳に投げつけたい気分に襲われる。もちろんそんなことをしたところで片付けるのは自分なのだから、やらないけれど。

『鬼が来る』と題した短編小説は、女学生の葉子《ようこ》が節分の朝に鬼の悪夢を見て飛び起きる場面からはじまる。冷や汗をぬぐい、厠へ行くと浴衣の尻が血でべっとりと汚れている。動揺して厠から出ると、父の後妻にようやく月のお客が来たのかと指摘された。月のものがはじまる年ごろには自分はもう座敷に出ていた、学校に通っている葉子は怠け者だ、赤飯を食べたきゃ自分で炊いてくれと言われ、反発を抱く。芸者上がりの後妻とは折り合いが悪かった。自分の母は病死した実母だけだ。後妻の産んだ弟の千太郎《せんたろう》もまったくかわいいと思えない。かつてはひとり娘として溺愛してくれた父はすっかり新しい妻と息子に夢中だ。

その晩、腹立ちのおさまらない葉子は後妻の味噌汁に蟻《あり》の死骸を入れた。気付かずに飲み干した後妻を見てほくそ笑んだ。

以来、月のものが来るたびに葉子は苛立って自分を抑えられなくなる。ある月は障子をびりびりに破り、近所の猫のせいにした。翌月はつかまり立ちをして遊んでいる千太郎のむっちりとした足を痣《あざ》が残るほど翻って泣かせた。そのつぎの月は汁粉屋で代金を払わずに店を出た。まるで自分のなかに鬼がいて、勝手に悪さをしているようだ。自分がやっていることだという自覚がない。数日経って出血が止まるとけろりとおさまり、鬼は葉子のなかから消え失せる。

その日も前夜から血が流れて、葉子は鬼に取り憑かれていた。今日じゅうに宿題の浴衣を完成させなければいけないのに、茶の間から聞こえる弟の泣き叫ぶ声が耳障りで集中できない。葉子は千太郎を庭に追い出した。泣きやみ、這って進む千太郎を見て、家に戻る。夕方、無事に浴衣を縫い上げた葉子が上機嫌で部屋を出ると、買いものから帰ってきた後妻が千太郎がいないと大騒ぎしている。赤子のはいはいではほとんど移動できないだろうと思いつつ、胸騒ぎがした。庭をさがすがどこにもいない。

家に戻ろうとして、井戸の蓋が開いていることに気付く。そういえば今朝、水を汲んでいる最中に尿意がこみ上げて、つるべ桶を井戸に立てかけたまま厠へ走ったのだった。あのとき蓋を閉めたかどうか記憶がない。外に出た後妻が井戸を覗き込んで悲鳴を上げるのを、葉子は現実感が希薄なままぼんやり聞いていた──。

自分の名前で発表するならば書くのを躊躇しただろう。夫の名で出すのだと思えば、羞《は》じらいは吹き飛んだ。書いているあいだは、定まらない家族の暮らしに対する不安や、子育てや家事の疲れから逃れられた。主人公に憑依《ひょうい》して文章を綴っていると、現実は薄れ、ただ書く喜びだけに包まれる。春までに、と言っていたが、生家に戻ってから数日で一気呵成《いっきかせい》に書き上げた。

だが、日が経つにつれ執筆中の昂奮や郵便箱に投函したときの全能感はしおしおとしぼんでいき、いまや思い出しただけで頰が発火しそうに熱くなる羞恥しか残っていない。返事を催促する葉書を出そうかとも考えたが、返事の価値もないと判断されたかもしれないと思うと気持ちがくじけた。まだ読んでいないのならいっそ捨ててほしいとすら思う日もある。

数日後、油煙で黒ずんだ洋燈のほやを外して、ぼろきれを結びつけた細い竹の棒で磨いていると、手が滑ってほやを割ってしまった。日々の洋燈掃除でほやを割ることなどめずらしくないが、不吉な兆候に思えて気が滅入る。気分を変えるため新しいものを買いに出かけ、ついでに透の好物である焼き芋を購入して帰宅した。

「おばあさん、手紙は来ていない？」

すっかり口癖となった台詞を言いながら家の格子戸を開けると、そこにいたのは春明だった。色褪せた木綿の紺絣《こんがすり》の袷に親子縞の角帯を締め、角袖外套《かくそでがいとう》を羽織っている。

「手紙？　大事な知らせでも待っているのか？」

突然のことに言葉が出ない。口をぱくぱくさせてからようやく声を発する。

「どうして、連絡もなしに――」

「昨夜ようやくあなたの原稿を読んだんだ。昂奮して寝つけなくて始発の汽車に飛び乗った。どうしても直接感想を伝えたくて」

春明は冬子の両手を握った。勢いに気圧されて一歩後ずさる。

「すみません、あんな恥ずかしいものを読ませてしまって……」

「おれはあなたに謝らなければいけない。あなたを見くびっていたようだ。恥ずかしいもの？　恥ずかしくない小説に意味などあるものか。書くとは恥をかくことだ」

「でも――」

「前にあなたが書いた作品、『椿の頃』だったか、あれはあなたの願望が垣間見えて哀れに思ったが、小説としては都合がよすぎて夢物語のようで評価できなかった。だが今度のは違う」

「失望させる方向に違ったのでしょうか……」

「まさか。あれこそ小説だ。筆で体面を削ぎ落とし、人間の本来の顔を暴く。おれには女学校に通っていた時代などないし股から血を流したこともないが、葉子はおれのなかにも棲《す》んでいる、そう思わされる力があった。葉子にはあなた自身の経験を交えているのか？」

「いいえ、葉子は私ではありません。ただ、学校に通っていたころのお友だちに、月のものが来るたび先生に反発したり下級生を泣かせたりしてしまう子がいて」

「そうか。……ああ、忘れるところだった、贈りものがある。相馬屋の原稿用紙だ。こっちでは上等な原稿用紙は手に入れにくいだろうから」

四角い風呂敷包みをぽんと渡された。ずっしりと両腕にかかる重みは実際の目方以上に感じる。

「お父ちゃんだ！」

母に預けていた透が声を聞きつけて廊下を駆けてくる。

「おっ、透。元気だったか。前に買ってやった凧はどこにある？　まだ破れていないか？」

「いま持ってくる！」

透はまた走り、ひょっとこの凧を手に戻ってきた。

「今日はいい風が吹いているぞ。凧揚げ日和だ」

春明は透を連れて庭に出た。

「待ちなさい、寒いからあたたかい格好を」冬子はあわてて木綿ネルの肩掛けを取って、透の頭からすっぽりかぶせる。

春明は透に糸巻きを持たせると、凧を広げて持って後ろに下がった。

「さあ、手を離すからな」

凧は風に乗って勢いよく空へ舞う。

凧で遊ぶ春明と透を眺めながら、冬子は目頭が熱くなるのを感じていた。春明という凧の糸はいま、自分と息子にしっかりと結ばれている。いったんちぎれたその糸を結び直したのはほかでもない、自分が書いた小説なのだ。肉の繋がりのない夫婦だけど、小説を介して魂は繋がれる。世間の考える正しい夫婦のありかたとはかけ離れているかもしれない。それでも、自分たちがうまくやるにはこの道が最良に違いない、と色鮮やかな蝶の群れが羽ばたくように震えている胸を押さえながら思った。

汽車に乗って直接感想を言いに来ることはあれきりなかったが、原稿を送ると数日のうちに感想が送られてくるようになった。急いで伝えたかったらしく電報のこともあれば、数枚に渡る手紙のことも、びっしり朱の入った原稿が返送されることもあった。褒める言葉が並んでいることもあれば、駄目な箇所がひたすら羅列されていることもある。冬子は一、二か月に一作書き上げて送り、そのうちの半数は雑誌や地方新聞に掲載された。

文芸誌に載った『慶事と弔事』という短編は、翌月号に著名な評論家である神崎昇月による寸評が掲載された。筋運びの不自然さや結末の弱さなどの指摘もあったが、おおむね好意的だった。九鬼春明ではなく自分の名で発表したならば取り上げられることもなかっただろうと思うと複雑な心境ではあるものの、褒められるのは単純に嬉しい。諳《そら》んじられるほど何度も何度も読み返した。とりわけ主人公の女性の心理がよく描けている、女の生態に造詣が深い春明君の本領発揮だというようなことが書かれていたのは苦々しかったけれど。

はじめのころは書きたい題材などじきに尽きてしまうだろうと思っていたが、書けば書くほど筆は勢いを増し、草案を書きつけている藁半紙《わらばんし》は部屋にあふれた。ある日、台所で鰈《かれい》を煮付けている最中に、数日間ずっと思い悩んでいた箇所の文章がすっと頭に浮かんだ。前掛けで手を拭いて部屋へ急ぎ、原稿用紙を引っ張り出す。思いついた文章を書き記すと、すぐに続きが湧き出る。

ほんの二、三分のつもりだったが、思いのほか時間が経過していたらしい。「お母ちゃん、なんかおうちがくさい」と部屋に入ってきた透に言われ、原稿用紙から顔を上げると焦げくさいにおいが鼻腔をくすぐった。はっと立ち上がって台所へ走るが、鍋は焦げついていて煮付けは食べられる状態ではなく、その晩は主菜のないわびしい食事となった。

冬子が原稿を送るようになってから、休載しがちだった春明の新聞の連載小説は順調に進みはじめ、翌年の春にとうとう完結した。夫に直接訊ねることはしないが、自分の小説がよい刺激を与えたのではないかと自負している。『顚末』と題された春明の長編小説は「花之章」「鳥之章」「風之章」「月之章」の四章に分かれているが、中身は花鳥風月といった風流からはかけ離れていた。柳後雄ゆずりの螺鈿細工のように技巧を凝らした文章は格調高いが、物語は苛烈で残酷でときに扇情的だった。

東北の小作農の息子である正道《まさみち》が世話をしてくれるひとを得て、東京の大学へ進学するところから小説ははじまる。正道は学友の浩太郎《こうたろう》に誘われて行った耶蘇降誕祭《クリスマス》の教会で、貞《さだ》という女学校に通う華族の令嬢と知り合う。正道は才色兼備の貞に惹かれ、貞もいままで周囲にいた男とは毛色の違う正道に興味を抱く。ふたりが密やかに愛を育んでいくのが「花之章」だ。

「鳥之章」では平壌《へいじょう》で戦死したはずの貞の婚約者が帰ってくる。すぐに結婚話を進めようとする両親に貞は反発し、正道とともに日光へ駆け落ちする。だが、若いふたりの幸福な時間は長く続かなかった。生まれ育ちの違いを思い知らされ、貧しい暮らしに精神はすさみ、いがみあうことが増えて溝は深まっていく。ある朝正道が起きると、置き手紙を残して貞は消えていた。

「風之章」では正道は大学に戻り、銭湯で知り合った初《はつ》という無学だが情の深い女と親しくなる。初との関係で傷心を慰めるが、彼女には夫と子がいた。いっぽうで、貞は家に戻って婚約者と結婚したものと思っていたが、浩太郎に聞くところによると行方知れずのままらしい。知人に行方を訊いてまわり、浅草公園六区の銘酒屋で春をひさいでいるという噂を耳にする。しかも腹が大きく膨らんでいるという。正道は自分の子に違いないと確信を持つ。貞を迎えに行くため初との関係を断とうとした矢先、初の夫に関係を知られ、姦通罪で告訴される。初と正道は一年の重禁錮刑に処された。初は投獄される前夜にみずから命を絶つ。

刑期を終えて数年経ち、郷里で暮らす正道が貞からの手紙を受け取るのが「月之章」である。正道との子は死産だったこと、いまは師範学校に通い、卒業したら台湾《たいわん》に新設される小学校に赴任するつもりであることが書かれていた。貞がたくましく自分の人生を切り開いているさまを知り、自分もこのままではいけないと農作業の手を休めて考える正道は、刃物を持った少年が背後から近づいていることに気付いていない。少年は初の息子だった——。

以前東京の家に滞在したとき、冬子はこの小説の書きかけの原稿用紙を見たことがある。枠の外側まで黒々と文字があふれている、驚くほど汚い原稿だった。紙を継いで書き足している箇所もあった。語尾の「ゐた」に二重線を引いて「ゐる」と横に書き直し、さらに塗り潰して「ゐた」に戻し、それを五、六回繰り返して結局最初の「ゐた」に落ち着く、という修正の痕跡を見たときには思わずため息が出た。なるほどこんなことをしていては締切に間に合うわけがない。

『顚末』は連載を追いかけるようにして全四巻で順次刊行された。ちょうど最終巻が発売された直後に、冬子はひさびさに透を連れて東京の家に行った。

「見てくれ、この手紙の量を」

家に着き、荷物を下ろしてひと息ついていると、めずらしく酒の残っていない夫に大小さまざまな封筒が詰まった長持を見せられた。

「感想やら弟子入りの志願やら、読者から送られてきた手紙だ。いちばん閉口させられるのは『自分の人生は波瀾万丈だから小説の題材にしてくれてもいい』と長々と半生記を書いてくるやつだな。これがまた、たいした人生じゃないんだ」

「こんなにたくさん……。読むのもひと苦労ですね」

「手紙なら気が向いたときに読めばいいからまだましさ。困るのは突然玄関にやってきて弟子にしてくれと言う輩《やから》だよ。こっちが二日酔いで死にかけているときにうるさく戸を叩くのだから、たまったもんじゃない。そもそも弟子はいまのふたりで手一杯だ。おれには柳後雄先生のように、弟子の育成に心血を注いで文壇の発展に寄与するなんてできそうにない。あらためて先生の偉大さを思い知らされるよ」

「先生はご自身の原稿よりも、お弟子さんの原稿を見ていた時間のほうが長かったのではないでしょうか」

「そうだな。……おれたちがいなければもっと多くの作品を残せたのかもしれない。遺作だって完結できただろう。その点では残念だが、弟子にしてもらえなかった人生などいまさら想像するのも恐ろしい」

春明はしばらく遠い眼をして物思いに沈んだが、ぱっと明るい顔になって文机の横に積んである雑誌から一冊を拾い上げた。

「田村叢生の評は読んだかい？」

「ええ、読みました。うちにも同じ雑誌が届いているので」

「なるほど、そうか」

その書評では、明治当代の青年男女に肉薄し彼らの実態を克明に描いている、時代思潮に迫った力作であると激賞されていた。辛辣《しんらつ》で夫と何度か悶着《もんちゃく》を起こしたことのある田村がおべっかを使うとは思えないので、褒められて心底嬉しかったのだろう。いささかこしらえものじみているという苦言も褒め言葉のあいまに差し込まれていたけれど。

「神崎昇月氏の評は?」

「それも読みました」

九鬼春明君の文章の技巧は師の柳後雄を超えたと書かれていたはずだ。

「読んだのか。熱心だな」

春明はその下にあった雑誌も手に取ったが、眉を少し動かしてもとの位置に戻す。その雑誌には『顚末』の合評が載っているのを冬子は読んで知っていた。おおむね賛辞の言葉が並んでいるものの、海外小説との類似を指摘する意見があり、厳しく糾弾する者もいれば、一部の筋書きは似ているが全体を覆う空気や人物造形がまるで異なるので焼き直しではないと擁護する者もいて、評価は分かれていた。

「それで、今回はどのぐらい滞在するつもりなんだ」

「二か月ほどいる予定です。夏が終わるまでは。そのあいだに短編をひとつ書こうかと。今回は東京の下町を舞台にするつもりなので、見ておきたい場所があるのです。華本さんは下谷《したや》のご出身でしたね。案内をお願いしてもいいですか」

「短編か」春明の顔に影が落ちた。

「最近、短編の掲載数が減っていますね」

さりげなく訊ねたが、これこそが冬子のいちばんの気がかりだった。さぐりを入れたくて東京へ出てきたというのもある。冬子は変わらない頻度で書き上げて送っているが、もう何か月も掲載してもらえていない。

「ここのところ、短編は恩義があって断りづらい版元以外は依頼を受けていないんだ」

「どうしてですか。私や青柳さんの作ではいけませんか」

「その件だが――。春明は代作を使っているんじゃないかと噂が立ちはじめてね。おれとしちゃ悪いことだとは思っちゃいないが、狭い文壇で悪評が広まるとやっかいだ。本が売れてまとまった金が入ってくるし、ほとぼりが冷めるまで代作は控えようと思っている」

冬子は途中で耳を塞ぎたくなった。

「そんな……。来年には透も学校へ入ってなにかと物入りなので、お金はあったほうがいいではありませんか。青柳さんの生活もおありでしょう」

「青柳も最近では自分の名前で発表できるようになってきたから」

「華本さんは？」

「華本は……あいつは最近ろくに書いていないからなあ。淫蕩《いんとう》ざんまいで困ったもんだ。まあ、駄目な弟子ほどかわいいというのも事実だが」

冬子は床が揺れている気がして、地震かと思い天井の吊り洋燈を見上げた。だが洋燈は静止している。揺らいでいるのは自分の脚のようだ。

代作がなければ、自分たちはまたもとに戻ってしまう。血も魂も繋がらない夫婦に戻り、ぷつんと糸が切れて凧はどこか遠くへ飛んでいってしまう。そう思ってから、自分のなかにもうひとつの声があることに冬子は気付いた。夫婦関係だけではない。小説を書いている時間の充実感。普段の生活では味わえない酩酊をもたらしてくれる美酒に、冬子はすっかり中毒となっていた。それに、たとえ夫の名前であっても書いたものが世に出る、それに対して反応があるというのは、郷里の家にいながら広い外界と通じているようなものだ。そこには、自分が男だったら見られたかもしれない光景が広がっている。この窓が閉じて二度と開かなくなるなんて、耐えがたかった。

「そういや藤川が結婚したよ」

それ以上代作の話はしたくなかったのか、春明は唐突に話題を変えた。

「まあ藤川さんが」

喜びごとに冬子の頬がゆるむ。柔和で性根の優しい藤川は家庭向きだろう。

「相手は柳後雄先生が自宅療養されていたときの看護婦だ。ひたむきに先生のお世話を焼くすがたを見て、ひそかに惚れていたらしい。看護婦の顔を憶えているかい？」

「いいえ、枕もとにいらっしゃった芸者さんの印象が強くて……」

「ははは、それはしかたがないな。芸者といえば漣は先生が亡くなった直後に、別れさせられていた豆千花と結婚したぞ」

「ええ、それは存じています」

いまや小説家として独自の地位に君臨している漣は、恋愛と結婚の経験を下敷きにして小説に仕立てていた。周辺の作家による彼の結婚に言及した随筆を読んだこともある。

尾形家で暮らした時代は、汽車の窓から見る景色のようにぐんぐんと遠ざかっていく。野心を抱いて門を叩き、狭い玄関横の間で鍔《つば》迫《ぜ》り合いをしていた若者たちは、それぞれ独り立ちして勝負の仕掛けどきを迎えている。満十七歳の娘ざかりだった冬子も二十五歳だ。リボンで飾ったマガレイトはもう似合わない。あのころには二度と戻れないのだ。

「いっしょに遊んでよ、つまんない」

めんこで遊んでいた透がやってきて、冬子が着ている桜鼠色の絽《ろ》の着物の袖を引っ張る。

「あら、青柳さんは？」

「寝てる」

「華本さんは？」

「どっか行っちゃった」

透がめんこを広げている縁側へ行き、腰を下ろした。代作を書かせてもらえないならば、これから私はどうしようか。冬子は加減してめんこを投げながら思案していた。

＊

櫛巻きにしている洗い髪がばさりと崩れて、汗ばんだ首すじに張りついた。冬子は嘆息して本の開いている頁に鉛筆を挟み、髪をほどく。くるくると雑にまとめて櫛を挿し直した。もう長らく髪結の世話になっていない。いっそ男のように断髪したらどれほど楽だろうと思うが、そんなことをする勇気はなかった。首から下げている手ぬぐいで額や胸の谷間の汗を拭うと、じんわり痛むこめかみを揉み、また鉛筆を握って本に首を突っ込む。大事だと思われる箇所を筆記帳に書き写す。

もう代作は必要ないことを伝えられた冬子は、構想していた小説を一行も書かないまま郷里に戻ってきた。透は青柳に浅草の日本パノラマ館へ連れていってもらったり、上野の動物園に行ったり、両国の川開きで花火見物をしたり、目黒《めぐろ》不動で滝に打たれて涼んだり、東京生活を満喫していたが、冬子は出歩く気になれなかった。代作という糸が切れれば、自分たちはまた縁の薄い夫婦に戻るだろう。婿養子に入ったのに家に寄りつかない春明に対する父の不信は際限なく膨らんでいた。冬子はことあるごとに父に「あいつがうちの人間になって何年が経つ？　七年か。そのうちこの家で暮らした日数は全部足したって三か月にも満たないんじゃないか」「お前だって東京へ行ってもすぐに帰ってくる。邪魔者扱いされて追い返されてるんだろう。お前が間抜けだからまともな夫婦関係も築けないんだ」などと叱責され、肩身の狭い思いをしていた。

豊橋にいるあいだ、冬子は夫から生活費を受け取っていなかった。それに春明の本が売れて一時期に潤ったところで、すぐに遣い果たして出版社から前借りするはめになるだろう。親の脛を齧っている限り、父の小言から逃れられない。いつまでもこの状況でいるわけにはいかないという焦りがあった。

夫をあてにせず、家にも迷惑をかけずに生活するすべはないか。思いついたのは中等教員検定試験だった。冬子は教員免許によすがを求めた。中等の教員になれば独立しだれの世話にもならずに自分と透の食い扶持《ぶち》を稼げる。

もともと中等教育学校の教員免許は師範学校卒業者にのみ与えられる資格だったが、教育機関の増加に対し有資格者が足りず、現在は試験によって広く門戸を開かれている。冬子は素養のある国語・漢文の教員に狙いを定め、透が小学校に入学した四月に願書を提出した。以来、勉強漬けの毎日を送っている。

ぽたりと筆記帳に汗のしずくが落ちた。予備試験まではあと一か月を切っている。顔を上げ、壁にかけた八角形の柱時計を確認した。もうじき透が学校から帰ってくる。それまでに『太平記』のいま取り組んでいる巻を最後まで読んでおきたい。『太平記』は残り四巻、すでに眼を通した『平家物語』も重要な箇所だけ再読したいし『方丈記』も軽くさらっておきたい。ああ、こんなむかしの作品よりも現代の小説に触れたい。ふとそう思ってしまった自分を戒める。予備試験まであと一か月、どこまでやれるだろう。

予備試験は九月半ばに県庁で三日かけておこなわれた。会場に集まった三十名ほどの受験者のうち女は自分ひとりだった。勉学でやつれた白髪交じりの男、小学校の先生であろう男。三十歳以上が多くを占めており、年齢の面でも冬子は浮いていた。冬子の父とそう変わらない年まわりだろうと思われるひともいる。筆入れと硯を包んだ袱紗《ふくさ》を胸に抱いて入った控え室で、周囲の会話に耳を傾けた。

「去年もここで会いましたね」と初老の男。

「ええ、今回で二度めです」眼のまわりが青黒い幸の薄そうな男が答える。

「私は三度めです。ここにいる面子《メンツ》は見た顔ばかりで厭になる。三度めの正直となればいいのだが。お互い、来年は会いたくないものですね」

「しかしここにいる三十人のうち、予備を通るのはせいぜい二、三人というところでしょう。こうやって顔を見ると、とても自分がそのなかに入れるとは思えない」

難関の試験であることは冬子も重々承知していた。だれもが生活を少しでもよい方向へ変えようと、時間とわが身を削り、試験に望みを繋いでいる。

秋が深まったころ、ようやく予備試験の結果が出た。冬子は幸運にも合格者のなかに入っていた。残るは東京での本試験である。

本試験の日程が判明した時点で夫に手紙を出したが、手紙は居所不明の付箋紙をつけられて戻ってきた。冬子は呆然としてその付箋を眺めた。足もとに穿《うが》たれた穴にすとんと落ちたような心持ちになる。納戸町にあるわが家を最後におとずれてから一年以上経っていた。試験勉強にかかりきりで夫を気にかけるゆとりがなかった自分も悪いが、勝手に引っ越して行き先すら教えてもらえないとは。あの家にあった冬子の持ちものはどうなったのだろう。台所の鍋は、手に馴染んで気に入っていた洗濯板は、生家から持ってきた桐箪笥はどこにあるのか。若いころから放浪癖のあったひとだから、ふらりとどこかへ旅に出ているだけかもしれない。もしも夫がどこかで客死《かくし》でもしたら、妻である自分のところへ連絡が来るまで時間がかかるだろう。荼毘《だび》に付されてから知らされるなんてこともあり得るかもしれない。

このまま疎遠になっていくのだろうか。戸籍だけの夫婦として違う人生を行き、いつか夫の顔すら忘れてしまうのか。寝る前、布団のなかで春明の顔を思い浮かべるのが、いつのまにか冬子の習慣になっていた。穏和だがどこか周囲を窺っているような眼鏡の奥の眼、少し前からたくわえだした髭、ひとのいるところではすぐに笑顔のかたちに持ち上がるがひとりのときはかたく結ばれている口――。思い出さなければ、忘れてしまいそうで怖かった。透に「お父さんの似顔絵を描いて」と頼んだところ、似ても似つかぬ絵ができあがって、笑いながら涙ぐんでしまった。透には父親が必要だ。そして私には――。冬子は悲壮な思いでいっそう勉強に身を捧げた。

夫の現況に疎いのは、ここのところ夫が雑誌などに発表した作品を読めていないというのもある。勉強に関連した本以外を読む余裕がないためだが、夫に失望させられたくないという思いも強い。『顛末』を超える文学的成功を、と意気込んではじめた新聞の新連載『巨星』は、行き詰まったのか数か月で連載が途絶えた。掲載されたぶんは前編として出版されたが、後編が出る気配はいっこうにない。前編の序文に書かれていた勇ましい宣言がいまとなっては虚しい。――『巨星』は余の真の処女作たる作品である。是《これ》まで築きたる手法を打ち棄て、新たな櫂《かい》で大海原へ漕ぎ出す覚悟を以て筆を執る所存である。余の文学的生涯の記念碑となるであろう云々。

『巨星』の頓挫に限ったことではない。ほかの作品を読んでも筆が荒れているのは明らかだった。青柳に教えてもらったであろう海外文学の筋をそっくりそのままなぞったものや、それどころか日本の作家の作品を摸倣したものもある。漣の小説によく似た短編を読んだときには全身から厭な汗が噴き出した。

極めつけは、以前どこかに掲載された自作の登場人物の名だけを変えた小説だ。どうせ発表作を細かに追っている読者などいないのだから、とたかを括っていたのかもしれないが、その時点では冬子は九鬼春明の作品のすべてに眼を通していたため最初の数行で気付いた。あまりに読者や版元に不誠実で、自身の名にも無頓着なおこないに、作家としての夫にも人間としての夫にも幻滅してしまった。こんなものを世に出すぐらいなら、自分が代作を書いたほうがよっぽどいいのではないか。

かじかむ指を火鉢であたためながら勉強している冬子のもとへ、学校から帰宅した透がやってくる。無言のままぐずぐずと鼻を鳴らしているので振り向いて顔を見ると、泣いていた。

「ほかのやつに叩かれたからやり返しただけなのに、先生に僕が怒られた」

生まれたころから虚弱で寝込んでばかりいた透がやり返す力を得たのだと思うと、感慨深い。冬子は鉛筆を置いて息子の頭を撫でる。

「叩かれてもやり返しては駄目よ」

「お母ちゃん、早く先生になって。僕の学級の先生になってよ」

「お母さんが目指しているのはもっと上の学校の先生だから。透もちゃんと勉強をして中学に進まないと」

冬子は透の短く刈った頭に鼻を埋めた。赤子のころの甘いにおいはあとかたもなく消え、いまや一丁前に汗などの体臭を醸《かも》しはじめているが、いとおしさに変わりはない。

そろそろ足袋屋に行って寸法を測り直してもらわなくては。最近また足が大きくなって、家にある足袋はどれも窮屈になりつつある。

年が明けていよいよ二月の本試験が近づいてきたころ、春明から手紙が届いた。しばらく弟子を連れて日光に滞在していたが、いい加減生活を立て直したいので新たな住まいを得たのだという。冬子と透もここに呼び寄せたいとある。早稲田《わせだ》の八幡坂《はちまんざか》を上ったところにある戸塚《とつか》に借りた家の住所が書かれていた。

夫との糸がまだ切れていなかったことに安堵しつつ、いまさらいっしょに暮らそうと言い出すなんて虫がよすぎると腹が立つ。冬子は試験に合格できたら豊橋かその近郊で教員の職を得ようと考えていた。東京で暮らすとなれば話が変わってくる。それに透の学校のことだってある。せめて一年前ならば入学に合わせられたのに。

「お父さんと東京で暮らすことになるかもしれないわ。まだわからないけれど」

そう透に告げた自分の声は思いのほか弾んでいた。気まぐれに振りまわされているのに嬉しいのかと、おのれを叱りたくなる。

いずれにしても試験を受けるため上京する必要があった。梅のつぼみがほころぶころ、冬子は前日の深夜まで勉強をして寝不足の状態で汽車に乗った。

東京に着くと、春明がめずらしく停車場まで迎えに来ていた。久しぶりに夫を見て、以前は頬のあたりに残っていた若者らしい肉が落ちて、精悍《せいかん》になったと感じた。結婚してからそれなりに年数の経つ夫なのに、後ろを歩きながら少し緊張している自分に気付き、苦笑する。

つめたい霧雨が降るなか人力車に乗って新居へ向かう。「見たら驚くぞ。まるで尼寺のような構えなんだ」と夫は自慢げだ。人力車を降りて茶色く枯れた草がぼうぼうと生えた土手を登ると、鋭い棘《とげ》のあるからたちの生け垣がゆくてを阻んだ。生け垣の切れ目に立って顔を上げる。楢《なら》などの背の高い木々が立ち並ぶ屋敷林のあいまに、雨を含んでずっしりと重そうな茅葺《かやぶ》きの大屋根を冠した古い家が見えた。――なるほど尼寺とは言い得て妙だ。ひっそりと奥まった家構えはずいぶんともったいぶって浮き世離れしている。二月でこれなのだから、緑の盛りの時期は草木が鬱蒼《うっそう》と茂ってここまで来るのもひと苦労だろう。

枯れ葉を踏みしめて門をくぐり、両側に植えられている萩《はぎ》の木のあいだを通って玄関に入った。煮炊きをしているにおいが鼻をくすぐる。

家は大きいものの部屋は細かく区切られていて、使い勝手が悪そうだ。柱も窓も天井も妙に凝っている。暁文堂と呼ばれていた埃と黴にまみれた家を思い出し、風雅ではあるが古くさくて住むのに難儀する住居が夫の好みなのだなと冬子は納得した。冬子が苦手だと感じていた女中は解雇したらしく、登代《とよ》という新たな女中を紹介された。線が細く無口な女で、訊けば十年近く前の清国との戦いで夫を亡くした寡婦らしい。

茶の間はさすがに広々としていた。床柱は皮つきの椿の丸太で、うつくしい模様が出ている。

「ほらごらん、ちゃぶ台だよ」

春明は丸い座卓を自慢げに指した。卓には折りたためる脚がついている。最近ちゃぶ台のある家が増えているが、豊橋の家は箱膳を使用しており、冬子はまだちゃぶ台のある暮らしを知らなかった。

「あなたと私や透は食事の時間が違うから、お膳のほうが勝手がよいのではありませんか」

「これからは同じ時間に家族全員が集ってひとつの食卓を囲むんだ。向きあうことでおのずと会話が弾み、そこから家庭というものができあがっていく」

真新しいちゃぶ台は枯れた風情のある家に不釣り合いだ。だが、そこに夫が込めた思いをくみ取り、冬子の気持ちはこの家で暮らす方向へ傾いた。

春明は障子戸を引いて縁側へ出て、そこから見える離れを指す。

「おれの書斎は向こうに見える離れだ」

茶室としてつくられたのであろう離れは草庵《そうあん》と呼びたくなるたたずまいだ。「鴨長《かものちょう》明《めい》が隠棲《いんせい》していそうですね」と感想を述べると、ははっと短い笑いが返ってきた。

「あなたと透にはそっちの部屋を使ってもらおうと思っている」

案内された四畳間の採光は煤竹《すすたけ》を格子状に通した丸窓のみで、洒落ているが薄暗い。前の家で使っていた桐箪笥や鏡台があってほっとした。さらに冬子のものではない大ぶりの文机が置いてある。

「……これは？」

「勉強や執筆に必要だろう。おれの使い古しで悪いが」

冬子は机を撫でた。代作は必要ないと言われたが、春明はいつかまた妻が小説を書くと信じている。ちゃぶ台以上に胸に響く贈りものだ。さっそく荷物を広げ、その机で試験勉強の追い込みをはじめた。


試験は湯島聖堂《ゆしませいどう》でおこなわれた。控え室で試験の開始時間を待っていると、じろじろ見てくる男がいた。気付かないふりをしようと思ったがあまりにも不躾《ぶしつけ》な視線なので我慢できず見返したところ、その男は近づいてきて冬子のとなりの席に座った。

「あなたも受験生なのですか？」

ごま塩の坊主頭の男はずいと顔を近づけて訊ねてきた。

ええそうです、と男の着物からただよう強烈な樟脳《しょうのう》のにおいに鼻の呼吸を止めて、短く答える。

「女の受験者は少ないですからな。実力以外も加味されたんでしょう」

かちんときた。この男が落ちて自分が受かるよう頑張らねばと決意を新たにする。

試験が終わったらすぐに郷里へ帰ってもよかったのだが、合格発表がおこなわれる下旬まで滞在することにした。冬子が東京にいるあいだに露西亜《ロシア》との戦争がはじまった。旅順《りよじゆん》がどうの仁川《じんせん》がどうのと、家に来た編輯者と春明や弟子たちが熱っぽく話しているのがよく聞こえる。そういった会話が耳に入るたび、戦争で夫を亡くした女中の登代は顔をしかめた。「男のかたってどうして戦争が好きなんでしょう」と冬子に言っているのか独りごとなのかわからない口調で呟くこともある。

子育てからも父の小言からも離れて暮らすのは、ずいぶんと久しぶりだった。出産以後は透が生活の中心で、執筆や勉強に夢中になっているあいだも透が学校から帰ってくる時間を意識し、食事の時間を逆算し、咳やくしゃみが聞こえたらまた風邪かしらと気にかけ、泣き声が聞こえたら飛んで駆けつけていた。

だが、上野の図書館に行って調べものをしたり、亀戸《かめいど》の梅屋敷で臥龍梅《がりゆうばい》を見物したり、浅草の電気館ではじめて活動写真を観たりしているあいだ、自分がほとんど透のことを思い出さないことに冬子は気付いて驚いた。母として息子を強く愛している、この気持ちを疑ったことなどいままでいちどもなかった。透はなによりも大切な存在だと信じていた。――ほんとうにそうだろうか。そもそも出生の経緯からして冬子の望んだことではなかったのに。

透の顔を思い浮かべてみる。病弱なわりに浅黒くかさついた風合いの肌は、どちらかというと色白の冬子と春明にはまったく似ていない。厚ぼったい目蓋はまなじりにかけてすっと切れ上がり、その下の黒目はときおりきらりと光る。最近「利発そうな子ですね」と言われることが増えたが、冬子は透の黒目が光るのを見るたび、値踏みするかのように観察してくる柳後雄の眼差しを思い出してしまう。無意識のうちに頭のなかで透の口もとに髭をつけ足して、はっとわれに返って打ち消すことすらある。

これからさらに柳後雄に似ていくであろう息子に私はなにを思うだろう。変わらず受け入れられるだろうか。将来、透が父の恩師の顔写真をどこかで見て、相似に気付くことがあったらどうすればいいのだろう。そもそも柳後雄とのことがなければ、あの子が生まれなかったら、どんな人生が待っていたのだろう。小説家ではない男と結ばれ、小説は過去の夢として葬って平穏な家庭を築いていただろうか。それとも独り身のまま見聞を広め、人生のもっと多くを小説に捧げる道もあっただろうか。いまの時間が長く続けばいいと思う自分に気付き、どきりとする。私は息子を足枷《あしかせ》と思ってはいないだろうか。冬子は疑念に蓋をして、透が読めるよう仮名ばかりの手紙を書きはじめた。

合格発表の日、一睡もせずに夜が明けるのを布団のなかで待った冬子は、自分でつくった朝飯を食べることなく文部省へ向かった。裏門の掲示板に貼り出された合格者の名を確認して帰宅すると、普段この時間は寝ている春明が玄関で待ちかまえていた。目が合うなり春明は破顔する。その懐こい表情に、何か月も張りつめていた冬子のこころがようやくほどけた。

「顔を見れば結果は聞かなくともわかる。おめでとう」

「はい、おかげさまで合格しました」

言葉にして伝えると、あらためて実感がこみ上げた。頬が自然と持ち上がり、ふふふと笑いが洩れる。掲示板を見る際に破裂しそうなほど激しく打っていた心臓はまだ高鳴っていた。

「結果が出てから話そうと思っていたことがある。ちょっといいかな」

普段はひとを入れることを好まない離れの書斎へと案内される。座布団を勧められて腰を下ろした。

「こんな奥まった郊外の家に移り住んだのは、ある仕事に取りかかるためなんだ。集中できる環境が欲しくてね。あなたを呼び寄せたのも同じ理由だ」

「どのような仕事でしょうか?」

「柳後雄先生の遺作の『錦繍羅刹《きんしゅうらせつ》』、あれをおれの手で完結させたい」

その題を久しぶりに聞いて、冬子の心臓は大きく跳ねた。蟬の鳴き声、胸の谷間を流れる汗、着物ごしに移る体温、手のひらに貼りつく湿った皮膚、屹立し蠢《うごめ》く感触、そしてからだを中心から引き裂くような痛み——。封印していた十七、八歳の記憶がまるできのうのことのようにあふれ出す。机に向かう柳後雄の背後にまわり、彼の肉体に奉仕しながら執筆の一部始終を観察していたのは、まさにこの小説だった。『錦繡羅刹』は連載中たいへんな人気を博していたが、病気により中断し、とうとう完結せぬまま亡くなった。

「ですがあの小説の続きは先生の頭のなかだけに存在していて、からだごと火葬されてしまいました」

「先生が残した草案がある。あなたも見たことがあるだろう」

裏紙などに殴り書きした構想の断片のことだろうか。一時期書斎の床じゅうに散らばっていたあの紙は閃きを書きつけたもので、草案と呼ぶのはためらわれる。

「あれは先生以外に読めません。解読できても意味がわかるかどうか……」

「だからあなたに頼みたいんだ。先生があれを書くところを間近で見ていたんだろう?」

冬子は絶句して春明の顔を見返す。なぜ平然とそんなことが言えるのか。情熱で瞳を輝かせて。師があの小説を書くあいだ冬子にどんな行為をさせていたのか、襖の隙間から見て知っているのに。またもや夫の腹のうちが読めなくなる。

「……ええ、確かに見ていました」

うつむき、自分の手に視線を落として消え入りそうな声で答えた。手がかすかに震えている。押さえつけて震えを止めようとしていると、目蓋がじわっと熱くなり視界が滲んだ。

「おれひとりでは成し遂げられない仕事だ。あなたの力が必要なんだ」

柳後雄亡きいま、あの小説の構想についていちばんくわしいのは執筆の一部始終を見ていた自分であることは否定できない。しかし、あの書斎で過ごした時間を思い出そうとしただけで呼吸は苦しくなり、からだが震え、涙がこみ上げる。

「ですが、草案から話の筋がわかっても、それだけでは小説には……」

「もちろん先生が手がけた部分と遜色《そんしょく》のない文章で書かねばなるまい。それは生半可なことではないが今後の糧になるはずだ」

文壇随一の美文家であった柳後雄はさまざまな文体を使いこなす器用さも備えており、一時期は口語体での小説を模索していた。新しい文体をわがものにした小説は高い評価を得ていたが、この長編小説ではもとのきらびやかな文語体に立ち戻り、一字一句を吟味した隙のない高雅な文章で綴っていた。

「先生がこの世に遺したものを、おれの手で引き継いで完成させたい。さまざまな小説を書いて経験を積み、だがまだ老け込んではおらず体力のあるいまこそ、そのときだ。

「……だから冬子、おれと共謀してくれないか」

どきりとした。結婚するときも夫は、共謀しないかと言った。このひとはなにを企み、そして私とどこへ向かおうとしているのだろう。

取得したばかりの教員免許のことが頭をよぎった。だが、免許はすでにあるのだから教員にはいつだってなれるだろう。家庭を立て直す契機はもう二度とおとずれないかもしれない。代作のときは冬子から頼み込んだが、いま春明は冬子に懇願している。冬子でないと駄目だと言っている。

「……わかりました。お手伝いいたします」

「ありがとう！」

満面の笑みを浮かべた春明の腕が冬子に向かって伸びて、あ、と思ったときには抱きしめられていた。一瞬呼吸が止まる。はじめて知る皮膚の感触、肉づき、体温――。夫婦となって八年ほど経つが、肌が触れあうことなどいちどもなかった。眼を閉じて夫の感触を味わう。腕と背は見ためよりもごつごつとかたい。冬の虫干しをしていない紬の着物はわずかに黴くさく、その奥にほんのり香ばしいような肌のにおいがする。脳がくらりと揺れて胸が甘く疼いた。全身の力が抜けて身を預けるような姿勢になる。

濡れたくちびるが冬子の鼻の頭に触れた。そのままゆっくり降りていく。薄く開いたくちびるを舌がなぞって入ってきて、紙巻き煙草の味がする唾液がとろりと絡む。弟子たちは朝から出版社に出かけている。女中は砂糖が切れていたので買いに遣わせた。いま、この家にはふたりきりだ。

耳や首すじを指さきでなぞるように撫でられ、重なったままの口から熱く湿った吐息を洩らす。冬子は夢中で春明の腕にしがみついた。この袖に隠された肩には女の顔の刺青が入っているという。まくり上げて見てみたい気もするし、見たくない気もする。

どんな表情で自分を抱いているのか知りたくて薄く眼を開けたが、夫は眼を閉じていた。妻をより感じるために視界を閉ざしたのか、それとも目蓋の裏にべつのだれかを見ているのだろうか。だがそんな疑念も着物の裾を割られ、むきだしの膝にあたたかな手を感じると溶けて消えた。もはや座っていることもできずに畳に倒れ込む。からだの内側で火が熾っている。荒くなっていく息遣いが恥ずかしくて手で口を押さえた。春明はその手をずらし、再度くちびるを重ねる。

これでようやくほんものの夫婦になれる。冬子は胸の上に両手を組んでそのときを待った。——だが、春明は突如すっと身を離した。冬子の着物の乱れた裾を直し、腕を引っ張って起こす。

え、と冬子はちいさな声を上げて目蓋を上げる。

「……あの世で再会した先生に『なんだあの続編は』とお叱りを受けないよう、互いに力を尽くそう」

なにごともなかったかのように清潔な笑顔で言われ、まだ呼吸が乱れている冬子は耳朶《じだ》まで赤く染まった顔を背けた。

いったん豊橋に戻って父に今後のことを話し、透の転校の手配をし、今生《こんじょう》の別れのように涙を流す祖母をなだめ、冬子は透を連れてふたたび上京した。家の仕事のあいまに、記憶がもたらす苦痛に歯を食いしばりながら柳後雄の殴り書きを解読する。順序のわからない断片的な文章を並び替えて意味を見いだし、空白をみずからの創作で埋め、物語の骨組みをつくっていく。噛みしめすぎて奥歯を痛め歯医者に通うはめになり、その治療が終わるころにはひとまずのあらすじが組み上がった。それをもとに冬子と春明は来る日も来る日も話しあう。

「お景《けい》のこの選択は確かに行動としては理に かなっているが——しかし読者が求めているものじゃない」

春明の書斎で膝をつきあわせて語るだけでなく、茶の間のちゃぶ台を囲んで食事をしながら議論することもあった。春明は米粒のついた箸で床に置いたあらすじの紙を指している。

「読者の求めているもの……。そこまで読者の顔色を窺う必要があるのでしょうか。私は同じ女として、お景の行動はこれ以外にないと思っています」

冬子は少しむっとしながら、味噌汁椀を持ったまま考え込む。

「自分の小説だったらこれでいいかもしれないが、『錦繍羅刹』は多くの読者が熱狂し、作者の死によって結末が読めないことに絶望した作品だ。善直《よしなお》はどうするのか、お景はだれと結ばれるのか、脇役たちの行く末は、といまだに気を揉んでいる愛読者たちの期待に応える必要がある。すべての登場人物にひかりが当たり、収まるべきところに収まる大団円をこしらえなければ」

「脇役たち――そうだ、山本《やまもと》と昌代《まさよ》が手を組んでお景を誘い出すのはどうでしょう！」

閃きを提案してみると、春明は膝を叩き、米粒が口から飛ぶのも気にせずに声を上げた。

「その手があったか！　じっくり吟味する必要はあるが、いけるかもしれないぞ」

両親の話についていけない透はつまらなそうな顔で、食べもしない佃煮を箸で弄っている。

修正したあらすじをもとに冬子が草稿を書いた。草稿のできた部分から、春明が柳後雄を模した絢爛《けんらん》な文章で書き直す。ときには冬子が書いた文章がそのまま採用されることもあった。

もともと遅筆であるうえに、比類なき名文と讃えられた師の文格を落とさぬよう書かなければいけないのだから、原稿は遅々として進まない。焦れた編輯者が毎日催促にやってくるようになった。雨の日は家の前の沼地に足を取られて泥まみれの裸足で玄関口に立っていたこともある。そして前日に書いたわずか一枚か二枚の原稿を受け取り、出版社へ帰っていくのだった。

春明は夜のあいだに書いた原稿を冬子の枕もとに置いてから床に入る。目覚めた冬子は米が音を立てて沸騰しているあいだ、台所の板の間に座ってそれを読む。朝の澄んだ空気と米の炊ける甘いにおいに包まれながら、自分の草稿が綸子《りんず》や縮緬《ちりめん》の衣裳を着せられ白粉や紅をほどこされたすがたを確認した。自分でも気に入っていた表現がそのまま活かされているのを見て笑みが洩れる。疑問や引っかかった箇所がある場合は原稿用紙の隅に鉛筆で書き込み、書斎の前の廊下に置いておく。

充実していた。ひとつ屋根の下に暮らして直接意見を交わすぶん、代作を郵送していたころ以上に満たされているかもしれない。だが、柳後雄の絶筆作品の上に築いている城なのだと思うと、噛みしめた充実感にじゃりっと砂が混じる。そもそもこの婚姻じたい、柳後雄の子を孕んだことがきっかけなのだ。自分たち夫婦はお釈迦《しやか》様のたなごころの上で飛びまわる孫悟空《そんごくう》のように、どこまでも尾形柳後雄の手のひらから出られないのだろうか。

ことことと木蓋を揺らして音を立てていた釜がいつのまにか静まっていた。冬子は原稿用紙を置いて竈の前に屈み、仕上げの藁をひと束くべる。

火に近づいて滲んだ額の汗を指でぬぐった。前髪が垂れてきたのでそろそろ結い直さなければ。いまは二百三高地髷《にひゃくさんこうちまげ》という名の、前髪と鬢を丸く膨らませて髷を高く結い上げた束髪にしている。髪結に勧められるがままに結ってもらったが、頭のてっぺんにさざえの壺焼きが載っているようで気に入っていない。そもそも旅順の二百三高地から名を拝借していることじたい、複雑な気持ちになるのだった。難攻不落の激戦地だった旅順要塞が陥落したという知らせが届いたのはちょうど正月で、世間がたいへんなお祭り騒ぎに沸き立った光景を思い出すと、言いようのない不安に駆られる。行き先のわからない汽車に乗っている気分だ。露西亜に勝利して日本も一等国の仲間入りだという声も盛んに聞こえるが、その言葉を聞くたび、大人を真似て煙管《キセル》を吸ったり葡萄酒を舐めたりしている子どもを連想して羞恥がこみ上げた。だいたい文芸誌に載っている小説ひとつとっても、この国独自の小説とはなにかと模索しながら西洋の作品の真似をしているものばかりじゃないか。

透が起きたらしく厠へ向かうあどけない足音が聞こえた。冬子はまな板の前に座り、包丁を小気味よく鳴らして味噌汁の具の大根を刻む。

＊

『錦繍羅刹』の続編も佳境にさしかかり、冬子は草稿を書いては捨て、書いては捨てを繰り返していた。何度春明に見せても首を縦に振ってもらえない。

「おれたちはどうも大きな思い違いをしている気がする。続きは白紙から考え直したい」

「私はこの筋書きで間違っていないと思いますが……」

「思い出してくれ。あの書斎で過ごした時間を。先生は書きながらなにか言っていなかったか？　手がかりとなるようなことを。必ずなにかあるはずだ。資料にしていた本だとか、ご興味を持たれていたことだとか」

あの悪夢のような時間を思い出せと言うのか。冬子はきっと夫を睨みつけた。

「……ずいぶんとご無体なことをおっしゃいますね」

「そうだな。しかし先生が執筆をされている場にいたのはあなたしかいないんだ。小説のために力を振り絞ってくれ」

「小説のため……それではまるで……」

続きは言えなかった。――小説のために力を振り絞れって、それではまるで執筆のために私を供物にした先生と同じではありませんか。『錦繡羅刹』完結の手伝いを頼まれたときは、夫婦で手を取りあって作品を完成させるのだと思っていた。だが結局のところ、亡き柳後雄と繫がるための霊媒としてしか私は必要とされていないのか。感情が渦巻いて息が苦しくなる。

「私は先生のご神託を伝える巫女《みこ》ではありません！」

冬子は涙声でそう叫ぶと、部屋を出ていった。

自分の部屋にこもって呼吸を整えるが、気持ちは乱れたままだ。手でも動かして落ち着こうと針箱を取り出し、透が引っかけて破いた着物を繕う。夕餉の時間になっても春明は書斎から出てこなかった。話したくない気分だったので透と勝手にちゃぶ台で食べる。夜が更け、布団に入ってもやもやと考えごとをしていると、部屋の襖を勢いよく引かれた。

「読んだか、『新文芸』に載った田村の小説を！」

春明は顔を紅潮させ、右手に持った雑誌をかざした。

「いえ、まだ」と恨みを引きずっている冬子は顔を見ずに答えた。

「いますぐ読むといい。……いやあ、まいった。まだ頭を整理できていないが、とにかくあいつがとんでもないものを書いたのは確かだ」

しぶしぶ雑誌を受け取り、『衿』と題されたその小説を読みはじめる。五人の子を抱えるうだつの上がらない中年の小説家――三人称で書かれているがこの主人公は田村叢生自身のことだとすぐに気付いた。この醜い中年文士の鈴木《すずき》がうら若く利発な女弟子に年甲斐もなくのぼせ上がり、監督者としての責任と恋慕の情との板挟みとなって七転八倒するようすがなまなましく描かれている。

信奉者だという水沢広子《みずさわひろこ》から熱のこもった手紙を何度も受け取った鈴木が、内弟子にすることを許可してふたりの関係ははじまる。輝く瞳を持ち、庇髪《ひさしがみ》に海老茶《えびちゃ》袴を合わせた当世女学生流の彼女は鈴木の生活に華やぎをもたらす。長年胸に抱えていた空虚を満たされた鈴木は、彼女を自分のものにしたいと欲望を抱くようになった。広子も自分と同じ気持ちに違いない、妻子や師弟関係がなかったら自分といっしょになりたいと願っているはずだと信じ込むが、華やかで社交的な広子は男の友だちが多く、夜遅くまで帰ってこないこともしょっちゅうで、鈴木は気を揉み正気を失っていく。とうとう広子には加藤《かとう》という学生の恋人ができる。それを知った両親に引き離されそうになり、悲観した広子と加藤は情死未遂事件を起こす。広子の純潔を信じていた鈴木だったが、さすがにふたりはすでに肉体の契りを結んでいるものと考えざるを得なくなり、情死未遂よりもそのことに深く傷つく。

上京した父親に連れられて広子が郷里に帰ったあと、鈴木はまだ荷物が置いてある彼女の部屋へ入った。思い出深い彼女の持ちものを涙ぐみながら眺めていると、一枚の襦袢が目に留まる。広げて見ると、いつも清潔にして着飾っていた広子からは想像もできないほど半衿が垢で汚れていた。葡萄色の縮緬の半衿に鼻を近づけ、息を吸い込む。強烈な脂のにおいに幻滅するとともに、いままでの純粋な恋慕とは違う欲望がこみ上げ、鈴木は自分の褌の奥へと手を伸ばすのだった――。

田村の分身である鈴木の心情は、あまりにも赤裸々に語られていた。みっともなく、恥ずかしく、独りよがりで滑稽だった。百枚ほどの小説を冬子が読み終わるのを横でじっと表情を窺いながら待っていた春明は、「どう思う?」と急《せ》かすように訊ねてくる。

「どうって……」冬子は途方に暮れ、天井の洋燈を見上げて言葉をさがした。「――よくこんなことをお書きになられたものだと、田村さんの勇気に驚きました」

「勇気か。ものは言いようだな」春明は鼻の頭にくしゃっとしわを寄せて短く笑った。「身も蓋もない自分の恥を暴露して、田村も自棄を起こしたなと嗤っているやつは多いだろう。文章は粗雑で柳後雄先生がお読みになったら激怒するはずだ。作者と作中人物の距離のなさにも問題がある。……だがおれは嘘のない態度に負けたと思ったよ」

「ですが小説というのは、存在しない人物の嘘の話を書くものではありませんか?」

「内容が創作か事実かということじゃない。文学に対する心構えの問題だ。あなたのいうところの勇気だな。偽りたくなるし飾りたくなる、そんな色気を封印して正直に書ききった田村がおれは羨ましい。まだ透は小説を読むような齢じゃないが、将来おれが書いたものを読んだらと思うと筆が渋ることがある。豊橋のお父さんの顔色だって窺う。それなのに田村は五人の子持ちで、細君やその家族も作中に登場しているんだからな。信頼して預けていた女弟子の親だってこれを読んだらどう思うか。なによりも女弟子本人に隠していた劣情を知られるのは――」

「水沢広子は実際に存在するお弟子さんなのですか？」

「さすがに名前は違うがね。田村の家で会ったことがある。細い金鎖を首にかけた、強情そうな顔をした娘だよ」

「お弟子さんは以前の田村さんの作品の信奉者だったのでしょう？　さぞかし驚かれるでしょうね」

かつての田村は、若くうつくしい男女の甘く切ない悲恋を美文で描いた小説を数多く発表していた。冬子が田村の小説を読んだのは柳後雄の家で顔を知ったあとだったので、あの外見でこんな小説を、と面食らったものだった。のっそりとした熊のような体軀にどんなかたいものでも噛み砕けそうな立派な顎、への字口に無精髭。だが、よくよく見ればつぶらな瞳には繊細なひかりが揺らいでいる。

「かつての愛読者が幻滅しても、前に進むには絶えず変わっていくしかない。おれの

『顚末』は商売としては成功したが、小説としては成功したと思っていないんだ」

「あんなに心血を注いで書いて、文壇で評価されて、大勢の読者にも受け入れられたのに。どこに不満が残ったのですか」

尾形柳後雄を失って以来空席だった文壇の最上段の椅子にとうとう座る者があらわれた。『顚末』出版時にはそう評されたこともあった。

「出版当時の田村の評に『こしらえものじみている』というくだりがあっただろう。まさに自分でも感じていたことで、急所を突かれたと思ったよ。あの小説の主人公——正道も貞も物語を動かすための人形で、血が通っていない。細工を尽くした絢爛な文章だって作為が過ぎる。要するにすべてが前時代の代物ってわけだ。休み休み書いて長引いたせいで、完成したときにはすっかり黴が生えていた。こしらえものではない、真に迫る小説とはいかなるものかと『顚末』以降あれこれ試していたが……。畜生、さきを越されたな」

春明は自分の口もとに手をやり、考え込む表情になった。

初対面だった尾形家での宴会で酔って大暴れしたり、柳後雄の死の直後に「時代に取り残されていく醜態を見せずに済んでよかったんじゃないか」と言った田村を殴ったり、春明と田村はひとかたならぬ因縁があった。だが決してふたりの仲は悪いわけではなく、むしろ夫は田村を好いているふしがある。年齢は田村のほうが四つほど上のはずだ。

春明は冬子の文机に置いてある『錦繍羅刹』続編の草稿にちらりと視線を向けた。確かに故人の作品の続きを書く行為は、最先端の文学を生み出すこととはかけ離れているかもしれない。

「いまのまま書き続けたら先生の作品を台なしにしてしまう。『錦繍羅刹』はいったん寝かせよう。毎日やってくる編輯者には悪いが」

「……そうですね」

「それに『錦繍羅刹』にかかりきりになっているあいだに文壇の流れにおいていかれて、過去の小説家になってしまっては、元も子もない。生活費の問題もある。いったん違うものを書いて頭を切り換えたい」

向きあって話しているが、眼鏡の奥の眼はすでに冬子を見ていない。――また自分を置いてどこかへ行ってしまう。冬子は確信に近い予感に襲われて、わが身を抱きしめるように両腕をまわした。

「あの、今晩の旦那さまのぶんの魚は――」

夕飯の支度をはじめようとしている女中の登代に、おずおずと話しかけられた。

「帰ってこないでしょうからいらないわ。明日の朝餉も。昼は……二日酔いでしょうからお粥か饂飩《うどん》ぐらいは用意しておきましょう」

「いったいどうされたのでしょう。まるで別人のようになってしまって」

こころを入れ替えていた時期の春明しか知らない登代は、主人の豹変《ひょうへん》ぶりに困惑していた。

「……いえ、いままでがどうかしていたのよ」

冬子はかたい表情でそう返すと襷をかけた。

予感は当たり、田村の小説の話をした明くる日から春明は自堕落な生活に舞い戻った。連日のように友人や編輯者を家に招いて弟子とともに酔って暴れ、静謐《せいひつ》に整っていた家はみるみる荒れ出した。家構えこそ尼寺のようであっても、一歩足を踏み入れると酒と煙草のにおいと男たちの大声に満ちた魔窟だ。朝、厠へ行くと知らない男が床で大いびきをかいていてぎょっとさせられたこともあった。

客を呼ぶだけでなく、呑み歩くことも増えた。なにも言わずに出かけて数日帰らないこともざらにある。またいかがわしい場所へ足を運んでいるのだろう。ちゃぶ台は脚を畳んで壁に立てかけたまま、しばらく使っていない。

「数日前、神楽坂の待合で華本と呑んでいたら、二階の部屋があまりにもうるさくて喧嘩になったんです。相手はだれだったと思いますか?」

青柳の声だ。春明に会いに来たが留守で空振りした編輯者と話をしている。

「その話しぶりから想像がつくよ。春明先生だろう」

「ご名答！　棒で天井を突いて『うるさいぞ！』と叫んでやったら、聞き憶えのある声で『莫迦《ばか》野郎！』と返ってくる。まさかと思って乗り込んだら先生で、そこからは売り言葉に買い言葉、しまいには部屋の調度を壊しての大乱闘で、待合から出入り禁止を言い渡されましたよ」

柔道家と見まごう体軀を持つ番犬のような青柳と、一見貧相で陰気だが癇癪《かんしゃく》持ちの華本。性質はまるで違うが、ふたりとも酒癖の悪さは師匠ゆずりで、三人が揃うと手のつけようがなかった。長身のふたりを引き連れているところを遠くから見ると、小柄な春明は子どものように見える。もちろん近寄って見れば三十過ぎの年齢相応の顔をしているけれど。

梅雨が明けたころ、夫の留守が一週間以上続いた。弟子たちもだれも居場所を知らないと言う。酒屋や米屋の取り立てやら原稿の催促やらやっかいな来客に頭を下げ続け、さらには透が熱を出して看病に明け暮れ、冬子の疲労は頂点に達していた。

夜更けにようやく熱の下がった透の枕もとで眠っていると、玄関から物音と出迎える弟子の声が聞こえてはっと起き上がった。

「おかえりなさいませ」

廊下に出て夫の顔を確認したとたん、安堵がこみ上げる。

春明は酒で浮腫《むく》んだ蒼白く疲れきった顔をしていた。その後ろに女が立っていること
に気付く。春明以上に顔色の悪い、病気でも抱えていそうな顔つきの女だ。

「ああ、ただいま」

「そちらのかたは？」

「さっきまでいた銘酒屋の女で、ええと名前は――」

「玉枝《たまえ》です」女は眼を伏せて名乗った。

「そう、玉枝。新しい内弟子だ。西向きの三畳間が空いているだろう。あそこに住まわせる」

「お弟子さん……ですか？」

「お世話になります」と玉枝は頭を下げる。

せせこましく区切られた部屋数だけはやたらと多い家なので、新しい弟子を受け入れる部屋はあった。だが酌婦を、それも名前すら憶えていない女を弟子にするなんて、話がまったくわからない。春明は眠っている透の額にくちびるをつけ、一瞬いとおしそうな眼差しで息子を見つめると、玉枝を連れて西向きの三畳間へ向かった。

玉枝は家に来た日こそ白粉を濃く塗り込め、金糸の刺繍《ししゆう》入りの衿がかかった絹縮緬を着ていたが、翌日からは袖口に醤油かなにかの染みがついた洗いざらしの筒袖を着て、やることがないからと女中のように働きはじめた。

からりと晴れた午後、箪笥の着物を出して土用干しをするのを手伝わせる。縁側を開け放った茶の間の鴨居に竿を渡し、着物を干していく。たくさんの着物が吹き抜ける風にはためく光景は壮観だ。冬子は手を休め、玉枝の横顔をこっそり観察した。化粧をしていない鼻の頭や額にはぽつぽつとへこんだできもののあとが目立ち、肌はかさついて粉を吹いており皺っぽい。冬子より年上に見えた。一週間以上も流連をして、夫はこの女にいくら注ぎ込んだのだろうと考えると、無性に腹が立ってきた。少なくとも酒屋や米屋のつけを払うには充分な額だろう。無言で黙々と作業するのも息が詰まるので、冬子は玉枝に話しかけた。

「九鬼春明の小説の読者なのでしょう？　どの作品に惹かれたの。やっぱり『顚末』かしら。まさか『白粉皺』？」

「いえ、私は小説のことは……」

玉枝は困惑しきった声と表情を浮かべ冬子を見る。その反応に冬子も困惑した。

「読んでいないの？　弟子にしてくださいと頼み込んだのに？」

「頼んでなんかいません。うちに来て弟子になってくれと頼まれたのです」

「まさか、そんなことが」

冬子は愕然として手に持っていた自分の藤鼠色の着物を落とした。師匠から頼み込んで弟子になってもらうなんて、聞いたこともない話だった。何度断られても根気強く手紙をよこしたり家を訪ねたりして弟子入りを志願するものではないか。

惚れ込んで連れてきたのならまだ理解はできた。しかし、いくら注意深く観察しても、玉枝を見る春明の眼には熱を感じられないのだ。毎夜、冬子は布団のなかで聞き耳を立てているが、あの三畳間を夫がおとずれている気配はなかった。かといって師として導こうという意欲も感じられない。教本となるような小説を渡したりはしているようだけれど、それ以上の指導をするようすはないし、玉枝は読んですらいないだろう。

気がかりなことはほかにもあった。冬子は外出から戻ってきた青柳を呼びとめて、周囲に聞かれぬよう小声で話しかける。

「玉枝さんの身の上はどうなっているのでしょう。家に連れてきて、その、まさか身請けを――」

くわしいことは知らないが、ああいった商売の女は借金で店に縛られて身動きができないと聞く。夫はその金を支払って玉枝を自由の身にしたのだろうか。毎月の家賃を払うのも苦しい生活なのに。

「ああ、身請けなんてしてませんよ。ご安心ください。店の旦那に話をつけて、一日いくらの金で買っているんです。うらぶれた場所にある流行らない店のようですからね、こんな奇妙な話であっても客がつくぶんだけましだと旦那も考えたんでしょう」

十日が経ち、納得がいかないものの玉枝のいる生活に慣れてきた。思えばあわれな境遇なのだ。好きでもない男たちに金で好き勝手にされ、場末の店に閉じ込められ、自由に出歩くことすらままならない。どういった遍歴なのかは知らないし自分から身を持ち崩した可能性だってあるが、決して愉快な暮らしではないだろう。せいぜいうちにいるあいだは平穏な家庭の生活を味わってもらおう。

そんなことを考えながら買いものから帰り、薪割りでも頼もうと玉枝の三畳間を覗くと、そこはもぬけの殻になっていた。

「あなた、玉枝さんは？」

書斎で書きものをしている夫に訊ねる。ここのところ、めずらしく呑み歩かず宴会もせず、毎日書斎にこもっている。

「ああ、もう帰したよ。破門だ」

春明は筆を動かす手を止めないまま答えた。

「破門？」

冬子はぽかんと口を開く。いったいなにをしたかったのか。

答えはそれから数日のうちに出た。茶の間を箒で掃いていると春明に背後から声をかけられ、原稿用紙の束を渡された。『放埒《ほうらつ》』という題が目に飛び込む。

「これは？」冬子は原稿用紙から顔を上げて夫の顔を見た。

「読んで感想を聞かせてくれ。……ああ、久しぶりに根を詰めて書いたから疲れた。しばらく眠る」そう言って春明はふらふらとした足取りで廊下へ出て行った。

冬子は座布団を引っ張り出して座り、さっそく読みはじめる。高橋《たかはし》という酒呑みで仕事からも家庭からも逃げ続ける小説家が主人公の小説だった。少し前まで夫婦で取り組んでいた『錦繡羅刹』続編の典雅な文体とはかけ離れた、平易な口語体で書かれている。

高橋は書かねばいけない原稿や借金取りから逃げて銘酒屋の二階の座敷に引きこもり、酒を呑んでは寝て昼過ぎに具合の悪さで目覚めては迎え酒でごまかし、という日々を送っていた。菊江《きくえ》という酌婦の膝に頭を預けてうつらうつらしているあいだだけ、気持ちが安らいだ。ことあるごとに「早く死んでしまいたい」と言う彼女の身の上話を聞いているうちに同情心が芽生え、なんとか生活を変えてやりたいと考えるようになる。ときどき高橋には思いつけない面白いことを言うので、小説を書かせてみてはどうだろうと閃く。

高橋は菊江を内弟子にすることに決め、家に連れて帰った。酌婦を家に住まわすことに妻はもちろんよい顔をしない。家庭はますます壊れていく。しかも菊江は家にいる兄弟子と親しくなり、高橋は嫉妬と疎外感で苦しむ。せめて師として育てようと思い指導をするが、菊江はまったく小説に興味を示さない。座敷の仄明るい洋燈ごしだとなまめかしく見えた菊江だが、昼の陽射しのもとろくに化粧もせず汚れた着物で過ごしているすがたは女中にしか見えず、気分も萎えた。

ある日、めずらしく早くに帰宅した高橋は、裸の菊江がふたりの弟子のあいだに挟まって眠っているのを見てしまい、とうとう破門を言い渡す。夫婦仲はこじれ、弟子たちともぎくしゃくし、高橋には菊江の店に払わなければならない借金だけが残った――。

すべてはこれを書くための準備だったのかと嘆息した。女弟子との醜聞。田村叢生の『衿』に触発されて書いたのはあきらかである。しかし、田村の作品と決定的に違うのは、嘘を書いているということだった。――偽りたくなるし飾りたくなる、そんな色気を封印して正直に書ききった田村がおれは羨ましい。かつて春明は『衿』に対してそう言っていた。『放埒』は飾ってはいないけれど、偽っている。

そう考えて、偽っているのはこの小説だけではない、と気付く。自分との結婚生活は発端から偽りだ。遊びまわっているのは無性に女が好きなのだろうとずっと思っていたが、玉枝に向ける熱のない眼差しを見て、漁色家を演じているだけなのかもしれないと疑念を抱いた。小説への熱情はほんものだろうけれど、しかし書くものはどこか借りもののにおいから逃れられない。柳後雄を手本とするところからはじまり、海外小説の借用、そのときどきの話題作の摸倣、そして今度は田村の真似。器用ではあるし、つねに時代思潮に乗ろうと努力しているが、彼の持ち味や主題はどこにあるのだろう。もしかして、偽りこそが本質なのではないか。

冬子は『放埒』を頭から読み直す。春明が文壇でいまいちど脚光を浴びるには、この小説をどう直せばいいのだろう。いや、いくら直してもどうにもならない。違う方向から考えたほうがいい。なにか仕掛けが必要だ。

陽が陰りつつある茶の間で、冬子は糸口をさがして知恵を絞った。

数日後の夜、冬子は春明の書斎の襖に「失礼します」と声をかけた。返事があったので襖を引いて室内に入る。

「『放埒』、拝読いたしました」

ごろりと畳に寝転んで雑誌をめくっていた春明は、頭だけを上げて冬子の顔を見た。

「そうか。どう思った?」

「正直に申し上げますね」そう言い置き、すっと息を吸って吐いて、自分のなかに残っている躊躇を追い払う。「田村さんの『衿』があれほどまでに文壇に衝撃を与えて物議を醸したのは、あられもない心情を吐露する正直さが度肝を抜いたからでしょう? あそこまでさらけ出さなければいけないのかと背すじを伸ばした書き手が多かったのだと思います。私たちは後追いなのですから、その衝撃を超えていく必要があります。正直でないことは置いておいても、これではまだ足りません。田村さんの二番煎じにすらなりません」

「じゃあどうすればいいと思う？　どこを直せばいい？」

冬子が話しているあいだに春明は完全に起き上がり、眉間に皺を寄せて腕組みしていた。

「いいえ、ただ原稿を直すのではありません。私に案がございます」

冬子は自分の頬が紅潮し、瞳が光るのを感じていた。全身に新鮮な血がどくどくと巡っている。

「案？」

不可解そうな面持ちの夫を見て、口角に笑みが浮かぶ。

「少し待っていただけますか。二か月——いえ、一か月あれば充分でしょう」

編輯者は直々に持ってきた雑誌を玄関先で差し出しながら、冬子の顔を見つめた。

「奥さん、いよいよ来月ですね。よろしくお願いします」

冬子は受け取るなりその場で開き、目的の頁をさがす。掲載された九鬼春明の小説『放埒』の最終頁、「完」の文字の左に書かれた簡潔な文章を確認し、音を立てて唾を呑み込んだ。後戻りはできないと思うと胃の腑がきゅうっと痛くなる。

※次号予告※　『生贄《いけにえ》』九鬼冬子
九鬼春明氏の『放埒』を読まれし読者諸君は、次号に掲載さるる九鬼冬子女史の『生贄』を見逃すべからず。


「緊張してまいりました。ほんとうにこんなことをしてよかったのかどうか……」

冬子は頬に手を当ててうつむく。

「いまさらなにをおっしゃるんですか、どっしりかまえてくださいよ。読者を大いに沸かせてやりましょう。翌々月号の春明先生のお原稿は順調ですか?」

「順調かどうかは存じませんが、昼も食べずに書斎にこもって書いています。お呼びしましょうか?」

「いえいえ、執筆の邪魔をしちゃ悪い」

お茶でもどうぞと客間に上げようとしたが、編輯者は急ぎの仕事があるのでと慌ただしく帰っていった。冬子は離れにある夫の書斎に向かって声をかける。

「あなた、山内《やまうち》さんが『明治公論』の新しい号を持ってきてくださいました」

「そこに置いておいてくれ」

襖の手前の床に置いて立ち去ろうとすると、「待て」と呼びとめられた。

「予告はちゃんと載っていたか？」

「はい。九鬼春明氏の『放埒』を読まれし読者諸君は、次号に掲載さるる九鬼冬子女史の『生贄』を見逃すべからず、と」

「ははは、やはり愉快だ。……九鬼冬子女史か。その名で小説を発表するのは二度めだな」

「ええ――前回から十年以上経ってしまいました」

「そんなむかしになるのか。あのとき、掲載誌を見て名前のことで柳後雄先生に抗議したらしいじゃないか。先生が愚痴っておられたぞ」

春明の妻でないと読んでもらえないと扱われた悔しさを彼はわかるまい。下世話な関心を抱いて読むやつがいることに期待するのが得策だ――柳後雄はそう言った。ときが流れ、いまは九鬼春明の妻であることを逆手に取ろうとしている。

「今回は自分から望んだことです」

勝ち気で才気煥発《さいきかんぱつ》な女弟子にみずからの理想を託した『椿の頃』を書いたのは、十八のころだった。自分は変わっていないようにもすっかり変わったようにも感じるが、書くものが変化したことだけは確かだ。いまはもう、あんなに無邪気な夢物語は書けないだろう。

「いま書いているものはあと二、三日もあれば書き上がる。すぐに渡すからまた舞台裏を頼むよ」

「承知しました。ですがご満足いただけるものが書けるかどうか……」

「そんな弱気でどうする。自分は天才だと思い込むぐらいでないと小説なんて書き続けられないぞ。冷静になったらおしまいだ」

「それに将来、透が一連の小説を読んだらと思うと不安でたまらなくて」

ずっと胸につかえていたことを思い切ってぶつけると、しばらくの間ののち、襖の向こうから声が聞こえた。

「……あの子は賢い。これが両親の仕事だと理解してくれるさ」

九鬼春明の放埒な私生活を描写した小説が登場した翌月の号で、今度は妻の視点から裏側を暴露した小説を掲載する——。それが冬子の閃いた「仕掛け」だった。冬子の発案を春明は面白がり、編輯者も乗ってくれた。

冬子の書いた『生贄』は『放埒』の主人公、高橋の妻が語り手である。遊び歩いている小説家の夫が酌婦を連れて帰宅し、その女を住み込みの弟子にすると報告を受けた妻の側から、一連の騒動を描いている。

高橋の妻、絹《きぬ》は月末の支払いに苦しむ生活を送っていた。小説家である夫は最近はろくに仕事もせず遊び歩いている。数日ぶりに夫が帰宅してほっとするが、なんと女を連れていた。菊江という名のその女は銘酒屋の酌婦で、住み込みの弟子として育てるつもりだという。世間の裏側を見ている女だから興味深いものを書くだろうと夫は期待しているが、自身も小説を書いて発表したことのある絹は、そんな理由で引き立てられるなんてと面白くない。

普通の勤め人とは違う夫のもとに嫁いだのだから多少のことは忍耐しないと、自分は夫が作品を書くうえでの生贄みたいなものなのだから、と自分に言い聞かせるが、菊江のいる暮らしに慣れず、日に日に精神がまいっていく。夫は酌婦に本気になっているわけではないだろう、妻の地位が脅かされることはないはずだと信じているものの、不安は高まるいっぽうだ。夫が菊江の部屋をおとずれていないか夜ごと壁に耳を当てて音を聞く、そんな自分を嫌悪しつつやめられない。

弟子のひとりである赤城《あかぎ》は師のおこないに腹を立てて絹の肩を持ち、なにかと気遣ってくれた。赤城の態度や視線に師の妻に対する敬意以上のものを感じて、絹は彼を意識するようになる。夫が関係を持った酌婦を弟子にして家に住まわせているのだから、私だって夫の弟子ともっと親しくなってもいいはずだ、と無理な理屈で正当化を試みるが、貞操観念が行動を遮り、頭のなかであれこれ想像してみるだけにとどまっている。

ある日、洗濯をしていた絹は夫の褌に菊江のものと思われる紅がべったりとついているのを見つける。たまらなくなって赤城にすがりつきたくなるが、在宅のはずの赤城が見当たらない。今日こそは赤城に身をまかせてしまおう、そう考えながら家じゅうさがしまわって、とうとう発見する。菊江の部屋でもうひとりの男弟子と三人、菊江を中心とした川の字になって裸で寝ていた。絹は衝撃を受けながらある仕返しを思いつく。「あなた、菊江さんがお呼びです」と書斎にいる夫に声をかけ、菊江の部屋へ行かせた。痴態を目撃した夫により、菊江は破門になり家を去る。家庭はひとまず平穏を取り戻したが絹は張りあいのなさを感じ、そんな自分に戸惑っていた——。

名前は変えているとはいえ自分自身を小説の登場人物に、それも主人公に据えた小説である。しかも住み込みの弟子によからぬ感情を抱く小説家の妻という恥ずべき人物像なのだ。もちろん事実ではない。ひたすら耐える妻の話では話題にならないだろうと思い、あえて扇情的な展開にした。だが、これを読んだ読者は春明の細君はふしだらな情欲をもてあました女なのだと額面どおり受け取るだろう。たびたび家に来て顔を知っているあの作家やあの編輯者やあの評論家やあの挿絵画家も、おとなしく忍耐強い貞淑な妻と思っていたがこんな女だったのかと驚くに違いない。これからどんな顔をして客人を迎えればいいのか。せめて実家の父の目には触れませんようにと祈りたくなる。

代作を書いていたころだって、こんなものを世に出していいのだろうかと迷うことは幾度もあった。しかし、それらの作品は九鬼春明の名義で発表されていた。自分の名前がおもてに出ない、手柄はすべて夫のものになる歯がゆさに苛《さいな》まれたいっぽう、なにを書いても矢面に立たなくていいという安心感もあった。

だが、今回冬子は裸体を、それも過剰に醜く見えるような角度と照明で裸体を晒すことになるのだ。作品のことを思うといてもたってもいられず、透をむやみに叱り飛ばして後悔したり、手が急に震えて茶碗を落として割ったり、買いものの最中にふと羞恥心がこみ上げて声を出してしまい周囲から不審がる眼差しを向けられたりした。精神が不安定な状態で過ごした一か月はあっというまに過ぎて、ふたたび編輯者が新しい号を届けに玄関へやってきた。

冬子は受け取った刷りたての雑誌を開くことなく、渡り廊下の縁側で庭を眺めながら紙巻き煙草を吸っている春明のもとへ持っていった。

「私の代わりに確認してくださいますか。なんだか開くのが怖くて」

震える手で雑誌を差し出す。

「呪いの書のように言うなよ」春明は煙草を口の端に咥えたまま雑誌の頁をめくる。「……ちゃんと掲載されているぞ。九鬼冬子の『生贄』。思ったよりも前のほうに載っているじゃないか」

「ああ――」

冬子は声を洩らすと縁側にへたり込んだ。春明は笑って冬子の肩を叩く。

「そんなに怯えるなよ。問題が起きたときはおれが前に出る。だが腹を括るんだな。書くという行為には責任がともなう。いったん世に出た以上、どう読まれてもしかたがない。感想は書き手が抑制できるものじゃないんだ」

「あなたは恥ずかしくないのですか。妻がこんな、世間様に顔向けのできないものを書いて」

「恥ずかしいわけがあるものか。いままで言ったことはなかったかもしれないが、おれはあなたの書くものが好きなんだ。なにが世間様だ。そんな言葉を使うなよ。どんなものを書いたって文句を言うやつはいるんだから、言いたいやつには言わせておけばいい」

台所のほうから酒屋の声が聞こえたので、冬子は夫との会話を切り上げて勝手口へ向かった。夫のための正宗とヰスキィを注文する。酒屋が去ってひとりになると、春明の言ったことを頭のなかで反芻《はんすう》した。あなたの書くものが好きなんだという言葉が、あかあかと燃える熾し炭のように胸をあたためる。個々の作品を褒められたことはあったが、書くもの全体を肯定されるのははじめてだった。書き続けてよかった——。どんな愛の言葉よりも、春明に言われたかった言葉かもしれない。ほかに言われたことも思い返しているうちに、先月、予告が載った号が届いたときにかけられた言葉が耳の奥に甦る。

『自分は天才だと思い込むぐらいでないと小説なんて書き続けられないぞ。冷静になったらおしまいだ』

だがおそらく、夫は自分のことを天才だとは思っていないのだろう。隙間風のように冷静さが胸に入り込んでしまうから自分の才能や作品を疑い、筆が止まり、苦しみ、酒や色に逃げる。しかしいくら逃避したところで彼の真の喜びは文学的成功にしかない。逃げれば逃げるほど精神はますますすさみ、どんな草も根づかない荒れ地になっていく。冬子は酒瓶を横目で見て嘆息した。――私もこのまま書き続けたら、夫と同じ焦燥や荒廃に囚われるようになるのだろうか。

雑誌が発売日を迎えて数日経った。青柳や華本はとくになにも言ってこない。いつもどおりふるまっているように見えるが、あれを読んでいるはずだ。ときおり背に不躾な視線を感じるのは気のせいではないだろう。

朝、起きて竈の薪を燃やしていると、「おはよう」と背後から夫に声をかけられた。いつも午後になってから起きてくるのにこんな早起きはめずらしい。「おはようございます」と返しながら振り向いて、早起きではなく夜どおし起きていたのだと知る。眼鏡の奥の眼は落ちくぼみ、無精髭が生えていた。

「『新文芸』は読んだか？　岩倉海鳴《いわくらかいめい》の『放埒』という作品が載っている」

春明は雑誌を差し出しながら覇気のない声で言った。

「岩倉海鳴?」はじめて聞く名前だった。

「最近出てきた作家だよ。同じ題なのはおそらく偶然だろう。おれの『放埒』が出たのはつい先月だからな。それを見てから書いたのでは間に合わない」

冬子は雑誌を受け取り、冒頭に目を通した。ずいぶんと荒い文章だ。ろくに推敲もしていないと思われる。春明の『放埒』はあえて平易な文体を選んだとはいえ、文章には熟練の味わいがあった。これでは比較にならない、と安堵する。

「食事の支度がありますので、あとでじっくり読ませていただきます」

「そうか。おれは朝飯はいらない。寝る。頭が冴えて眠れそうにないが……」

春明が去ると、冬子は竈をそのままにして板の間に腰を下ろし、読みはじめた。

作者自身だと思われる主人公は、跳ねっ返りで不美人で年増で子持ちの芸者に反発を抱きつつ夢中になり、自分が脚本を書く芝居の女優にしようと身請けを考える。しかし彼女は複数の男を手玉に取るしたたかさを持った女で、間抜けな主人公がひたすら翻弄される話だった。

その設定だけだとまた田村叢生の『衿』の摸倣かと思うし春明の『放埒』にもよく似ているが、読んだ感触はまるで違った。破れかぶれであるが行間にどこかからっとした明るさが射していて、じめじめとした煩悶《はんもん》を綴った田村やそれを手本とした春明とは一線を画す、新しい風を感じた。はじめは粗雑さに眉をひそめた文章も、読み進めていくうちにからだに馴染み、小気味よく思えてくる。芸者のすがたもいきいきと描かれていて、めまぐるしく変わる表情やがさつな挙措までありありとまなうらに浮かんだ。それに比べると春明の『放埒』に出てくる酌婦、菊江などは血がかよっておらず、舞台の背景に描かれた書き割りのようだ。

すっかり打ちのめされた冬子は雑誌を閉じ、さっきの夫の陰鬱な面持ちを思い浮かべる。これを読んで敗北を感じたに違いない。同じ題という偶然がもたらした残酷な対比だ。粗さがしをしようと再度読みはじめるが、透が起きてきた物音が聞こえた。冬子は雑誌を置いて立ち上がり、火加減を調整する。

翌号には九鬼春明による『放埒』の続編『愚行』が掲載された。酌婦を小説家に育て上げたいという計画に未練のある高橋が、よその私娼窟の女を見初める展開である。家に連れて帰ったらまたもや若い弟子たちに奪われてしまうのではと妄想に取り憑かれ、ならばいっそと先回りして遊び賃を出し弟子にその女を買わせる。座敷の壁ごしに聞いた自分のときとはまるで違う嬌声《きょうせい》に高橋は自信を喪失するとともに、奇妙な昂奮を覚えた。いっそ店の女ではなく、自分の妻を抱かせてみたらどうだろうと考える。冗談めかして妻をそそのかしてみるがとんでもないと拒絶される。だが、それ以来妻の弟子に向ける眼差しには媚《こ》びが混じるようになる。妻と弟子が関係を持つのも時間の問題だろう――。

さらに翌号にはまた九鬼冬子の作品『貞淑』が載った。高橋の妻、絹は買いもの帰り、客と散歩している酌婦の菊江と偶然出会う。菊江は絹を懐かしがり、店に来るよう誘う。場末のいかがわしい店に足を踏み入れるのは気が引けたが、好奇心に負けて菊江についていく。「放埒なご亭主を持ってさぞかしご苦労をされているでしょう」と銘酒屋の主人に同情を寄せられた絹は、話を聞いてもらえる嬉しさから生活の厳しさを切々と訴えた。するとここで客の相手をしないかと誘われる。士族の家の生まれで謹厳に育てられた絹はとんでもないと断るが、言葉巧みに誘導され、その場にやってきた客と褥をともにしてしまう。事後、これはたったいちどのあやまちで二度としないと自分に誓うものの、翌月末に支払いが立て込んでくると足はまた銘酒屋へ向かった。二度三度と繰り返すうちに抵抗はなくなっていく。だれと寝ても同じだと開き直り、とうとう弟子の赤城とも関係を持つ。ある月末、また支払いに困って銘酒屋の座敷で客を待っていると、階下から知っている声が聞こえてきた。夫の声だ。階段を上る足音が近づいてくる。間一髪で絹は二階の窓から逃げた――。

最近当局による小説の発禁処分が増えているため、絹が春を売る場面は細心の注意を払って濁した書きかたにしているが、前作以上にきわどく恥知らずな内容である。けれど書いているうちに、世間の常識や日々の暮らしに縛られていたこころは解け、ふわりと風に乗ってくびきから放たれる。現実の自分から遠く離れた女を描いているが、耶蘇教の懺悔《ざんげ》とはこういう快楽をもたらすのだろうかと想像した。いったいどこまで書いたら夫はやめてくれと言うのか、試してみたい気持ちもあった。小説のなかで際限なく堕《お》ちていく。自分はどこまで小説に身を捧げられるだろう。柳後雄の供物になっていたときとは違う。この身の奥深くに巣食う鬼と手と手を取りあい、みずから飛び込むのだから。夫のいるところまで堕ちきったら、ふたりの関係は強固な、ほかに替えのきかないものになるだろうか。

冬子は深い海に沈む自分を思い描いた。ひたすら落下していき、地上のひかりは遠ざかり、夜空のような暗い色に包まれる。丸髷に結い上げていた髪がほどけて顔のまわりをふわふわただよっている。やがて背が海底について、音もなく砂が舞う。ふと横を向くと夫も海底に横たわっている。視線が交わり、夫ははにかむような笑みを浮かべる。周囲を泳ぐ深海の奇妙な魚たち。夫の口が動くが声は聞こえない。手が冬子へと伸ばされる。冬子はその手に自分の手を重ねた。ふいに苦しくなって息を吸おうとするが、水がからだの穴という穴から入り込み、意識が遠ざかる――。

「ずいぶんと大胆なものを書いたな」

書き上げた『貞淑』を渡した翌日、春明は原稿用紙をひらひらと弄びながら笑って言った。

「書き直したほうがよろしいでしょうか……？」

冬子はおずおずと夫の顔色を窺う。その頬は血色がよく、酒で濁りがちな瞳はいつになく澄んだ輝きを放っていた。

「いや、このままで行こう。――あなたはおれよりもよっぽど豪胆なのかもしれない」

『貞淑』が雑誌に掲載されてまもなく、雑誌社の編輯者と田村叢生が連れ立って家にやってきた。春明は散歩に出かけていたので、客間に通して帰宅するのを待ってもらう。

「――どう思いますか、最近の春明氏と令夫人が交互に発表している小説は」

編輯者の声が障子ごしに聞こえてきて、冬子はどきりとして足を止めた。田村の返事に耳を澄ます。

「ありゃ楽屋落ち小説だな。わざわざ誌面を使わずに夫婦間で手紙のやりとりをしてりゃいいものを」

「ははは、ずいぶんと手厳しい」

「細君まで引っ張り出して必死なのはわかるが、狙いが浅ましいんだ。貧すれば鈍すだな」

冬子の嚙みしめたくちびるが震えた。『生贄』も『貞淑』も自分の身を切り売りする覚悟で発表した作品だ。事実のふりをした創作ではあるが、一笑に付されるのは存在をまるごと否定されるような苦痛があった。ぴりっと痛みを感じ、くちびるに触れてみると血が滲んでいる。

先月今月と、ふたつの『放埒』を比べた批評がいくつかの雑誌に発表された。文壇の評価はおおむね一致していた。九鬼春明の『放埒』は文章こそ手練《てだ》れだが、ただながなが《・・》と身辺を写生しただけで情味に欠ける。岩倉海鳴の『放埒』は荒削りだが勢いがあり、新時代の生気がみなぎっている。どちらが旧時代の放埒でどちらが新時代の放埒か、並べて読めば一目瞭然であろう――。

春明が帰宅すると宴会がはじまった。青柳と華本のほか、近所に住む弟子や友人や最近わが家に住みはじめた書生も参加する。春明は新しい知識や時代の思潮を知るため下の世代と盛んに親しもうとしており、周囲には若い人間が多い。

冬子は女中の登代と大わらわで肴の準備をする。さらに客人は増え、懐かしい藤川まで顔を見せた。

「久しぶりだね、冬ちゃん。……なんて呼びかたはふさわしくないか」

藤川は台所を覗き込み、弓なりの眼をさらに細くして冬子に笑いかけた。

「いえ、むかしどおり呼んでください」と冬子も笑う。

「最近はずいぶんとご活躍じゃないか」

「厭だわ。あれをお読みになったなんて」冬子は熱くなった頬に手をやった。

「わかってるさ、あれはつくり話だろう。春明の書くものに合わせるのもたいへんだ」

「私も藤川さんが婦人雑誌に発表されている作品をいつも拝読しております」

近年、藤川は家庭小説の書き手として花開き、婦人雑誌や新聞に作品を発表していた。

「あいつや漣に比べるとずいぶんと出遅れたし、芸術とは縁遠いものを書いているけどね」

「いえ、そんな」

藤川は冬子に近づき、周囲を窺ってから耳打ちした。

「……あいつの代作の噂が文壇で流れている。気をつけたほうがいい。場合によっては命取りになりかねない。ただでさえあいつの所行をよく思っていない人間は多いんだから」

心臓が大きく跳ねた。春明は一時期代作をやめていたが、『錦繡羅刹』の続編に取りかかっているあいだ自分の小説を書く余力がなかったことから、代作を再開していた。『錦繡羅刹』続編の執筆が中断しているいまも、ずるずると続けている。名が売れつつある青柳と華本だけでなく、新しい弟子に書かせたものも多い。今月もどこかの地方新聞に九鬼春明の名で弟子の作品が掲載されているはずだ。

藤川が客間に戻ってしばらくすると田村が出てきた。のしのしと大股で歩いて板張りの廊下を軋ませ、憤然としたようすだ。

「いったいどうしたんです！」田村のあとを編輯者があわてて追いかけている。

「どうしたもこうしたもない。まったく目に余る、春明とその一派の横暴は。若いやつらを従わせて徒党を組んで酔って騒いで、いったいどこのやくざだ」

「酒の席でのことではありませんか」

なだめようと編輯者が肩に置いた手を、田村は振り払った。

「だいたい尾形柳後雄の後継者ぶってご大層な文体で書いていたのを、おれの『衿』で時流が変わったとみるやあっさり宗旨《しゆうし》替えしやがって。軽佻浮薄にもほどがある。少し前までおれのことを格下と見て莫迦にしていたくせに。柳後雄先生を偲ぶ会のことだってな、おれは許しちゃいないんだ。あのときに見切りをつけて絶縁すべきだった」

田村は玄関で下駄を履いて出ていった。だれか追いかけたほうがいいのではないかと冬子はおろおろとするが、客間からは春明や弟子たちの笑い声が聞こえるばかりで、だれも出てくる気配はない。見なかったことにしようと思い、火にかけている鯵《あじ》の塩焼きのもとへ戻る。

肴をすべて出して手が空いたので、冬子は透のようすを見にいった。

「まだ起きていたの。もう寝る時間でしょう」

「お母ちゃん、あっちの部屋《こま》が賑やかで眠れないよ」

布団から半身を出して独楽をまわしていた透は、大人たちのいる部屋のほうを指して訴えた。

透のために少しは静かにしてほしいと夫に伝えようと、客間に向かう。襖を開けると青柳の怒鳴り声が耳をつんざいた。

「いまや春明といえば代作、世間の印象はそればかりで作品の評価もへったくれもありゃしない！　おまけにおれまで代作者の青柳という烙印《らくいん》を押されてしまった。先生のせいでおれの将来も危うい。どうしてくれるんだ！」

犬に似た素朴な顔を真っ赤に染めて春明に殴りかかろうとする青柳を、書生が羽交い締めにして抑える。青柳の振りかざしたこぶしが冬子のすぐ頭上をかすめた。

冬子は動悸のする胸を押さえて台所へ逃げた。片付けは明日するからもう寝るようにと登代に伝え、女中部屋に戻らせる。ひとりになると床の間に腰を下ろした。深呼吸を繰り返すが鼓動は速いままだ。青柳に偶然とはいえ殴られそうになった衝撃のせいだけではないだろう。代作の問題――とうとう畏《おそ》れていたことが起こりつつある。悪寒が背すじを駆け上った。

自分の肩に両手をまわして身震いを抑えていると、青柳が顔を見せた。さっきとはうって変わり、蒼白いいまにも吐きそうな顔色をしている。

「奥さん、水をください」

冬子は玻璃盃《コップ》に水差しの水を注いで手渡した。

「どうぞ」

「……さきほどは失礼しました」

「いえ――あのひとのためを思って言ったのでしょう？」

青柳は水を飲み干すと、すわった眼で虚空を見つめて語り出した。

「代作は先生の抱えている問題の一端に過ぎない。おれは先生の才能が腐っていくのを見るのがつらいんです。酒を呑んでは周囲との軋轢《あつれき》を生んで、連載を開始しては中絶して、悪評を買い、編輯者を困らせ、四面楚歌に陥っていく。小説へのまっすぐな情熱、つねに新しいものを吸収しようとする貪欲さ、うちに秘めた繊細さ、そういう素質が実を結ばないことが悔しい。つい易きに流れてしまうあの弱さが憎い。先生を尊敬しているから、おれのような半端者とはものが違うと信じているから、愛しているから――」

いったん言葉を呑み込み、冬子の顔を見た。「奥さんも呑みませんか」

「いえ、私はお酒は」

「そうおっしゃらずに」

青柳は近くに置いてある半分ほど中身の残った酒瓶を持ち上げ、手に持った玻璃盃に注ぐ。冬子は観念し、玻璃盃を受け取って口をつけた。液体が流れた喉がかあっと焼けて、胃の腑まで熱くなる。吐息がこぼれた。

「そういや読みましたよ、九鬼冬子女史の小説を」

「ごめんなさい、読むひとが読めば青柳さんとわかるように書いてしまって」

冬子は笑いながら言った。慣れない酒はこころを覆っていた膜を溶かしていた。素面《しらふ》のときに一連の小説に触れられたら羞恥で逃げ出しただろうけど、いまなら胸襟を開いて話せる気がする。

「お気になさらないでください。おれも小説家だ。周囲の人間を題材にして関係がこじれた経験はある。それでも書かずにはいられない、書き手の傲慢な業《ごう》ですよ。まあ、あんな書かれかたをして困ることはないと言ったら嘘になるし、せめてもっと違う名前にしてくれたらと思わないでもないが……」

ふふふと冬子は笑い声を洩らした。『貞淑』の作中で冬子の分身である絹と夫の弟子の赤城は一線を越えている。それを思うとこそばゆく愉快な心持ちになってきた。

「もう少しちょうだい」冬子が玻璃盃を差し出すと、青柳が酒を注いだ。冬子はそれを一気に呑み干す。体温が上がり、視界が狭まった。乾物が水を吸って膨らむように、こころのかたい部分がうるおっていくのを感じる。

「私と青柳さん、どっちがあのひとの魂に寄り添えているのかしら」

「そりゃあ奥さんに決まっているでしょう」

「そんなことはないわ。私たちはほんものの夫婦じゃないもの」

「……それはどういう意味ですか」

「ううん、忘れてちょうだい。ただ、夫婦らしい夫婦じゃないってこと」

空の玻璃盃に青柳が酒を注ぐ。冬子は膝を崩し、壁にもたれて酒を体内の深くに流し込む。

「確かに先生は家庭をおろそかにしているが——しかし、そこいらのおしどり夫婦よりも濃密な繋がりがあると思いますよ。小説の応酬で対話する、これ以上の結びつきがありますか?」

「でもその小説は事実の皮をかぶった嘘なのよ。あのひとは正直にさらけ出せないから」つい昂ぶった声が出た。

「おれも先生と語らい、呑み交わし、ときには喧嘩をして濃い師弟関係を築いていると自負しているが、それでも先生のなかには決して開かない鎧戸《よろいど》があると感じています」

「そうね、あるわね、鎧戸。それが小説を書くうえでも邪魔をしているんだわ」

けれど、と冬子は胸のうちで呟く。鎧戸とまではいかなくても、木戸ぐらいなら自分にもあるかもしれない。妻や母として生活しているだけでは決して満たされない願望や野心。九鬼冬子という隠れ蓑《みの》を着なければ解き放てない衝動を隠している。冬子のなかにひそむ鬼に餌を与えてくれているのは、間違いなく春明なのだ。彼がどういう意味で共謀と言ったのかはわからないが、冬子だって春明を利用している。私たちは互いに利用しあって生きている。

黙り込んだ冬子の横で、青柳も口を閉ざした。客間の喧噪《けんそう》が台所まで届く。春明が呂《ろ》律《れつ》のまわらない声で文学論らしきものを語っている。冬子と青柳は聞き取れたり聞き取れなかったりするその喋りに耳を傾けていた。

翌日、冬子は酷い二日酔いで寝込んだ。こんな思いをしても二日三日四日と呑み続ける夫の心情がわからないと、箱枕に顔を押しつけて呻きながら思った。午後になってもまだ起き上がれない冬子のもとに春明がやってきた。顔を覗き込み、心底愉快そうにけらけら笑う。

「酷い顔色をしているな。青柳に聞いたぞ、昨夜しこたま呑んだらしいじゃないか。どうだ、二日酔いの味は。迎え酒でも持ってくるか？」

「いえ、もう充分」冬子は虫の息で答えた。

「少しはおれの気持ちがわかっただろう」と春明はなぜか得意そうだ。

「ますますわからなくなりました。みずから進んでこんな思いをするなんて」

「まだわからなくとも、二度三度と繰り返しているうちに酒から逃れられなくなるさ」

冬子はやっとの思いで重たい頭を持ち上げて、酒のにおいが自分でも不快な口を開く。

「あなた、私のことよりも田村さんはどうなのです。お怒りになって出ていかれて……。謝罪に出向かなくてよろしいのですか」

「いいんだあいつのことは。小説を読めばよくわかるように、思い込みが激しくてかなわん。勝手に惚れたり勝手に思いつめたり勝手にへそを曲げたり、めんどうな男だよ」

春明は顔をしかめて手を振った。年長者で兄弟子であるはずの田村への態度としてそれでいいのだろうか。不安が冬子の頭痛をさらに強める。だが自分が立ち入る問題ではないだろうと思い、布団に顔を埋めた。

「あなた、『明治公論』の新しい号を貸していただけますか」

冬子は銭湯から帰ってきた夫に訊ねた。『貞淑』が掲載された号が出てから一か月以上経ち、つぎの号が出ているはずだ。

「そういや届いていないな。送るのを忘れられているんだろう。なにが気になるんだ？　今月号に小説は書いてないじゃないか」

夫婦の小説の掲載は『貞淑』をもっていったん終了していた。冬子としては続けたい気持ちがあるのだが、春明は『放埒』の酷評に萎えたのか、いったんこの方向から離れて今後のことを考えようと宣言していた。

「『貞淑』の論評が載っていないか確かめたいと思いまして」

「わかったわかった、山内くんが来たら言っておくよ」

春明は編輯者の名前を出して言ったが、それから数日経っても雑誌が届いた気配はない。冬子は直接雑誌社に出向いて受け取ろうかと考えながら、もやもやとした日々を過ごしていた。だがある日、家のごみを集めるため夫が留守の書斎に入り、屑入れの底にくしゃっと丸められたその雑誌を発見した。なんでこんなところに、と呟きながら雑誌を拾い上げる。

いつも寸評などが載っている中間あたりの頁を開くと、「九鬼春明氏の代作疑惑に思ふ」という題が視界に飛び込んできた。書き手は評論家の神崎昇月だ。冬子は眼をぎゅっと瞑って深呼吸してから、覚悟を決めて読みはじめる。

途中で息が苦しくなり何度か雑誌を置いて休憩を挟みつつ、なんとか読みきった。いくつかの作品を取り上げ、その稚拙さを指摘して「これが『顚末』で芸術を極めた春明君の作であらうか。代作を疑はずにはゐられない」と疑問を投げかけている。糾弾するというよりは苦言を呈すといった語調だったが、冬子がなによりも愕然としたのは、春明が代作を自分の名で発表していることはすでに周知の事実として書かれている点だ。神崎昇月は夫がはじめて九鬼春明の名で世に出した『白粉皺』を激賞した評論家である。その人物に誌面という公然の場でたしなめられて、夫はなにを感じたのだろう。

冬子は雑誌をもとのとおり屑入れの底に戻し、ほかの紙屑で覆い隠すようにして書斎を出た。

さらに翌月、なぜか庭の木陰に捨てられて雨ざらしになっていたほかの雑誌を開けて、卒倒しそうになった。「現代作家の肖像」という毎月ひとりの作家を取り上げて作品や人物についての所感を述べる連載で、その号は九鬼春明の回だった。匿名記事であるがその雑誌の編輯主任を務めている田村叢生が書いていることは知っていた。代表作である『顚末』の解題、頓挫し前編のみ出版された『巨星』、最近の『放埒』『愚行』に対する所感、宴会の場での振る舞い、共通の友人や春明の弟子を含めた数人で出かけた房総旅行、「柳後雄先生を偲ぶ会」事件、海外小説と一部作品の類似、そして末尾は代作問題への非難で結ばれていた。終盤の語気は荒く、明治文壇の面汚しだとまでその筆は攻撃していた。

読まなかったふりをしようと思い、置いてあった場所に戻すため茶の間を出たところで春明と鉢合わせた。春明は冬子が手に持っているぼろぼろの雑誌に視線を落とし、喉の奥で唸る。

「……その顔は読んだんだな、田村のあれを」

はい、と冬子はうつむき敷居を見つめて答えた。

「どう思った？」

「ずいぶんと……手厳しいことをお書きになると……」

「そうだな。あそこまで書かれてはさすがに無視はできない」

「どうなさるのですか」

冬子は顔を上げて夫を見つめる。

「釈明しようと思う。恥を忍び、誠意を込めて説明して、もう二度と代作は使わないと誓えば問題は沈静化するだろう。そのあとは作品で信頼を勝ち取ればいい」

その顔はどこかすっきりとしていて、大きな決断をした晴れやかさがあった。

夫がこの問題を放置するつもりはないのだと知り、冬子は安堵した。ここのところずっと石を呑み込んだように重たかった胸がふわりと軽くなる。

「今日、魚屋がいい鱸《すずき》を持ってきてくれたんです。お刺身にしてお出ししますね」

弾む足取りで台所へ向かった。今日は久しぶりにちゃぶ台を出そう。新しい酒を開栓しよう。ゆるんでいた前掛けの紐を締め直す。


翌々月、雑誌に九鬼春明による「代作にまつはる余の諸問題」と題された文章が載った。

「あれを読めば田村の野郎だっておとなしくなるでしょう」と青柳が春明に鼻息も荒く話しているのを見かけて冬子は釈明文の掲載を知ったが、目次は確認したものの中身を確かめる勇気がなかなか出なかった。今日こそ読まねば、今日こそ、と思っているうちに一週間が過ぎ二週間が過ぎた。ある晩、冬子はとうとう意を決し、となりで眠る透を起こさぬよう静かに布団から出た。雑誌と洋燈を台所に持ち込む。瓶の底に残っていた酒を玻璃盃に注ぎ、ぐいっと喉に流した。頭が麻痺するのを感じてから雑誌を開き、夫の釈明文を読みはじめる。

冒頭の数行を読んだところで、さらに酒を注いで呑む。酒のにおいがする息を吐いてから続きを読み、また雑誌を置いた。呑んでも呑んでも酔いは遠のき、瓶が空になったので土間の片隅に置いてあった新たな酒瓶を開ける。結局、三頁ほどの文章を読み終えるのに五杯も費やしてしまった。

冬子は閉じた雑誌を自分から遠ざけるように板の間の隅に押しやると、膝を抱えて顔を埋める。頬が熱くてたまらないのは酒のせいだけではないだろう。羞恥で体内がぱんぱんに膨れあがり、窓を開けて叫びたい気持ちに駆られている。

「代作にまつはる余の諸問題」は過去の代作を懺悔したいという前置きからはじまっているが、そのあとに続く文章は自己弁護に終始していた。抱えている弟子を食べさせなくてはいけないので発表の場が必要であること、恩義からつい依頼を安請け合いしてしまうが遅筆と生活態度のまずさゆえに間に合わないこと、かといって質を落として乱作するのは作家としての良心や矜持が咎《とが》めること——。以前本人の口から聞いた理由と似たようなことが書かれているが、自分の弱さ甘さを悔いつつどこか開き直るような態度が透けて見えた。当事者である春明や青柳にとっては嘘偽りのない事実を正直に述べたつもりなのだろう。だが、これを素直に受け取り同情するのは、よっぽどのおひとよしだけだ。許してもらえるどころかかえって反感を買うのではないかと不安になる。あげくの果てには、手口が拙《つたな》かったばかりに自分ひとりが代作を使っていると世間から見られていて理不尽だ、というようなことまで書かれていて、筆が滑ったとしか思えなかった。今後は代作に頼らず真摯《しんし》に自分の作品に向きあうとあるが、どこまで信用できるかわからないものだとこれを読んだ大多数は考えるだろう。

冬子は寝床に戻ったものの一睡もできずに朝を迎えた。水を汲み、火を熾し、米を炊き、豆腐を賽《さい》の目に切って味噌汁をつくり、糠床から胡瓜《きゅうり》と茄子《なす》を出し、透と食事を済ませる。ひと声かけて弟子や書生の部屋の前にも盆に載せた朝餉を置いておく。春明はいつものようにまだ眠っているようだ。

「透、出かける準備をして。動物園に連れていってあげる」

冬子は前掛けと襷を外しながら息子に声をかけた。賑やかな場に出かけて気分を変えなければ、ずぶずぶと暗い沼に沈み込んでしまいそうだった。

「えっ、学校は？」

寝間着の浴衣からすっかり丈が足りなくなった木綿の井桁絣《いげたがすり》に着替えようとしていた透は、驚いた顔で冬子を見上げた。

「今日はお休みにしましょう」と告げると奇声を上げて飛び跳ねる。

透の五分刈りの頭に目の粗い安物の麦わら帽子をかぶせ、筥迫《はこせこ》を懐に入れ扇子を帯に差して家を出た。新宿で東京市街鉄道に乗り、それから東京電車鉄道に乗り換えて上野に向かう。冬子がはじめて上京したときには東京馬車鉄道という名前で馬が引いていたが、いつのまにか電気で動く路面電車に変わっている。空に張り巡らされた電線を見上げると、脈動する生きもののように絶え間なく変化している明治の東京に焦燥感をかきたてられた。

上野の山の石段を登り、西郷隆盛の像の横を通って動物園へ入る。前に来たときに見た雄の獅子《しし》はよその動物園へ引き渡したらしく不在で、透はがっかりしていた。だが、木に登ったりぶらんこを漕いだりと愛嬌のある猿たちに夢中になり機嫌を直す。冬子は園内にただよう臭気に耐えかねて、手巾を取り出して鼻を押さえた。

象の大きさに圧倒され、長い脚でかろやかに走る駝鳥《だちょう》に驚き、鰐《わに》の鋭く尖った歯と冷酷そうな双眸に怯え、針の生えた土竜《もぐら》や腹に袋のある鼠にこんな動物もいるのかと感心しながら園内をまわっていく。

「これは……大きな犬？」と透がつぎの檻にいる動物を見て言う。

「ううん、白いけれど熊よ」

冬子は何気なく足を止めた白熊の檻の前から動けなくなった。遠い北極の地から連れてこられ、牢屋のように狭苦しい檻に閉じ込められてたった一匹で過ごしている白熊を見ているうち、ものがなしさに胸を衝かれる。もとは純白だったのかもしれない毛皮は黄ばんで薄汚れていた。立ち上がってうろうろと所在なげに同じ動作を繰り返しているようすが痛々しい。つぶらな黒い瞳は困惑しているようにも絶望しているようにも見えた。

ふと春明のことを思い出す。文壇という檻のなかで悪評と好奇の視線を浴び、どうふるまえばいいのか周囲を窺っている眼鏡の奥の揺れる眼が脳裏に浮かんだ。なにもかも身から出た錆ではある。代作なんて用いるべきではなかった。酒を呑んで気焔《きえん》を吐く暇があったら、一行でも多くを読み、一行でも多くを書くべきだった。しかし、東京がめまぐるしく変化しているのと同様に、文壇も渦巻く淵や荒々しい瀑布《ばくふ》がある急流で、気を抜いたら川底に叩きつけられて溺れてしまう。夫はその川を頼りない小舟で下るため、櫂に使えるならなんでもいいと木の枝を手当たり次第に摑んだのだ。もちろん、よくよく選んだ枝を自分の腕で丹精して削って櫂に仕立てればよかったのだけど。

私だって、いびつなかたちでしか小説と向きあえていない。もっとほかのやりかたがあったのでは——そう考えていると、「そろそろつぎに行こうよ」と透に袖を引っ張られ、冬子は白熊から視線を外した。

ぐるりと園内を一周まわり、最後にまた猿を眺めてから上野の凮月堂《ふうげつどう》でシュウクリームを購入して帰宅する。あとで銭湯に行こうか、疲れたから明日にしようかと迷っていると、春明に声をかけられた。

「話がある」

「なんでしょう」

返事をしながら振り向いて、夫の顔色の悪さに驚いた。妻子が留守のあいだに呑んでいたのだろうかと思ったが、酒の臭気は感じ取れない。

「ちょっと外に出ないか」

冬子は脱いだばかりの草履を履き、春明のあとについて家から出た。門の外にある土手を草をかき分けるようにして歩く。日中は立っているだけで全身からじっとりと汗が滲んだが、陽が暮れつつあるいまは肌寒さを感じる。自分の腕を抱いて身震いした。空は茜《あかね》色と藤紫の縞模様に染まり、ふたつの色が交わるところは赤黒くまがまがしい色彩を帯びていて、見ているだけで胸をかき乱される。

ずんずんと自分の歩幅で前を歩いていた春明が突然立ち止まった。

「ここのところしばらく、今後について考えていた」と呟き、振り返って冬子を見る。

「『錦繍羅刹』の続編を完結させる。前に書いた草稿は捨てていないだろうな」

「もちろん捨てていません」

「あなたにはまた苦しい思いをさせてしまうが……」

「苦労ならあなたと夫婦になったときから覚悟しています。いいえ、そのはるか前、書く側の人間になると決めた瞬間から」

とはいえ、十七歳の自分が想像していたよりも、はるかに大きな苦難や屈辱や忍耐と対峙させられてきた。それでも音《ね》を上げたくはなかった。

「そうか。そうだろうな――」

春明は眩しいものでも見るように眼を細めて冬子を見た。それから空を見上げ、また口を開く。

「『錦繍羅刹』の旅が終わったらいったん豊橋に戻ろう」

冬子は驚いて夫の顔を見つめた。眉間に深い皺が刻まれている。こんな皺、いつのまにできたのだろう。

「……いいのですか？　東京を離れて」

東京を離れるということは、すなわち中央文壇と疎遠になるということだ。どこに住んでいたって小説を書くことも発表することもできる。だが、繋がりが途絶えればやがて過去の人間として忘れ去られていくに違いない。夫は、九鬼春明は、小説家としての野心や情熱と決別するつもりなのだろうか。亡き師の未完の大作に結末をつけるという大仕事を最後の務めにして。

「そんな顔をするなよ。なにもそのまま隠遁《いんとん》するわけじゃないさ。いったん騒々しい暮らしから離れて生活を立て直すんだ。修業期間だと思ってじっくり読書にでも身を浸して英気を養うよ」

春明は笑って言ったが、その声は乾いていて口角は引きつっているように見えた。瞳は夕焼けを映して寂しげな色合いに染まっている。いま、自分も同じ眼の色をしているだろうと冬子は思った。

肌寒さもあいまって急激に心細くなり、冬子は春明に身を寄せた。左肩にそっと手を添える。

「どうしたんだ？　急に」

「……ここに刺青が入っているとむかし聞きました」

「ただの度胸試しで入れたんだ。図柄も彫り師が見せてくれた絵からてきとうに選んだだけで、こだわりもない。いまとなっては後悔しているよ。見るたびに削ってしまおうかと考えている」

「度胸試し……。どうして試さなければいけなかったのですか」

「なぜだろうね。自分を変えたかったのかもしれない。十代半ばのまだ子どもみたいなときだったからな。変えたくても変えられない、ままならない部分が自分のなかにあるとは認めたくなかったんだ」

――あなたのなかの、ままならない部分って？　訊きたかったが、これ以上質問攻めにするのは気が引けた。

蟋蟀《こおろぎ》か鈴虫か、虫の鳴き声がふたりを包む。薄《すすき》がすっと伸びた細長い葉のあいだに金色の穂をこぼしはじめていた。

「夏も終わりですね」冬子は風に乱された鬢のほつれ毛を耳にかける。

「ああ——そうだな」

どこかうわの空な声で春明は相槌を打った。

夏が終わる。騒々しい家でともに暮らし、亡き師の絶筆作品を通じて向きあい、ときには衝突し、小説の応酬で濃密に交わった夫婦の夏も終わる。やがて来る秋はどんな季節になるだろう。

冬子は薄の穂をちぎり、風に飛ばした。

第三章　秋波

手もとの洗濯桶から顔を上げると、父が縁側のほうへ歩いていくのが視界に入った。あ、いけない、そっちには春明がいる。縁側で煙草を吸いながら爪を切っているのをさっき見かけた。

「お父さん、お父さん」

冬子はできるだけ自然な声音を意識して話しかける。春明にも聞こえるぐらいの声量だ。

「なんだ?」

父は足を止めて振り返った。

「あとで呉服屋に行きますが、必要なものはありますか」

「そうだな……。足袋を買ってきてくれ。白か紺のものを」

「はい、わかりました」

ひとつ屋根の下で暮らすようになり、父と夫の関係はますます悪くなっていた。冬子はふたりが極力鉢合わせにならないよう、一日じゅう気を遣って暮らしている。父は自分の母親には弱かったからせめて祖母がいれば、と考えるとかなしみがこみ上げてじんわり涙が浮かんだ。祖母はまさに冬子たちが東海道線に乗って豊橋へ向かっているときに息を引き取った。東京の住まいを引き払って生家に着くとどたばたと慌ただしく尋常ではない気配で、母を呼びとめてなにがあったのか訊ねると、朝餉のあとに体調が悪いからと自室にこもった祖母が夕方になっても起きてこず、部屋を覗くと息絶えていたという。冬子と春明と透は移動で疲れたからだのまま、荷物を解く間もなく通夜の準備を手伝った。

一日か二日早く帰っていたら死に目に会えたのに、と思うとやりきれない。そもそも本来は前日に帰郷する予定だったのだ。だが送別会で呑みすぎた春明が午後になっても起き上がれなくて、予定を一日延ばすはめになった。

あの送別会を思い出す。弟子たちや友人知人や出版社の人間など、多くが家に集まって大宴会を繰り広げた。さすがに田村叢生のすがたは見えなかったが、こんなに慕ってくれる人間がいるならば、東京から逃げなくてもいいのではないかと思ったほどだ。冬子が床についた時点でまだほとんど帰っておらず、翌朝雀のさえずりではなく酔っぱらいたちの下手な歌で起こされた。

　春明が泥酔してくだを巻き、持論を語り、喧嘩をふっかけ、暴れ、泣くのはいつものことだが、あの日だれよりも荒れたのは弟子たちだ。はなむけの言葉が一巡し、それぞれ勝手に話し出して宴がくだけた雰囲気になったころ、早くも眼のすわった華本がほかの者を押しのけるようにして春明の正面にずいと座った。

「先生は弟子よりも家族を選んだんですね」

　三白眼でじっとりとした視線を師に送りながら恨みがましい声で言う。

「おいおい、なんでそんな話になるんだ。比較するようなものじゃないだろう」

　春明は笑ってあしらい、袴の脚を崩して酒を口に含んだ。冬子は燗酒を運びながら会話のなりゆきを横目で見守る。

「僕らを捨てるのは事実でしょう」

「捨てるとは大げさな。離れていても師弟の絆は変わらないさ。むしろ遠くで想うからこそ深まるものもある」

「そんなきれいごとはやめてください。いくら僕らが東京から先生のことを想ったところで、遠くにいる先生には顔のまわりを飛びまわる蠅《はえ》の羽音ほども響きやしない」

　華本は語気荒く春明に詰め寄った。そこへ青柳も参戦する。

「代作者の汚名をかぶるのも、奥さまの小説にとんでもない弟子として書かれるのも、耐えられたのは先生を崇拝しているからです。その先生が文学を捨てて田舎に引きこもるなんて、到底納得できることではありません」

「おいおい、文学を捨てるとはひどい誤解だ。それに豊橋は東海道の宿場町で、お前の郷里に比べればはるかに栄えているぞ」

「まあまあ、華本くんや青柳くんの気持ちは先生も充分にわかっているでしょう」

編輯者が取りなすように割って入って、徳利を春明の手もとの猪口に傾けた。

「おかげさまで『終編錦繡羅刹《しゆうへんきんしゆうらせつ》』は刷っても刷っても間に合いませんよ」

尾形柳後雄の遺した走り書きをもとに冬子が草案を組み立て、春明が執筆した『錦繡羅刹』の続編は『終編錦繡羅刹』という題で刊行された。たいへんな売れ行きで、「格調高い文に師の面影が宿っている」と文壇の評価も芳しい。愛読者が望んでいるであろう展開を意図的に盛り込んだだけあって読者の受けも上々のようだ。冬子にとって忌まわしい記憶を巡る文字どおり羅刹の旅路だったが、その苦労も報われたと感じている。

半笑いで弟子たちをあしらっていた春明は急に難しい表情になる。

「苦心したのは確かだが、しかしいくら売れたって自分の手柄にはできない。あれは先生の作品なのだから」

「そうはおっしゃっても、だれにでもできる仕事ではありませんよ。あの尾形柳後雄の遺稿を引き継ぐなんて荷の重いことは」

編輯者は空になった猪口に酌をしながら言う。

「先生ならこう書かれるだろうと文体を摸倣して書いていると、ときおり先生がおれのなかに降臨なさる瞬間があった。文章に朱棒を食らわし、ここは悪くないぞと褒めてくださり、お前もずいぶん老けたなと笑う——。そうだ、おれはもうじき先生の亡くなった年齢を越えてしまうんだ」

「柳後雄先生が亡くなったのは満で三十五のときでしたね」

「ああ。小説家として脂が乗っている時期に病に倒れて、さぞかし無念だっただろうと思う。先生にとって死ぬに死ねない心残りだった『錦繡羅刹』と向きあっているあいだ、先生の霊魂に触れることができた。だが、『終編錦繡羅刹』が世に出て多くの読者のものになって、先生とおれを繫いでいたものが今度こそ喪《うしな》われてしまった気がしている。ほんとうに先生は亡くなってしまったのだと——」

存在しない師のすがたを見るように、春明は遠い眼を虚空に向けた。いきり立っていた弟子たちも神妙な顔つきで話に耳を傾けている。三途の川の向こうに移住されるよりはましだと考えたのかもしれない。

春明が理性を保っていたのはそのあたりまでで、宴が進むにつれ見るに堪えない酔っぱらいと化し、そのすがたを目にしたくない冬子は給仕を女中の登代にまかせて台所に引きこもった。

豊橋での暮らしも落ち着いてきたころ、春明が発表した短編が雑誌の発売当日に発禁処分を受けた。冬子も読んでみたが、いかがわしい設定や場面はみじんもない作品で、どこが検閲に引っかかったのかわからず首を傾げた。

「これのどこに問題があるのでしょう」

「おれにもわからないが、お上いわく風俗を害するものらしい」

「風俗を……。発禁処分は二度めですね」

「ああ、『白粉皺』以来だな。あれははじめて九鬼春明の名で発表した小説で、発禁の話題が名を売るのに役立ってくれた。今回は……どうなるんだろうな」

その雑誌の翌号では出版社としての発禁処分に対する声明が掲載され、数人の文学者が意見文を寄稿した。作品そのものへの評価は、作者の近作において白眉《はくび》の出来だという声から志が低く見るべきところはないという厳しいものまでまちまちだったが、当局の横暴を非難するという姿勢は共通していた。冬子は頼もしく感じ、東京を離れてもまだこんなに夫を応援する者がいると胸が熱くなった。

だが、それ以降原稿の依頼は目に見えて減っていった。やっかいごとを回避したい出版社にとってかかわりたくない作家になったようだった。代作騒動があっても原稿依頼は途切れなかったのに、豊橋に移ってからじょじょに減り、発禁がとどめを刺したかたちだ。地方新聞や婦人雑誌からの依頼はあり、ほそぼそと書いてはいる。だが、中央文壇とはすっかり縁遠くなってしまった。書く小説も一時期の外連味《ケレンみ》はどこへやら、すっかり脂気の抜け落ちたものになっている。

弟子たちはいちど青柳が豊橋まで訪ねてきてくれたが、現在はたまに手紙のやりとりをする程度の関係に落ち着いているようだ。東京から離れてたった数か月でここまで状況が変わるものか、と冬子は驚いている。

最近の春明が心血を注いでいるのは、小説ではなく新居の計画を練ることだった。

「このあたりはごちゃごちゃと商家が立ち並んで騒々しすぎる。こんなところに住んでいたら透の健康面にも精神面にも悪影響を与えかねない。透のためにもっと落ち着いたところに家を建てよう」

「確かに豊橋には宿場町の賑わいがありますが……。東京の最後の家だって、奥まった場所にある質素な住居でしたが、絶えず多くのひとが出入りしてこの家とは比較にならないほど騒々しかったではありませんか」

生まれ故郷を貶《けな》された冬子は少しむっとして反論した。

「自分が放埒な生活を送っていたからこそ、息子には味わってもらいたくないものもあるさ」

透を口実にしているが、義父と離れて暮らしたいという気持ちもあるのだろう。好ましい土地をさがしにふらりと出かけることが増えた。なにやら熱心に書いているので原稿かと思って手もとを覗き込むと、家の間取り図だったこともある。

透のことは冬子も気がかりだった。生まれつき小柄で体調を崩しがちだったが、一時期は体格も同い年の子たちに追いついてこのまま順調に育っていくだろうと安心していた。しかし最近になってまた病に伏せることが多くなり、進学した高等小学校にもほとんど通えていない。いまも胃腸炎を起こして寝込んでいる。

冬子はなるべく物音を立てないようにして、ひとり息子の床がある部屋に入った。

「透、重湯は食べられそう？」

囁き声で話しかけたが返事はない。ただ苦しげな呻きを洩らしている。

ようやく透が胃腸炎から恢復《かいふく》して床離れした翌日、透の好物であるみたらし団子を買って帰宅した冬子は母に呼びとめられた。

「冬子、手紙が来ているわよ」

「手紙？」

「九鬼冬子様、ですって。けったいな名前だこと」

その名前宛ての郵便物が豊橋の家に届いたことなどいちどもなかった。母から奪うように受け取った封筒をひっくり返し、差出人を確認する。女性と思われる筆跡で東京の本郷区駒込《ほんごうくこまごめ》の住所と平澤《ひらさわ》あとりと書いてあった。知らない名前である。

火鉢にかけていた鉄瓶でお茶を淹れ、東京の家から持ってきたちゃぶ台の脚を伸ばして透を茶の間に呼ぶ。みたらし団子を食べる透の横で、冬子はお茶をひとくち啜ってから、手紙の封を開けて便箋を取り出した。読んでいるうちに前のめりになり、鼓動が速くなっていく。ああ、なんて素晴らしい、とため息まじりの声が洩れた。

「お母ちゃん？　どうかしたの」

よほど不審なようすだったらしく、怪訝そうな面持ちの透に訊ねられる。

「ううん、なんでもないわ」

お茶を啜って気持ちを落ち着けようとした。

女子大学出身の若き女性である平澤あとりは仲間たちとともに出版社を立ち上げ、女の書き手だけを集めた文芸誌を創刊するつもりなのだという。そこで著名な作家の夫人にも声をかけており、ぜひ賛助員になって寄稿してほしいという話だった。

――女の書き手だけを集めた雑誌！

冬子の胸は高鳴った。しかし、作家としての自分を買われたわけではなく、作家夫人だから声をかけられたということに傷つく気持ちもあった。あの、夫とのやりとりのなかで生まれた不埒な小説群を読んで、度胸を買ってくれたわけではないのだ。書き手としての力を見込まれての依頼ではなかった。

本来なら直接お目にかかってご説明したいのですが遠いところにお住まいでいらっしゃいますので手紙にて失礼いたします、というようなことが書かれていたが、冬子はすぐに東京に出向いて会って話を聞いてみたかった。だが、夫が都落ち以降いちども東京に出かけず、折り合いの悪い義理の父親との暮らしに耐えているのに、自分が上京するのは気が引ける。

冬子は快諾の返事を送り、援助のつもりで年間の定期購読の申込をした。

その三か月後、家に「光耀《こうよう》」と名付けられた雑誌の創刊号が送られてきた。表紙には古代の神話の女神のような女の、上を向く凜々《りり》しく神秘的な横顔が描かれている。目次にある名前によると女の画家が手がけたらしかった。

平澤あとりによる創刊の辞を読み、その強靭《きょうじん》な精神と尊い熱意に魂を揺さぶられた。女たちの素質を信じ、決起を呼びかけ、欲望を肯定し、家庭からの解放を叫び、才能の開花を待ち望む文章は、紙に印刷されたただの文字ではある。だが、触れたら指さきが火傷《やけど》するのではないかと思うほど情熱がたぎっていた。

詩、小説、短歌、俳句、海外作品の翻訳と誌面は続く。巻末に記載された発起人や社員の名簿に至るまで、すべて女の名前ばかりだ。あちらこちらに誤植が見受けられたが、かえって手づくりのなまなましさを感じた。どこかの家で印刷所の催促に焦りながら額に汗して慣れない編輯作業をする女たちを思い描き、胸が熱くなる。

もしも自分が上京を決意した娘時代にこの雑誌があったら、と考えてみた。女たちが文学に取り組み自分たちで発表の場をつくるすがたは憧れや励みになっただろう。尾形柳後雄の家ではなく彼女らの出版社に身を寄せようと考えたかもしれない。

だが、いまや自分は三十歳を迎え、わが子の健康をいちばんの関心ごととし、父と夫の板挟みになる日々に甘んじている。かつて小説に心血を注ぎ、雑誌にいくつか短編を発表したが、しょせんは「著名な作家の夫人」の手遊びとしか受け取られていないのが現実だ。二十代半ばで進歩的な平澤あとりと仲間たちからは古い女に見えるだろう。彼女らから見た自分のすがたを想像すると、恥ずかしさで顔を伏せたくなる。わずかに生まれる時代を間違えたと切なくなった。ぜひ原稿を、という話をもらっているが、なにを書けばいいのか考えあぐねている。平澤あとりのような確固たる意思と展望を冬子は持っていない。

『器用ではあるし、つねに時代思潮に乗ろうと努力しているが、彼の持ち味や主題はどこにあるのだろう』――かつて夫に対してそう考えたことがある。持ち味や主題を持っていないのは冬子だって同じだった。器用さや時代思潮に乗る才覚もないのだからなお悪いだろう。

年齢は充分すぎるほど重ねたのに、いったいいつになったら自分というものが定まるのか。娘時代、尾形家にあった古雑誌で桶谷和葉という女性の小説を読み、その才能に激しく嫉妬したことを思い出す。彼女は珠玉の作品をつぎつぎと発表し、打ち上げ花火のような勢いのまま二十四歳で亡くなったという。冬子は「光耀」の表紙を撫でながら嘆息した。

地元の名士である父の力添えもあって、市内の少し離れた場所にほどよい土地を見つけ、新居の建築に着工した。春明は庭の計画に夢中だ。懇意になった植木屋のもとへ足繁く通い、庭園の評判を聞きつけては見学に出かけ、「石屋で扱っている御影石などよりも名もなき石のほうが見どころがある」と言って河原へ石をさがしに行っている。「春夏秋冬、どの季節に見ても風情のある庭にしなければ。そのためには常緑樹と落葉樹の配置が要だ。庭のなかほどにはひょうたん形の池をつくって石橋をかけよう。裏庭には菜園をつくる予定だから、栽培したい野菜を考えておいてくれ」と食事中もずっと庭の話ばかりしている。

情熱を注ぐ対象があるのはいいことだが、「じっくり読書にでも身を浸して英気を養うよ」と東京にいたころに展望を語っていたにもかかわらず、豊橋に来てから書を開いているすがたをほとんど見かけないのを冬子は気にしていた。「八畳の図書室もあるぞ」と図面を広げて自慢げに言っているが、蔵書をずらりと並べたところで、手に取って開く本ははたしてどのぐらいあるのだろう。

そろそろ新居の完成も近づいてきた初夏、春明がいちども豊橋祇園祭を見物したことがないと言ったので、親子三人で出かけることにした。透は幼いころに何度か見たことがあるものの記憶に残っていないらしい。「子供笹踊りの踊り子に選ばれたいって言っていたじゃない」と教えても「憶えていないよ」と困惑された。

当日の朝、透が怠そうにしているので体温器で測ると七度三分あり、行くのはやめにしましょうと告げたが、めずらしくわがままを言ってごねたので冬子は根負けした。病に忍耐力を鍛えられたのか、透はおとなしいが芯の強い少年に育っていた。聡明であるにもかかわらず病気のせいで中学校を受験できなかったことを、春明は悔しがっている。中退とはいえ帝大に通っていた柳後雄の血を引くのだから優秀であるべきだという考えがあるのだろう。

祭りの気配に沸き立つ夕闇を親子三人で歩く。透の有松絞りの浴衣は冬子が仕立てたもので、春明とお揃いだ。はしゃいでいる子どもたちが横を駆けていく。どこかでけたたましい爆竹の音がして歓声が響いた。

「ああ、昼間の暑さが残っている風が心地良い。いかにも祭りの夕刻といった気配だな。おれは夏がいちばん好きなんだ」

下駄を鳴らして歩きながら春明は満足げに言う。

「名前に春がついているのに？」と透。

「柳後雄先生の邸宅をはじめて訪ねたのはまだ雪の残る二月の早朝で、ちょうど季節が冬から春に移り変わる日だった。あの朝の陽光の眩しさや、新しいことがはじまる予感が忘れられなくてこの名にしたんだ。お母さんと出会ったのもあの朝だったな」

そんな由来だったのか。冬子はじんわり胸がぬくもるのを感じていた。

「透はどの季節が好きなんだ？」

「うーん、冬かな」

「なぜ？」

「ぴりっとした空気が好きなんだ。気持ちが引き締まって背すじが伸びるから」

「……透はおれと違って真面目だな。できすぎた息子じゃないか」

冬子はふたりの一歩後ろを歩きながら感慨に浸っていた。父と夫との衝突など問題はあるが、紆余曲折を経てようやく家族らしい家族になれた気がする。豊橋に移ってから春明は酒を呑むのは夜だけに留め、遊び歩くこともせず、地に足のついた生活を送っている。だが、物足りなさを感じるのはなぜだろう。とくに「光耀」創刊号が届いてから胸のざわめきが止まらない。どこかへ駆け出したくて疼いている。――でも、どこへ？

神輿《みこし》の担ぎ手だったのだろう、腹掛けに股引の男たちとすれ違う。肩の神輿だこが痛々しい。その屈強な肉体に透は羨ましげな視線を一瞬向けた。

吉田神社に着くとすでに手筒花火がはじまっていた。法被《はっぴ》すがたの氏子たちが太い孟《もう》宗竹《そうちく》に火薬を詰め込んだ花火を抱えて踏ん張り、勢いよく噴き上がる火柱に耐えている。わっしょいわっしょいとかけ声をかけている観客は、どすんと大きな音を立てて花火が爆《は》ぜるたびに歓声を上げる。

冬子は団扇《うちわ》を頭上にかざして雨のように降り注ぐ火の粉を避けながら、呼吸をすることも忘れて見入った。神に奉納される紅蓮《ぐれん》の火柱は夜空を焦がし、熱気で汗がじっとりと滲む。春明と透の横顔も焔に照らされて赤く輝いている。口から勝手にため息とも歓声ともつかない声が洩れる。冬子は異様な高揚に全身が包まれるのを感じていた。

——やはりなにかをはじめなければ。私も夫もこのままでは終われない。

そんな思いが灼熱の火柱のように湧き上がる。どすん、と花火が爆ぜる。

帰宅後、透は八度五分の高熱を出した。祭り見物の疲れと昂奮のせいだろうと思ったが、翌日になっても熱は下がらなかった。食事どころか水すら受けつけてくれない。冬子は本人が行きたがっても連れていくべきではなかったと反省しながら、かかりつけの医者を呼んで看てもらった。ただの夏風邪でしょうと言われ、解熱剤と食欲を出すための摂児的《セルテル》児水を処方された。

だが、さらに数日安静にしていても熱は下がるどころか四十度近くまで上がり、臓腑を吐き出すような痛々しい空咳を繰り返している。額に載せた氷嚢《ひょうのう》はすぐに溶けてぬるくなり、冬子は何度も取り替えた。ここのところ真夏に負けない暑い日が続いているのに寒気がすると言い、布団や掻巻を幾重にも積み重ねている。

経過の観察にやってきた医者は、聴診器を当てるため透の浴衣の衿を開き、胸に広がる淡い桃色の湿疹を見て険しい顔つきになった。脈拍を測って唸る。透はぐったりとされるがままになっていた。あばらの浮いた胸があわれで冬子は目を背ける。

「便の具合は？」

「ここしばらくは便秘が続いているようです」

十五分経ったのを懐中時計で確認した医者は体温器を腋から抜き、その目盛りを見てまた唸る。

「先生、いかがでしょう」焦れた冬子は医者に詰め寄った。

「断言はできないが……腸窒扶斯《チフス》かもしれませんな」

「窒扶斯！」

冬子は叫び、自分の声の絶望的な響きにぞっとする。

「ご家族に伝染しないように別室に移したほうがいいでしょう。私はちょっと必要なものを取りに」医者は立ち上がり、部屋から出ていった。

「透、透、返事をしてちょうだい」

耳もとで呼びかけるが呻き声しか返ってこない。

しばらくすると医者が瓶を手に持って戻ってきた。

「石炭酸です。金盥に入れて同量の水で薄めて、患者が触ったものはすべて消毒してください。患者に触れた場合も必ず手を浸すように。便所もご家族と分けたほうがいいでしょう。体温は必ず朝晩測って記録してください」

瓶を開栓すると消毒液の独特のにおいが鼻をついた。伝染病の恐ろしさに身が震える。かつて春明が疑われた虎列拉《コレラ》ほど絶望的な病気ではないが、窒扶斯だって虚弱な透の肉体には脅威となるだろう。高齢の父母に移る可能性を考えると背すじが凍る。

医者が帰ってから冬子はかつて祖母の部屋だった奥の間に布団を敷いた。透をなんとか起こし、肩を貸して移動させる。薄めた石炭酸を入れた金盥を枕もとに置いた。汗を拭いてやり、新しい浴衣に着替えさせる。金盥の消毒液で手を洗い、自分の部屋へ戻って肩を貸した際に汗がついた着物を着替え、さっきまで透が寝ていた部屋の畳や障子の桟や歩いた廊下を消毒液を染み込ませた雑巾で拭きながら、なぜいとおしいわが子を忌まわしい病原菌のように扱わなければいけないのだろうと思い、涙がこぼれた。

新居の工事のようすを見に行っていた春明が夕方になって帰宅した。完成間近の家に上機嫌になり、近ごろではめずらしく外で一杯引っかけてほろ酔いの夫に、息子のことを告げる。

「なに、窒扶斯!?」

春明はそう叫んだきり絶句した。赤らんでいた顔はみるみる青ざめていく。頭のなかをさまざまな考えが駆け巡っているらしく、表情がめまぐるしく変わった。

「……避病院には連れて行かれないのか？　医者はなんて言っていたんだ？」

ようやく口を開き、小声で耳打ちするように訊ねてくる。

「まだ確定したわけではないからと……」

「お父さんとお母さんは知っているのか？」

「ええ、さきほど伝えました。心配してようすを見たがっていますが、部屋に入らないように言ってあります」

「そうだな、年寄りに伝染するとやっかいだ。とりあえず近所には知られないように気をつけなければ。噂ほど恐ろしいものはない」

最後の言葉には妙に実感がこもっていた。ああ、代作の噂が発端となって東京から去ることになったひとの発想だ、と冬子は考えかけて、いまはそれどころではないと思い直す。

「おれのときは疑似《ぎじ》虎列拉だった。医者の誤診だといいんだが――」

冬子はつきっきりで看病した。だが熱はとうとう四十度を超えるようになり、食欲もいっこうに湧かないようだ。最後に透がまともにものを食べたのはいつだったのか思い出せない。激しい消耗のせいか顔からは表情が失われ、透であって透ではないような面立ちになっている。眼の焦点は合わず、もとの利発な眼差しの面影をさがすことはできなかった。顔を覗き込むたび、知らない子どもに思えてぞわっと寒気がする。

「お願い、食べて。食べて体力をつけないと」

厭がる透の閉じた口をむりやりこじ開けて重湯を流し込もうとした。だが、透は噎《む》せて重湯を布団に吐き散らかしてしまう。とっさにその吐いた重湯をすくって口に押し込もうとすると、背後で見ていた夫に手を摑まれた。

「無体な。食えないのに無理に食わすのは残酷だ」

「ですが、少しでも滋養を摂らなければ」

「かえって消耗するだけだ」

冬子はしばらく未練がましく重湯の入った茶碗を見つめていたが、立ち上がって台所へ捨てに行った。

数日ぶりに診察した医者はため息を吐いて首を振った。

「やはり窒扶斯の可能性が高いかと。検疫医に診せたほうがいいでしょう」

「後生ですからそれは堪忍してください！　あの子はまだ子どもです、自宅で看病したいのです。避病院に送られるような事態は――」

「……わかりました。もうしばらくようすを見ましょう」

夕刻、夫婦ふたりきりでちゃぶ台で向きあって食事をする。ちゃぶ台がやけに大きく感じられた。しんと静かで柱時計の音ばかりが響いている。沈黙に耐えかねて口を開くと、ふたり同時に言葉を発してますます気まずくなった。

「おさきにどうぞ」と冬子は話を促す。

「……透がこうなってから、虎列拉を疑われて先生の邸宅の四畳半で臥せっていたときのことをよく思い出している。あのときは結局、毒のある実を食べて腹を壊しただけだったが」

「洋種山牛蒡、でしたっけ。黒すぐりと間違えて召し上がったのは」

「ああ、ひどく渋くてまずくて、ひとくち食べて間違いに気付いたが、自棄になって食べてな。それで死の淵をさまようはめになった」

「なんでそんなことを……」

冬子の呟きに春明は返事をせず、ぼりぼりと音を立てながら沢庵を齧る。沢庵は冬子が漬けたものだが、亡き祖母ほどうまくはできない。冬子は味噌汁を啜った。汗をかく季節の味噌汁は塩気がからだに沁みて、明日は重湯ではなく味噌汁を透に食べさせてみようと考える。

「透になにかあったら、柳後雄先生に申し訳が立たない」

春明の言葉に、冬子はぴくりと眉を動かした。

虎列拉騒動の際、冬子が看病しているあいだは身じろぎひとつしなかったのに、柳後雄が部屋に入ると渾身の力を振り絞り頭を上げて言葉を発した、あのときの敗北感がまざまざと甦る。

「たとえご存命でも、柳後雄先生は透がどうなろうと気にもかけなかったでしょう」

つい刺々《とげとげ》しい声が出た。

「そんなことがあるものか。おれは先生から透を託されたと思っているんだ。言葉にして約束したわけではないが」

春明も声を荒らげる。

「託された？　身重の私を見てもなにもおっしゃらなかった先生が？　ご病床で透と対面しても最後まで息子だとはお認めにならなかったのに？」

いちども向きあって話したことのない話題に切り込んでいる、と冬子は戦慄していた。恐ろしいがいまさら引っ込められない。

「先生の作品を引き継ぐことと、透を育て上げること、このふたつを自分の使命と思っていままでやってきた。絶筆作品を完成させることはできた。あとは透を無事に成人させなければ」

春明は冬子を正面から見つめて言い切った。その眼にはどこか残虐なひかりが宿っている。

「……そんなことを考えていらっしゃったのですか。それがあなたのおっしゃっていた共謀の正体ですか」

私が入り込む余地はないのですね、と言いたかったがあまりに自分がみじめで言葉を呑み込んだ。

尾形柳後雄の亡霊がふたりのあいだに居座っている。思えばずっとそうだった。春明は、いや、九鬼春明になる前の野尻権兵衛だったころから、彼のこころのまんなかには尾形柳後雄がいて、長く伸びるその影の上でしか彼に接近できない。

惚れた弱みという言葉が頭に浮かんで、そうか私はこのひとに惚れてしまってこんなことになったのだ、といまさら気付いて愕然とした。代作を書いて送っていたときも、『錦繡羅刹』と対峙し心身をすり減らしたときも、恥を捏造して舞台裏小説を書いていたときも、このひとに振り向いてほしくて、認められたくて、繋ぎとめたくて、愛してほしくて必死だった。書くことの魔力に魅入られていたのもある。でもそれだけではこんなに長く書き続けることはなかっただろう。このひとだけだった。言葉にせずとも、胸に棲む鬼について理解してくれたのは。そして冬子が鬼を解き放つことを喜んでくれたのは。それなのに、こうも報われないのか。

「透は私の息子です。私とあなたの息子です」

冬子はいまにも涙がこぼれそうな眼できっと睨みつけてそう告げると、食べかけの自分の食器を持って立ち上がり、茶の間を出ていった。

台所に食器を置いて透の寝ている奥の間へ向かう。音を立てないよう障子を引き、足音を忍ばせて部屋に入った。透は眼と口を半開きにした虚《うつ》ろな顔で眠っている。

——やっぱり尾形柳後雄になんて似ていない。

成長するにつれ柳後雄に似ていくと恐怖した日もある。だけどいまは、種はどうであっても透は自分と春明との子だと強く思った。

看病といっても冬子にできることはほとんどない。病が力を失うまで透のからだが耐えて打ち勝つ日をひたすら待つだけだ。それでも透の横から離れることができず、効かない薬を飲ませ、食べられない食事を口に運び、朝晩体温を測っては数値に涙ぐんでいる。

「そんな調子では共倒れになるから少しは休みなさい。代わってあげるから」と母に言われても、「そばを離れているほうが苦しいから」と断った。

唯一、寝ている透の枕もとで「光耀」の新しい号を読んでいるときだけ不安から解放された。冬子がいちばん好きで繰り返し読んでいるのは小説でも短歌でも戯曲でも論評でもなく、編集後記の頁である。

少し前に光耀社には新しい社員が入った。黒瀬紅丸《くろせべにまる》という名の画家で、満十八歳の若い娘らしい。平澤あとりの随筆によると、背丈は五尺六寸とそこいらの男よりも大柄で野性味のある浅黒い肌をしており、紺の書生絣に角帯をぐいっと下げて貝の口に締め、袴を穿いて腰に派手な色の手ぬぐいを引っかけ、雪駄《せった》の足ですたすたと歩くすがたは少年にしか見えないそうだ。「光耀」を読んで、いても立ってもいられず家出同然に田舎を飛び出して、いまでは平澤あとりの家で暮らしているという。

紅丸はあとりのすっと背すじの伸びた気高くうつくしいすがたや、澄んだ眼差しとかたく結ばれた口もとに滲み出る意志の強さ、突然乗り込んできた自分を受け入れる懐の深さに触れ、瞬時に心酔したらしかった。あとりも紅丸の野放図なまでの無邪気さや、あふれる愛嬌や若さの奔流を好ましく思ったようだ。ふたりが深く激しい愛情を育んでいくようすは、双方の随筆などから窺い知ることができた。

はじめて結ばれた夜のことを記した平澤あとりの散文詩は、詩的な表現で覆い隠されてはいるが、清らかな精神の愛と煮えたぎる肉の欲情が渾然一体となって満たされる境地が描かれていて、冬子は自分が知ることのない世界に強い羨望と高揚を覚えた。愛しあう者同士で性を交わすというのは、いったいどんな官能をもたらしてくれるのだろう。そのうえ、同性同士だ。世間の足枷から解き放たれて結ばれたさきには、どんな悦びがあるのか。胸の痛みをともなう想像に浸ると同時に、よく発禁処分を受けなかったものだと驚きもした。

あとりや社員たちの近況報告や読者への告知などに使われていた編集後記は、いつのまにか紅丸の私物と化していた。愛を告白し、のろけ、痴話喧嘩をし、やきもちを焼き、死んでやると脅し、決別を宣言し、よりを戻し、愛しあい、また勘ぐって嫉妬に狂う、そんな一部始終が誌上で読者に公開された。

女同士の恋愛というだけでも刺激的なのに、なまなましいやりとりや感情の昂ぶりを見せつけられるのは、冬子に覗き見の悦楽を教えてくれた。画家であって文章が本業ではないということもあり、語法は乱れていて間違いだらけだが、その筆には自由奔放な彼女にしか出せない独特の魅力があった。

今月号はとくに傑作だった。あとりが妊娠したという噂を聞きつけ、自分という愛人がありながらよその男と関係していたことに逆上した紅丸は心中まで考えるが、よくよく話を聞いてみると孕んだのはあとりではなく飼っている兎《うさぎ》だった、という小咄《こばなし》のような内容である。いかにも思い込みが激しく直情型の紅丸らしい、と冬子は会ったこともない娘に対して勝手に思う。

読み返してふふっと笑いを洩らしていると、背後に気配を感じた。振り向くと透が上体を起こしている。

「透？　よくなったの？」

透が枕から頭を上げるなんて何日ぶりだろう。喜びが全身を駆け巡る。熱を確かめようと額に手を伸ばすと振り払われた。

「上野に行かなくちゃ」

うわごとのように呟く。

「上野？」

顔を覗き込むと、魂を抜かれたような能面じみた面持ちで、瞳はなにも映していない。

「動物園が僕を呼んでいる」

平坦な声で言った。

「動物園？　なにを言っているの？　ここは東京じゃないわ」

透は立ち上がろうとするが、ずっと横になっていたため足腰が弱っているらしく、ふらついて布団に倒れ込む。なおも立とうとする息子を冬子は抱きしめて止めた。

「離して。白熊を檻から出さなきゃいけないんだ」

——上野の白熊。

はっとして冬子は息子の顔を見る。夫に東京から去ることを告げられる直前、透と行った上野の動物園で見た白熊が脳裏をよぎった。窮屈な檻のなか、黒いつぶらな眼に絶望のようなものを宿して所在なげにうろつく白熊に、文壇で居場所を失っていく夫のすがたを重ねたことを思い出す。

「お願い、正気に戻って」

冬子はぞわぞわと寒気を感じながら透を揺さぶった。痩せた肩から浴衣がずり落ちる。なおも部屋を出ていこうと暴れていたが、ぜんまいが切れたように突如がっくりと頭《こうべ》を垂れた。冬子は急に重みを増したからだを床に激突しないように抱え、布団へ寝かせる。

翌日往診に来た医者に説明すると「高熱のせいで幻覚を見たのでしょう。錯乱状態になるのはめずらしくない症状です」と言われた。だが、冬子は自分の見た光景をめずらしくない症状とは思えなかった。あの日動物園で透が熱心に見ていた猿ではなく、興味なさそうにしていた白熊の幻覚を見るとは。自分の意識や記憶が息子に流れ込んだのではないか。病が霊的な媒介となって、透に知られてはいけない秘密まで伝わってしまうのではないか。現実的ではないとわかっていながら、冬子は恐怖におののいた。

いっときは四十一度台まで上がった熱は、四十度を下まわるようになり、八度五分になり、今朝はとうとう七度八分まで下がった。「峠は越えました。あとは体力をつけて病を追い払うだけです」と医者も太鼓判を押す。拒んでいた重湯も受けつけるようになった。明日は七分粥にしてみてもいいだろう。

「……お母ちゃん、ごめんなさい。迷惑をかけて」

透はもとどおりの利発な眼差しを病床から向けて言った。

「ううん、いいの。迷惑なんて、そんなこと言わないで。透が元気でいてくれるのがいちばんの望みだから」

健気《けなげ》さに胸を打たれ、涙ぐみながら応える。

春明や父母も透の恢復に歓喜した。冬子は残りの石炭酸を使い切ってしまおうと、すべて水で薄めて家じゅうを拭いてまわった。あれほど忌まわしく感じた消毒液のにおいがすがすがしく思える。障子や戸を開け放って一心不乱に拭き掃除をしていると、爽やかな風が吹き抜けた。気分が晴れ、これからさきの人生は希望しかないように思えてくる。

玄関の床を消毒液を含ませた雑巾で拭いていると、少し前に出かけていた春明が調子外れな鼻唄をうたいながら帰ってきた。手には折詰を提げている。ただようにおいから中身はぴんときた。

「おかえりなさい。鰻ですか?」

「そうだ。精がつくように買ってきたんだ」

「ようやく重湯が喉を通るようになったのに……早すぎませんか」

「重湯からだらだらやっていたら時間がかかってしょうがない。荒療治かもしれないが、鰻で一気に元気をつけさせよう。透も好物だろう? 鰻は」

「ええ、そうですが――」

「茶を淹《い》れてくれ。あなたのぶんもあるからあとで食べなさい」

冬子は雑巾を置いて台所へ向かった。湯を沸かして煎茶を淹れていると、疲労が全身にのしかかり、強烈な眠気が襲ってきた。振り返ればこの数週間、透の枕もとで細切れにしか眠っていない。頭に白い靄が立ちこめてふらふらになりながら、やっとのことで透と春明がいる部屋へ茶を運ぶ。

「ほら、食べなさい」

春明はさっそく折詰を開いて、床で上体を起こしている透に食べさせようとしている。

「なにも布団で食べさせなくても。ちゃぶ台につく元気が出るまで待てばいいじゃないですか」

「冷めたらまずくなる。久しぶりのまともな食事なんだ、旨い状態で食ったほうがいいだろう」

透は両親のやりとりに挟まれて困惑の表情を浮かべているが、箸を手に持つと食べはじめた。

冬子はそれを見て嘆息し、自分の部屋へ向かった。わずか十歩程度の距離すら歩くのがつらい。部屋に入るなり畳に倒れ込んだ。毛羽立った畳の目が頬に食い込むわずかな痛みを感じながら、心地良い眠りの底へ引きずられていく。

夢を見た。

親子三人、路面電車に乗って上野の動物園へ向かう夢だ。透は「白熊を見に行くんだ」とはしゃいでいる。窓の外はうららかな陽気に包まれている。しかし行き先はいつのまにか変わり、路面電車を降りるとそこは祭りの最中の吉田神社だった。手筒花火が激しく燃えさかり、火花が降り注ぐ。しばらくは歓声を上げて見ていたが、ようすがおかしいことに気付いた。周囲を見まわすといちめん火の海になっている。観客たちは悲鳴を上げて右往左往するが、焔が壁のようにぐるりとあたりを囲んでいて逃げ場はない。

悲鳴は聞き慣れた男の声に変わった。

「医者を！　医者を！　早く呼んでくれ！」

夢は薄れ、眠りが破られた。冬子は重たい目蓋を持ち上げて天井の洋燈《ランプ》を見上げる。ぼんやりとしたままなんとか立ち上がって廊下に出ると、奥の間から出てきた春明とぶつかりそうになった。

「透が――」

すがるような眼で春明は冬子を見ながら口走る。その顔は病人のように蒼白い。

「透がどうしたのです？」

「鰻を食べたあと、腹が痛いと呻きだしたと思ったら白目を剝いて痙攣して、それっきり――」

眠気が吹き飛んだ。障子が開いたままの奥の間に飛び込む。

「透！　透！」

叫びながらぐったりと横たわっている息子を抱き上げ、顔を覗いた。ああ、これはもう――。

春明が医者を呼ぶため外へ駆け出したのが足音でわかった。さっきまで晴れていたのに豪雨に変わったらしく、びしゃびしゃと水を蹴り上げる足音が遠ざかっていく。それを打ち消すように、自分の悲鳴がどこか遠くから聞こえた。

＊

今季はじめて袖を通した袷の着物は樟脳の強いにおいがした。いつのまにか秋が深まっていて、肌寒さが身に沁みる。空虚な胸に冷ややかな風が通り抜ける。お太鼓に結んだ帯はずいぶん余ってしまい、自分が痩せたことを思い知らされた。

仏間に入り、仏壇の前に正座する。果物や菓子がこんもりと積み上げられた仏壇にある真新しい位牌には、「釋玉智童子」と書かれている。私の息子はこんな名前じゃない、と冬子は反発を抱いた。

灯明《とうみょう》をあげて線香を供える。眼を瞑って合掌し、口のなかで念仏を唱えていると背後に気配を感じた。

「……忌明けだな」夫が呟く。

きのうは四十九日だった。親類が集まって法要がおこなわれ、そのあとは離れの間で酒席が設けられた。野尻家の側には透と同じぐらいの年ごろの男の子がいて、快活なようすに感情をかき乱された。旺盛に呑み食いしている元気そうな年寄り連中を見ると、なんで彼らではなく透が死なねばならなかったのかとひどいことを考えたりもした。大勢が集った翌日だけに、中年夫婦と老夫婦しかいないこの家はいつも以上に静かに感じる。

「ずっと忌中でしたらよかったのに。忌が明けていよいよ透が遠くに行ってしまう気がして」仏壇に顔を向けたまま言った。

「いつまでも現世で苦しませ続けるわけにもいかないだろう。早く極楽浄土へ行ってもらおう」

「あなたが鰻さえ食べさせなければ……」

恨みごとが口をついて出る。ああ、また言ってしまったと悔いても言葉は取り消せない。

透は病で弱って出血していた腸に穿孔《せんこう》が開いて、壮絶な痛みのなかで息絶えた。鰻を食べなくても、医者に腸出血を見落とされていた時点でどっちみち助からなかったのかもしれない。だが冬子も夫も二度と鰻を食べられないだろう。

「まだ言うのか」春明がうんざりした声を上げる。「あなただって重湯をむりやり食わそうとしていたじゃないか。吐いたものを口に押し込んで」

「それとは状況が違います」

さんざん繰り返したやりとりだ。不毛だとわかっているのでふたりとも押し黙った。あの日祭りに連れて行かなければ、医者にしたがって避病院に入れていれば、鰻を食べさせる夫を止めていたら、父親の気持ちを汲んで無理に鰻を食べるようなやさしい子に育っていなかったら——後悔の種は尽きない。

「そろそろ引っ越しの準備に取りかからねば」春明が話題を変えた。

「そうですね」

新居は透の死の直後に完成していた。いまはそんな時機ではないだろうとそのままにしていたが、いい加減荷造りをしなければいけない。

「いまとなってはなんのために家を建てたのかわからないが——」

透の成長に望ましい環境を、という名目で土地をさがして建てた家だった。真新しい住まいに夫婦ふたりで移ることを想像すると、あまりのわびしさに身が震える。

冬子は仏間を出て自分の部屋に向かった。桐箪笥の抽斗を開け、たとう紙の紐をほどいて中身を確認し、新居へ持っていく着物と置いていく着物に分ける。古い雑誌は夫と自分の書いたものが載っている号を除いて処分することにする。

雑誌を抱えて庭に出た。枯葉や枝を掃き集め、竈から持ってきた燃えかけの薪で火をつける。枯葉に水分が残っていたのか、最初はくすぶって灰色の煙ばかりがもうもうと出て咳き込んだが、やがて鮮やかな焰が上がった。焦げくさいにおいが鼻腔をくすぐる。あ、芋はあったかしらと考えかけて、もう喜んで食べてくれる透はいないのだと思い出す。毎年秋になるとせがまれて落ち葉で芋を焼いていたのに。

雑誌が燃えはじめたことを確認してから、奥の間に行き、がらんとした部屋の隅に畳まれている着物を抱えてまた庭に出た。いちばん上にある、藍染めの蜘蛛《くも》絞りの浴衣と端絞りの兵児帯は透が死の直前に着ていたものだ。抱きしめてにおいを嗅ぎたいけれど、窒扶斯が伝染するかもしれない。すでに布団や枕は処分したが、着物は決心がつきかねてあとまわしになっていた。涙ぐみながら火にくべる。浴衣に火がまわった瞬間、恐ろしくなって眼を逸らした。空を見上げる。煙が澄んだ秋空へ昇っていく。冬子はそれを見つめながらしばらく声を立てずに泣いた。

引っ越した新居は妙に寒かった。とくに仏間は底冷えがして、高熱を出しながら震えて寒がっていた透がこんなところにいるかと思うと気の毒でしかたなかった。とはいえ遺骨はすでに菩提寺《ぼだいじ》にある墓の下に眠っている。

部屋数の多い家における夫婦ふたりの暮らしは寂寞《せきばく》としていて、日に日に老け込んでいく気がした。かなしみは薄れるどころか深まっていく。ひとり息子の死という不幸を分かちあうことにより夫婦の結びつきが強くなった面もあるが、望んだかたちではなかった。相変わらず数日おきに鰻の件を責めてしまい、そのつど険悪になっている。夫は早急に女中を雇おうと言っているが、冬子はひとに紹介してもらったり会ったりするのがおっくうで先送りにしていた。迷い込んできた猫を飼いはじめたが、雷の晩に驚いてどこかへ行ってしまい、それきり帰ってこない。

依頼されていた「光耀」の原稿の締切が近づいていた。題材などなにも浮かばなかったから、ひとり息子を喪ってかなしみに暮れる夫婦の生活をそのまま描写した。小説なのか日記なのか自分でもわからない。書くことで自分を慰めているのか、それとも傷口を抉っているのかも。いずれにせよ、書くのも発表するのもこれで最後だろう。そんな我欲は冬子のなかから消え失せていた。

修正は少なく読みやすい原稿に仕上がっているが、茶の間でちゃぶ台を出して手すさびに清書した。そこへ春明が入ってくる。うろうろと所在なげだ。気が散るが我慢して手もとに集中する。思えばあわれなひとなのだ。文学以外に関心のない男で、寄席に行くこともなければ活動写真にも相撲にも野球にも興味がない。着るものや食べるものにも無頓着だ。それが東京を離れてから急激に文学への熱を失い、三十半ばにしてすでに隠居めいた生活を送っているのだから。冬子は野心に燃える若いころや、時代の寵児《ちょうじ》としてもてはやされたつかのまの栄光を知っているだけに、よけい胸が痛んだ。一時期は新居と庭の計画に執心していたが、それも完成してしまった。庭は手をかけ続ける必要があるものの、冬に向かういまの季節にできることは限られている。

「書き終えたか」

春明は冬子が筆を置くと、原稿用紙に手を伸ばして読みはじめた。二十枚程度の短いものなので、あっというまに読み終わる。

「ふうん」と鼻を鳴らして原稿用紙を戻した。とくに感想はないらしい。それはそうだろうと冬子も思う。

「……直接出版社に持っていったらどうだ？　その、女だけのなんとか社に」

「光耀社です」

「家にいても透のことを考えてしまって駄目だろう。東京でひとに会えば少しは気が晴れるかもしれない」

冬子はしばらく思案した。平澤あとりや黒瀬紅丸、そのほかの社員たちにいちど会ってみたいと以前は考えていた。これが最後ならば、光耀社を覗いてみるのもいいかもしれない。

「あなたもいっしょに行きませんか？　東京へ」

「おれか？　おれは……もういい。いまさら会いたい相手もいない」

驚いて夫の顔を見た。つねに多くの仲間や弟子に囲まれ、夜ごと痛飲しては熱っぽく文学論や理想を語っていた男と同じ人間の言葉とは思えなかった。

「青柳さんや華本さんは会いたがっていると思いますよ。漣さんや藤川さんともしばらく会っていないでしょう」

「青柳と華本か。おれは結局、柳後雄先生のような師にはなれなかったな。漣はおれの書くものを嫌っているとひとづてに聞いたぞ。藤川とはべつに確執はないが……子だくさんのあいつとはいまは話したくない」

「あなたが行かないのに私ひとりで行くのは——」

「遠慮は必要ないさ。この家で毎日顔をつきあわせていても、どうせ言い争いになるだけだ」

そのとおりではあった。留守にする日があったほうが夫も息抜きできるかもしれない。冬子は光耀社へ訪問したい旨をしたためた手紙を出した。東京行きの当日になっても返事はなかった。先行きに不安を感じながら出かける準備をする。一泊の予定なので小ぶりの信玄袋に原稿と必要なものを入れ、おろしたての白足袋を履いて家を出た。朝の風はつめたく、毛織の肩掛けに顎を埋める。

出発したときは透が眠る地から離れるのが憂鬱で、停車場で汽車に乗り込む足は重かった。光耀社の面々に歓迎されなかったらどうしようと不安で胃が痛む。だが、家から遠ざかるほどに不思議と気持ちは軽くなった。静岡を過ぎるころ、車窓を眺めているとそこに映った自分の顔に笑みが浮かんでいることに気付いて驚いた。食欲はないが念のためと思って途中の停車場で購入した弁当を開けて箸をつけると、あっというまに食べ尽くしてしまった。

ひと眠りしているうちに汽車は新橋に到着した。山手線に乗り日暮里《にっぽり》で降りて、「光耀」の奥付に書かれた住所を頼りに歩く。道に迷っていると陽が暮れて、急激に心細い気分になってきた。団子坂を登って住所のところに辿り着くと、立派な邸宅があらわれた。ここだろうかとぐるりと一周まわって、裏門に「光耀社」と書かれた真新しい表札が出ているのを発見する。

遅い時間になってしまったので明日出直したほうがいいだろうかと考えたが、意を決して裏口の戸を叩いた。「ごめんください」と声を張る。

ややあって戸が引かれ、女中らしき中年の女が顔を出した。

「わたくし宮島冬子と申します。光耀社のかたにお目にかかりたくてお伺いいたしました」

「光耀社……？　ああ、雑誌ですね。どうぞこちらへ」

草履を脱ぎ、家に上がった。

「あの、こちらのお宅と光耀社とはどういう――」

長い廊下を歩きながら訊ねる。

「お嬢さまが光耀社の社員なのでございます。といってもお嬢さまはいまお留守でございますが」

突き当たりにある部屋の前で女中は足を止めた。

「こちらが光耀社です。なにかございましたらお呼びくださいませ」

冬子がおとずれたことのある出版社は通りに面した硝子戸の建物にあって、社主が座る帳場の奥にいくつもの机が並ぶ編輯室が広がっていた。小規模で発足から日の浅い光耀社はだれかの家に事務所をかまえているのだろうと思っていたが、こんな立派な邸宅は想像していなかった。戸惑いつつ、「失礼します」と声をかけて襖を引く。

その部屋には明かりがついていなかった。薄暗さに眼が慣れるにつれ、部屋の全貌が見えてくる。六畳ほどの間には雑誌や書籍や封書が散らばっていた。そのまんなかに文机が向きあって置かれ、紙が高く積み上げられている。

布団かなにかだと思っていた紺色のかたまりがふいに動き、冬子は驚いて飛び上がった。雑に着た男物の久留米絣《くるめがすり》に、同じく男物の一本独鈷《どっこ》の角帯。後れ毛が垂れるままにした無造作な束髪に、やんちゃな小猿のようなあどけない少女の顔。ううーんと声を出して大きな伸びをし、それから冬子の存在に気付いてぽかんと口を開ける。

冬子が勝手に思い描いていた歌舞伎役者のような容姿とは違ったが、それでも紅丸だとすぐにぴんときた。

「……黒瀬紅丸さんでしょうか」

「そうだけどあんたは？　押しかけてきた読者かい？」

「いえ、賛助員です。小説家の九鬼春明の妻の宮島冬子と申します」

「へえ」と興味なさそうな返事。

「あの、平澤あとりさん宛てに今日お伺いしますと手紙を出したのですが」

「手紙？　この山のなかに埋まってるんじゃないか？」紅丸は部屋の隅にある封書の山を顎で指した。「読者からの手紙が毎日のように届いて、最近は中身を見る暇もない。まあ、あたしだって手紙を書いて押しかけてきたくちなんだけど」

「平澤あとりさんはいまどちらへ――」

「あとりのことなんて知らないよ」ふんと鼻を鳴らす。「いまごろ男といっしょじゃないか？」

「男？」

「年下の画家だよ。少し前に知り合って以来、あとりはそいつに夢中さ。しょせん男のほうがいいんだ、あとりのやつは」

「そんな……」

冬子は愕然として紅丸の顔を見つめた。平澤あとりと紅丸の恋路を応援していた読者は自分だけではないだろう。ふたりのやりとりに頰を赤らめ、性別に囚われない自由で情熱的な愛に憧れを抱いていた読者は。

「で、あとりになんの用だったのさ」

「原稿を持ってまいりました。それと、いちどお目にかかってお話を聞いてみたくて」

「原稿はその机にでも置いておきなよ」

冬子は信玄袋から紐で綴じた原稿用紙を取り出し、ほかの紙にまぎれないようにして机に置く。

「ああ、暗いと思ったらもうこんな時間か」

紅丸は部屋の暗さにいまさら気付いたらしく、柱時計を見て声を上げる。

「吞みに出かけよう。あんたもおいで」

「え、女ふたりで吞みになんて。それにもうこんな時間ですし……」

「なに言っているんだ」紅丸は着物と揃いの羽織を拾い上げて肩にかけながら、呆れた顔で冬子を見た。「夜はこれからだよ」

「私は今夜の宿をさがさなければ」

「いいからさっさと行こう」

紅丸は冬子の腕を抱くように摑むと、部屋を出た。

女中に見送られて邸宅をあとにする。素足に履いた雪駄の底の尻鉄《しりがね》をちゃらちゃらと鳴らしながら大股で歩く紅丸は、横に並ぶと夫の春明よりも大きい。組んだままの腕に押し当てられた腰から高い体温を感じてどぎまぎしてしまう。紅丸は近くの俥屋《くるまや》で人力車を頼み、日本橋区小網町《こあみちょう》へ向かった。ひんやりとした風が吹いて、自分の頬が火照っていることを実感させられる。黒々とした川面に水鳥が浮いたまま眠っているのを眺めていると、鎧橋《よろいばし》のたもとで人力車は停まった。河岸にある西洋風の洒落た建物に紅丸は入っていく。冬子は気後れしながらそのあとに続いた。

内部はさらに異国のようだった。天井付近まである大きな窓を彩る緞帳《どんちょう》、優美な曲線を描く背もたれの高い椅子、西洋の提灯《ちょうちん》のような照明のやわらかなひかり——。店内の全員が自分たちに視線を注いでいる気がして冬子の足はすくむ。丸髷を結ってくすんだ利休鼠色の着物を着た、いかにも旧時代の奥さま然とした格好が恥ずかしくなった。席に着くと紅丸は白いひらひらとした前掛けをつけた女給を呼び、品書きも見ずに慣れた調子で注文する。

冬子はおずおずと店内を見まわした。ほかに女の客はひとりだけいて、男たちと洋卓を囲んで大きな口を開けて笑っている。ふっくらと膨らませた束髪に結い、着物は腰上げをせずにぞろりと着流して、頬に添えた手には石入りの重たげな金の指輪が光っていた。

給仕が去ると気障《きざ》な口髭をたくわえた洋服の男が近づいてきた。

「やあ紅丸君、今日は平澤女史といっしょじゃないのかね」

「うるさいな。おれはあとりの飼い犬じゃないぞ」

男はちらりと値踏みするような視線を冬子に向けた。

「今度は堅気のご婦人か。いやはや旺盛だな。あちらこちらの女にちょっかいを出して、せいぜい心中事件で新聞を賑わせないように気をつけてくれ」

「あっち行けよ」紅丸は男を手でしっしと犬相手のように追い払う。

男が去ると紅丸は冬子に向き直ってにっと笑った。

「いまのは彫刻家の志村雪太郎《しむらゆきたろう》。となりは詩人の桐生犀一郎《きりゅうさいいちろう》、向かいは画家の杉田白虎《すぎたびゃっこ》、そのとなりにいるのは戯曲を書いている坂下緑亭《さかしたりょくてい》だよ。ああ、向こうの卓にいる目鼻立ちがくっきりしているやつは歌舞伎役者の市川《いちかわ》なんとかだ。あっちの女は新派の女優」

奥の洋卓を指して説明されても、冬子はひとりの名前も知らなかった。その半数は洋装をしている。

「アポロンの会といってね、若い画家や詩人の集まりなんだ。ヌウボウってやつらしい。

あ、ぬうっとしてぼうっとしているやつのことじゃないよ。新しい芸術をつくるんだってさ。実際はああやって集まっては呑んで騒いでばかりいるけれど」

ドストヱフスキイがどうこう、という会話が断片的に耳に届く。焦げくさいような濃密で不思議な香りが冬子のところまでただよってくる。男のひとりの手にあるどろりと黒い液体が入った持ち手つきの茶器が目に留まった。あれが珈琲《コーヒー》なる飲みものだろうか。ほかの者の玻璃盃《コップ》は血のように赤い葡萄酒《ぶどうしゅ》で満たされている。

かつて春明が尾形家と庭続きになっている陋屋《ろうおく》を仲間たちと借り、暁文堂と名付けて切磋琢磨していた時代を思い出す。水分を吸ってぶよぶよと膨らんだ畳、雨風に晒されてささくれ立った濡縁、いくら風を通しても薄れなかった黴のにおい、水のように呑まれる正宗。同じ明治の青年なのに少し世代がずれただけでずいぶんな違いだ。あのころの春明が話していた言葉が耳の奥で甦る。

『明治の世といまのおれたちは似ている。いまの日本は欧州列強に比べればようやく言葉を憶えはじめた幼子みたいなものだ。まだ猿真似しかできないかもしれないが、見るもの触れるものすべてを自分の血肉に変えよう』

幼子だった明治は清国や露西亜に勝利していまや青年になり、いからせた肩を欧州列強に並べようと虚勢を張っている。いっぽう、野心に燃える青年だった夫は破れた夢に背を向ける中年になった。巴里《パリ》にいるかのような店で瀟洒《しょうしゃ》な灯りに照らされて、珈琲や洋酒を片手に理想を語っている二十代の青年たちを再度眺める。夫はいまきっと、息子のために建てた家で洋燈もつけずひとり呑んでいるはずだ。しんと静まりかえった昏《くら》い家にいる夫の丸まった背を思い浮かべる。時代の潮流を追いかけ続けた夫だが、もはや彼らがこれからつくり出す芸術に乗ることはできないだろう。人気を博した『顚末』で摑んだはずの黄金は砂になってさらさらと流れてしまった。その身には暁文堂と同様にどうやっても薄れない黴のにおいが染みついている。

夫が、九鬼春明があわれでたまらなくなった。背の高い玻璃《はり》の器を載せた盆を持った女給が近づいてきたので、冬子は滲みかけていた涙を指でそっと払う。

「あんたにはとっておきのカクテールを頼んだよ」

紅丸は自慢げな口調で冬子の前に置かれたものを指した。七色の層になっている虹のような飲みものだ。あまりのうつくしさに息をのんだ。

「あたしはベルモット」

紅丸は自分の玻璃盃を持ち上げ、冬子のそれに軽くぶつけて澄んだ音を立てる。挿してある麦わらの管で七色の酒をおそるおそる呑んでみると、喉が焼けるほどの甘さと強い酒の香気に悶絶した。そのようすを見た紅丸は声を上げて笑う。色の層が壊れないように一色ずつ慎重に啜ることにする。

「『光耀』の編輯室はどなたのお宅なのですか」気になっていたことを訊ねた。

「ああ、社員の山田陽《やまだよう》の家だよ」

その名前なら確かに「光耀」の奥付で見た記憶があった。

「とても立派なお宅でした」

「なんだかんだ言って光耀社のやつらは家柄のよいご令嬢連中なんだ。みんな女子大学を出ているんだから」

「紅丸さんも絵を学ばせてもらえるご家庭で育って、こうして東京で『光耀』の社員になっているではありませんか」

「まあね」

冬子だって維新後も没落せずに済んだ士族の家で育ち、周囲からは名士の娘と扱われてきた。紅丸やかつての冬子のように、自分の理想のため東京に単身で出てこられる女はめったにいない。わずかな期間だけ家に身を寄せていた酌婦の玉枝は、飢饉《ききん》の年に貧しい農村から人買いに連れられて東京に来たそうだと、彼女が去ったのちに春明から聞いた。

アポロンの会のひとりが西洋の弦楽器を取り出して奏で、自作の歌らしきものをうたい出した。「マンドリンなんか弾いて気取りやがって」と紅丸は顔をしかめ、「下手くそ！」と野次を飛ばす。

酒で火照った肌が痒いのか、袖を肩までまくって腕をしきりにぼりぼりと掻いていた紅丸が、手のひらを上にして左手を突き出してきた。

「見るかい、手首の傷を」

「ああ、あとりさんのために切ったという……」

「よく知っているね」

「『光耀』は隅々まで読んでいますから」

平澤あとりが初老の医師と華燭《かしょく》の典《てん》を挙げるという噂を聞きつけ、あとりのもとに乗り込んで手首を切ってやったが噂は根も葉もないものだった、といういきさつだったはずだ。傷はすでに塞がり、清潔な白い一本の線が残っていた。

「あのときは誤解だったのでしょう？　今回もきっと――」

「駄目だよ」と紅丸は冬子の言葉を途中で切って言った。「目の前で見たんだ。ふたりのあいだに雷光が閃くのを」

垂らした前髪がつくる陰影のなかで、切なげな眼差しが光る。

「校了直前でてんやわんやの光耀社に、印刷所の社長があの男を連れてきたんだ。駆け出しの画家なんだけど、険しい山脈に住む狼《おおかみ》みたいな男だよ。伸びやかで野性的な肉体を持っていて、色の薄い神秘的な眼で、世間に毒されていなくて、口数は少ないが内側にはたぎるものを抱えていて。狼みたいに仲間と群れるたちじゃないけどね」

冬子は狼みたいな若い男を思い浮かべてみる。崖の上で満月の夜に遠吠えするところを。

「校了明け、光耀社のみんなで大磯《おおいそ》へ海水浴に行ったんだ。そこにあの男も駆けつけた。みんなで遊んで、もう秋が近くて水は冷たくて海月《くらげ》にもいっぱい刺されたけどひたすら愉快で、気付いたら最終列車が出たあとだった。いま思えば、あとりも男も列車がなくなるのを待っていたんだろう。あたしらはそんな思惑に気付けなかったけど。宿を取って泊まることにして、あたしはあとりと同室になった。あとりはなかなか寝つけずにいた。深夜、突然思いつめた顔で布団から起き上がると浴衣のまま飛び出したんだ。行き先はあの男の部屋だとわかっていた。いとしい女が奪われようとしているのに、からだは動かなかった。あたしは朝まで布団をかぶって泣くことしかできなかった」

鼻をこすってすんと鳴らし、かなしげな顔のまま照れたように笑う。冬子の空になった玻璃盃を見て、「おっ、いける口じゃないか。つぎは違うカクテールにしてみよう」とわざとらしい明るい声音を出し、女給を呼んだ。

桜桃《おうとう》の沈んだ甘ったるいカクテールやら渋い葡萄酒やら苦くて弾けるビールやら、紅丸に勧められるままに呑んでいるうちに、酔いがまわって意識がもうろうとしてくる。紅丸の大きな手が近づいてくるのを冬子は見た。眼を閉じた。頭に触れられる。丸髷に結った髪をくしゃくしゃとかき乱された。

「べとべとになっちまった」と鬢付け油が移った手を洋卓の縁にこすりつけて笑い、顔を上げた紅丸は冬子を見て「うわっ」と叫んだ。「どうしたんだよ」

そう言われて自分の異変に気付く。涙が両目からとめどもなく流れていた。

「だいじょうぶかい？　奥さん」

「あとりさんを奪われた紅丸さんと同じように、私の胸にもぽっかりと大きな穴が空いているんです。透が、息子が……それに夫だって……」冬子はしゃくり上げながら語った。

「泣かないで、奥さん」

紅丸の平らな胸に頭を抱かれ、嗚咽はいっそう激しくなる。ひとまわり年下の少女に慰められていると思うと恥ずかしいが、自分を抑えられない。

「息子がどうしたって？」

「死んでしまったんです。病気で。夫は最初からあの子が目当てだったのに、先生の血を引く子を自分のものにしたくて夫婦になったのに、それなのに――」

ひと思いに吐露しているうちに涙と鼻水で呼吸ができなくなる。紅丸が腰に提げている手ぬぐいをしゅっと抜いて渡してきた。それに思いきり顔を押しつけて洟をかむ。

「呑ませすぎたようだから帰って落ち着こう。家はどこだい？」

「……豊橋です」くぐもった声で答えた。

「知らないな。まだ東京のすべてを見たわけじゃないから」

「東京ではなく愛知です」

「愛知⁉ なんでそんな遠くから——ああ、そういや今夜の宿がどうこうって言っていたか。しょうがないな、うちにおいで」

紅丸は洋卓に突っ伏して泣いている冬子の背を抱いて立ち上がらせた。

支払いはつけにして店を出て、橋を渡り北方向へ歩く。夜風はかなりつめたいはずだが、酒のためか感情が昂ぶっているためか寒さは感じなかった。足がよろめいて何度も転びそうになり、そのつど紅丸に引き上げられた。

肩を抱かれて歩きながら身の上を話した。敬愛する大作家の邸宅の女中になるため満で十七歳の年に東京へ出たこと、のちの夫となる青年と出会った春のはじまりの日、三人の内弟子との浮き立つような日々とそれを引き裂く先生の仕打ち、望まぬ妊娠と打算の結婚、すれ違いに耐え、それでも小説を介して繫がろうとした結婚生活、夫の栄光と苦境と都落ち、ひとり息子の病死——。

いままでだれにも話したことのなかった、墓場まで持っていくつもりだったすべてを感情のおもむくままに語っているうちに、また涙が出てきた。

「そうかい。つらかったね。あたしにはなにを話してもいいよ。全部吐き出しちまおう」

紅丸は冬子の頭に手をまわし、ぽんぽんとあやすように撫でる。十八歳の少女には私の半生を実感をともなって理解することはできないだろう、男に追従する「夫人」なんて古い女と見下しているんだろうと思いつつ、冬子の口は止まらなかった。

「同じ十八歳でもあなただったら殴ってでも蹴ってでも拒んだでしょうね、先生のことを」

「ああ、どんな立派な先生なのかは知らないが、そんな男、逆さ吊りにして全身の皮を剝いで鼠に喰わせてやる」

「紅丸さんには不可解でしょう、私のような生きかたは。あなたは生まれつきなんにも囚われない霊獣みたいなひとだから」

「霊獣か。悪くないね。気に入った」

「夫は悪い人間ではないんです。ただ、こころが弱いだけで。逃げる癖がついてしまっただけで。息子のことは愛していたし、私のことだって大事に思っているのでしょう。それ以上にあのひとはなにかに囚われているんです」

――この十五年近く私はなにをしていたんだろう。ずっと必死だった。無我夢中だった。成し遂げたことはあっただろうか。いくつかの小説は掲載されて活字になって残った。でも果たしてそれらは自分の作品と胸を張って言えるものだっただろうか。

草履の鼻緒がゆるんだらしく、いっそう歩きにくくなる。根岸《ねぎし》のあたりまで来て、一軒の家の前で紅丸の足は止まった。冬子に向かって「しーっ」とひとさし指を口の前に立てて見せる。静かに勝手口の戸を引いて雪駄を脱ぎ、足音を忍ばせて進む。「親戚の家に居候しているんだ。みんな寝ているから静かに」と耳打ちした。冬子も草履を脱いで白足袋の裏が汚れるのを気にしながら土間を歩く。

台所を抜けて廊下を進み、障子をそっと引いて部屋に入った。四畳ほどの部屋には絵の具のにおいが充満していた。画材が散らかり、壁に貼られた画用紙には大胆な線で女の肖像が描かれている。机には絵具皿と絵筆とぐしゃぐしゃと塗り潰された描きかけの絵があった。箪笥の上には「光耀」の過去の号が並べられていて、そこだけは冬子の部屋と同じだった。

部屋を見まわしていると、背後から目の前に小瓶がかざされた。

「ほら、見てごらん」

紅丸は小瓶を振った。なかには白い粉末が入っている。

「……それは？」

「石見銀山鼠取薬《いわみぎんざんねずみとり》だよ」

「ああ、猫いらず……」

「これをいっしょに飲もう。そしてこのくだらない現世に別れを告げよう」

紅丸はふたつの湯呑みを出すと、火が消えた火鉢に置いてある鉄瓶から水を注いだ。小瓶の蓋を外し、中身をさらさらと湯呑みに流す。小指を突っ込んでかき混ぜた。

「あたしがほかの女と死ねば、あとりのやつも少しはあたしの気持ちがわかるだろう」

――ほかの女。しょせんこの子にとって私は都合よく目の前にあらわれた女にすぎない、と冬子は思った。編輯室で名乗ったが、名前を憶えているかもあやしいものだ。だが、いまはそんな雑な扱いが心地良かった。渦巻く感情でずっしり重くなっていたからだが軽くなる気がした。

「はい。奥さんのぶん」

「ありがとう」

受け取った湯呑みの中身をまじまじと見つめる。透明でただの水みたいだ。これを飲むだけですべてが終わるのか。のしかかる柳後雄の重みが、深夜の東京の家で春明と仲間たちが騒ぐ声が、熱に浮かされて起き上がった透の虚ろな眼差しが、夫との言い争いが、つぎつぎに甦った。それからさらに若い時分はじめて柳後雄の小説を読んだときの世界が変わるような感動。こんな小説を書きたいと願ったまっすぐで純粋な夢を後悔したことはない。ああ、私はまだひとつも書けていない。でもなにもかもこれでおしまい――。

意を決して口をつけた。眼をぎゅっと瞑り、湯呑みを傾けて中身を口へ流し込む。なまぬるい水が舌を包み、渇いていた口内を潤し、喉を落ちていく。

「甘い――」

「甘いかい？　これで楽になれると思うから甘美に感じるんだ」

紅丸も湯呑みに口をつける。冬子はその横顔を見て、青みがかった輝く白目もつんと上を向いた細い鼻梁《びりょう》も口角がめくれるように上がった悪戯《いたずら》っぽいくちびるもはらりと垂れた明るい色の前髪も、明日あさってには焼かれて灰になってしまうのだと惜しくなった。崩した自分の足が視界に入る。白い足袋に鮮やかな血が滲んでいた。鼻緒でこすれて皮が剝けたのだろうが不思議と痛みは感じない。目蓋が降りて視界がぼやけていく。

「なんだか眠い――」

冬子は上体を倒し、畳に頰をつける。

「少し寝な。起きたらそこは天国だ」

紅丸が着ている書生絣の紺地に白でぽつぽつと抜かれた細かな模様が、最後に見たものだった。

気付けば冬子は暁文堂の二階にある狭苦しい春明の部屋にいた。いまよりもずっと若い、少年の面影を留めた春明がとなりにいる。その横には東京を去るときの送別会で会ったきりの藤川、もう長いこと会っていない漣。

冬子は男物の書生絣を着て胡座をかき、七色の酒を傾けている。乱暴な口調で彼らに喧嘩を売っている。――ああ、これは私ではなく、十八歳のときに書いた小説『椿の頃』の主人公だ。

言い争いが激しくなり、勢いよく立ち上がった拍子に七色の酒がこぼれた。酒は虹になって、窓から外へと流れ出て空に大きな橋を架ける。正面に見える柳後雄の書斎にはだれもいない。がらんと空白だ。溶けかけの雪が陽のひかりを浴びて輝いている。もうじき春がやってくる。

目蓋を持ち上げると、昨夜と同じ絣の着物を着た紅丸の顔が正面にあった。

「お、やっとお目覚めか。もう昼近いよ。何度か起こそうとしたんだけどよく眠っていたなあ。やっぱりカクテールが効いたのかな。それともあれこれ呑んだせいか」

手を畳について上体を持ち上げる。頭が重くずきずきと痛み、また突っ伏した。

「なんで……」額に畳の目を感じながら愕然として声を洩らす。

「信じたのかい、猫いらずを飲んで心中するなんて」紅丸は乾いた声で笑って言った。

「あれはただの砂糖水だよ。何人かに同じことを言ってきたけど、本気にしたのはあんたがはじめてだなあ」

「そんな、砂糖水だなんて――」

そうだった、「光耀」の誌面ごしに垣間見える黒瀬紅丸はこういう無邪気で人騒がせな人間だった。気まぐれな少女の戯れを本気で受け取って、心中したつもりになった自分が恥ずかしくなる。ほかの部屋から子どもが泣き叫ぶ声が聞こえる。それに呼応するように庭の犬が鳴きはじめた。鶏まで鳴いて羽ばたいている。二階から下手な琴の音色が聞こえる。昨夜は寝静まっていたが、賑やかな家らしい。酒と涙に溺れて死を望んだ夜と、明るい生活の音に満ちた昼間との落差に目眩がする。

「めしは食うかい？」

「いいえ、とてもそんな」がさがさにかすれた声が出た。

「いま水を持ってくる。今度は猫いらずも砂糖も入っていない水をね」

紅丸は昨夜の湯呑みを手に持って部屋から出た。すぐに戻ってきて、水の入った湯呑みを差し出す。冬子は一瞬警戒したが、受け取って一気に飲んだ。

「愛知に帰るんだろう。弱っちくて気の毒な旦那がひとりぼっちでいる家に」

冬子は湯呑みを両手で持ったままこくんと頷く。

「新橋まで送っていくよ。上野から路面電車に乗ろう」

厠へ行って用を足し、手水で顔を洗うと幾分すっきりした。身支度を調える。毛織の肩掛けはどこかで落としたらしく見当たらなかった。肌寒いだろうがしかたない。利休鼠色の着物に葡萄酒の染みができていることに気付いた。染み抜きをしても取れるかどうかあやしい。血の滲んだ足袋も帰ったらすぐに洗わなければ。

お邪魔いたしました、と声をかけて紅丸と家を出た。寒さに身が縮む。一日で季節が進んだ気がした。空を見上げると灰色の重たげな雲が垂れ込めている。いつ雪が降ってもおかしくないだろう。

「うう、寒い」紅丸は懐手になって身震いしている。

しばらく無言で並んで歩いていると、正面を向いたまま紅丸が口を開いた。

「心中の演技をしたのは、たちの悪い悪戯だったよ。謝る。……怒った？」

ちらりと横目で顔色を窺ってくる。

「いえ、怒っては……。私のほうこそ初対面のずっと年下のひとに醜態を晒してしまって」

「猫いらずは嘘だけどさ、あとりの心変わりが腹立たしくて許せなくてかなしくて死にたいのはほんとうだよ。からかったわけじゃないんだ。奥さんの話を聞いて同情して、少しでも楽になってほしいと思って。ごめんなさい」

素直な謝罪に冬子は苦笑した。

ぽーっと電笛の鳴る音が近くで聞こえた。「急げ！」と紅丸が叫び、ふたりは小走りで停留場へ向かう。やってきた電車は昼間のわりに混みあっていたので、なかほどまで進んで吊革を摑んだ。乱れた呼吸を整えながら、車内にいる人びとを眺める。藤色のお召しに海老茶の袴を穿き、鶯《うぐいす》色のリボンを揺らしている女学生、インバネスに身を包んだ中年の男、角帽をかぶった絣に小倉織《こくらおり》の袴の学生、五、六歳ぐらいの男の子を連れた地味な木綿の縞物の母親――。透がそのぐらいの年齢だったころを思い出す。引っ込み思案で、同じ年ごろの子たちと遊ばそうとしてもすぐに冬子の着物の後ろに隠れてしまった。祖母が買い与えた李《すもも》をひどく気に入り、出まわっていない季節でも食べたがって駄々をこねた。汽車が大好きで、用もないのに毎日のように停車場まで見に行かされた。だれかに怪談を吹き込まれてから厠にひとりで行くのを怖がり、毎晩起こされた。

男の子を見て涙ぐんでいる冬子に気付いた紅丸が、吊革を握っていないほうの手をぎゅっと握ってくる。

「……奥さん、子どもの名前は？」

「透」

「あたしがちゃんと憶えておく」

冬子も紅丸の手を強く握り返した。

「奥さんさ、もう余生を生きてる気分なんだろ？　透を亡くして、旦那ともうまくいかなくて、いろんなことが終わってしまったと思っているんだろ？」

「余生――。そうね、もう若くないし、あなたのようなこれからのひとと比べるとすっかり時代遅れで」

「時代遅れ？　そう思っているならいまから変わりゃいいじゃないか。きのうの店でも肩身が狭そうにしていたけど、堂々としてりゃいいんだよ」

「かんたんなことじゃないわ。若いあなたには怖いものなんてないでしょうけど」

冬子がため息まじりに言うと紅丸は目尻を吊り上げた。

「『若いあなた』って腹が立つな、それ。あたしだって毎日不安でいっぱいだよ。それでも将来の自分を好きになりたいから、えいやって眼を瞑って飛び込むんだ。年齢とか、生まれた時代とかを言い訳にするなよ。いまを生きるしかないんだ、だれだって。……まあ、奥さんが何歳なのか知らないけどさ。初対面のあたしにそそのかされて死んでみせる勇気と度胸があるんだ、なんだってできるだろ」

「……そうね。あなたの言うとおりだわ」

路面電車を降り、新橋停車場へ入る。紅丸は入場券を購入して改札の内側までついてきた。汽車が出発を待っている歩廊で、紅丸は大きく両手を広げて冬子を抱擁した。周囲の目にたじろいだが、すぐにどうでもよくなる。

「元気で。冬子さん」声に耳をくすぐられる。

「名前、憶えていたんですね」冬子はくすりと笑った。

「当たり前だろう」

大きくてあたたかい肉体に抱きしめられて、かすかな樟脳のにおいや甘酸っぱいような体臭に包まれ、しばし眼を瞑った。

自宅に辿り着いたときは夜更けになっていた。全身に疲れがまわっているが、頭は妙に高揚していた。

「ただいま帰りました」

勝手口から入って声をかけるが、底冷えのする家には灯りがついていなかった。だれもいないのか、春明は呑みにでも出かけたのだろうか。たった一泊なのにずいぶん長いこと家を空けていた気がする。床の間に活けた瑠璃《るり》色の竜胆《りんどう》はしおれていた。

洋燈を手に提げて部屋をまわっていると、縁側に丸まった背中を発見した。金木犀《きんもくせい》の枝に吊られた灯籠がぼんやりと照らす庭を眺めている。金木犀はすっかり散って、地面に積もっている蜜柑《みかん》色の十字の花は縮んで汚れていた。

「あなた」

声をかけると春明はびくりと肩を震わせて振り向いた。

「……帰ってきたのか」幽霊でも見ているかのような驚いた表情で冬子を眺めてから、ぽつりと言う。

「もう帰らないとでも思ったのですか?」

「ああ――なぜだかそんな気がしていた」

突然たまらない感情が押し寄せて、冬子は背後から夫を抱きしめた。ずっと夜風にあたっていたらしく、そのからだは冷えきっていた。

「……どうした。めずらしいな」

動揺を押し殺して平静をよそおった声を、触れあっているからだを通してじかに聞く。めずらしいどころか、冬子から抱擁するなんてはじめてかもしれない。夫の心臓の音を聞きながらあることを考えていた。

──もういちど、企んでみせる。


翌朝、井戸の水を汲むために外に出て、庭の草花が増えていることに気付いた。赤褐色の乾いた花穂がかぼそい茎のさきについているのは、吾亦紅《われもこう》だろう。吾も請う。──だれがだれのことを？　花弁のない地味な花は寂しげに風に吹かれて震えている。

朝食後、冬子は文机に向かい真新しい原稿用紙を出した。どこにも依頼されていない小説を書きはじめる。出だしの一行こそ悩んで午前中いっぱい試行錯誤したが、あとはするすると筆が進んだ。

昼食のことも忘れて書いていると、春明が冬子の部屋に顔を出した。

「散歩に行かないか」

夫が散歩に誘うなんてめったにないことだった。時計を見ると午後の三時をまわっている。ずっと同じ姿勢で原稿用紙に向かっていたので、肩や背がこわばっていた。足も少し痺《しび》れている。

「ええ、まいりましょう」冬子は伸びをして立ち上がり、足をさすった。

襷を外し、羽織を着て格子模様の衿巻きを首に巻き、家を出る。ふたりは並んで柳生《やぎゅう》川《がわ》のほとりを歩いた。冬子が東京へ行っているあいだに雨が降ったらしく、川は茶色く濁っている。この川で遊んでいて石に生えた苔で転び、全身ずぶ濡れになって泣いた幼い透のすがたが脳裏に甦って冬子は鼻を啜った。川べりでは背の高い蒲《がま》の穂が風に揺れている。円柱状の茶色い穂を四つのときの透はちくわだと言い張っていた。

「さっきはなにを書いていたんだ? 東京でまた依頼されたのか?」

「いいえ、とくに発表のあてもなく書いているだけで……」

「そうか」

しばらくふたりとも黙って歩いた。春明がふかしている煙草が細い煙をたなびかせている。小春日和と言ってよい、おだやかな晴天だった。空はどこまでも青く高い。眼を瞑るとやわらかい陽射しが全身に沁みわたって、このまま昇天しそうだ。

「百年後、私やあなたはとっくに死んでいてもこの陽射しは変わらず降り注いでいるのでしょうね」

「百年後か。おそらくおれの小説は残っていないだろうな。百年どころか十年だってあやしいものだ。ときの洗礼に耐えられず忘れ去られる、しょせんおれが書いてきたものはそういうたぐいの小説なんだ」

夫が諦念に支配されていることを知り、冬子の胸はぎゅっと締めつけられる。出会ったころの彼がいまのすがたを見たらどう思うだろう。

「『顛末』はいかがでしょう。残りませんか？」

「あれこそ同時代の人間にしか響かないだろうさ。——だが、どんなにすぐれた小説や詩や音楽であっても、たとえ百年千年と残っても、いつかは人類が滅びて完全に忘れ去られるときが来る。いずれすべて消えるのだからあらゆる人間のいとなみは無意味だ、そう考えたこともあったが、いまは違うと思っている。だれかがなにかを伝えようとしたこと、それを受け取ろうとしたやつがいたこと、それで充分なのだろう。なにも小説に限ったことじゃないが」

「透も……透の人生も充分だと言えるのでしょうか？　あの子の命がなにを伝えようとしていたのか、私にはわかりません。わからないから受け取れません」

「わからないなら考え続ければいいさ」

さらに川に沿って歩いていると、醬油とみりんを煮詰めた香ばしいにおいが風に乗って鼻に届いた。その香りの正体を悟って足がすくむ。春明もはっとした表情で立ち尽くした。

「……鰻屋だ」

「遠くまで来ましたからもう帰りましょう」

引き返そうとする冬子の袖を春明が摑んだ。

「そういえば昼飯がまだだったな。食っていくか」

「ご冗談でしょう？」信じられない思いで夫の顔を見る。

「死んだ子の肉を食らうようなものか？」

「なんてひどいことを――」冬子は愕然として眼を逸らした。

春明はにおいを辿って大股でずんずん進んでいく。冬子も諦めてしたがった。じきに「うなぎ」と書かれた暖簾《のれん》が見えてくる。暖簾をくぐって店に入り、二階の座敷に通された。

「私はいただきません」

「そうか。じゃあ一人前だけにしよう」

女の店員が上がってきたので、春明は鰻丼とビールを注文した。

「一人前ですまないね」と当てこすりのように店員に謝り、それから冬子に向かって「あなたも吞むか？」と訊く。

「いいえ」横を向いたまま答えた。

店員が「ごゆるりとお過ごしくださいませ」と言って障子を閉めて出ていくと、冬子は外側の障子を開けて、とくに面白い景色ではない窓の外を眺める。春明は煙草に火をつけて眼鏡を外し、ごろりと横になった。店員がビールと香の物を持って上がってくる。

春明はビールをまずそうな顔で一気に呑んだ。

鰻が出てくるまでの長い時間を険悪な空気のまま押し黙って過ごした。腹立たしい気分は変わらないが、階下から流れてくるにおいもあいまって冬子はだんだんと空腹を感じてくる。

春明が眼を瞑って眠りかけたころ、ようやく鰻丼が運ばれてきた。起き上がって胡座をかき、鰻と米をかき込む夫を横目でちらりと見る。腹の虫がぐうと鳴った。

「あなたもひとくち食べるか?」

「いいえ」

「でも腹が減っただろう。もう五時過ぎだ」

「いりません」

「強情を張ってもいいことはないぞ」

「……では、ひとくちだけ」

しぶしぶ、といった表情をつくって箸とどんぶりを受け取り、ひとくちぶんを取って口に運んだ。甘辛いたれが舌を包み、脳天を痺れさせる。こんがり焦げた皮は香ばしく、ふっくらとした身は噛みしめるとほろりととろけた。かために炊いたご飯ともよく調和している。

「……おいしい」思わず声が出た。

ひとくちのつもりが三、四くち食べてどんぶりを夫に戻す。口内の余韻に浸りながら嘆息した。

「あんなことがあったのにおいしく感じるなんて。人間はなんて卑しいんでしょう。いえ、人間全体に罪をかぶせるのは筋が違いますね。私が卑しいだけで」

返事はなかった。ふと正面の夫を見ると箸を止めてうつむいている。その両の眼からは大粒の涙がぼろぼろと流れ落ちていた。

冬子は夫の顔に手を伸ばし、口もとについた米粒を取った。

「冬子……」

春明は上目遣いで冬子を見てくちびるを震わせた。

夫の涙が冬子の指にも落ちる。そのぬるい温度に触れたとたん、透に対して抱いていたような、庇護しなければという感情がこみ上げる。かつては自分よりずっと大人の、見上げる存在だったのに。

――このままでは終わらせません。もう少し待っていてください。

冬子は言葉には出さずに眼差しに決意を込めて夫を見つめた。

勢いにまかせて書き上げられるはずだった小説は、途中で停滞して思うように進まなくなり、手こずっていた。ようやく調子が出てきたと思っても三度の食事の準備に中断されたり、急な雨で洗濯ものを取り込んでいると掴みかけた答えが遠ざかったり、勝手口にやってきた酒屋の御用聞きの相手をしているうちに頭のなかにあった文章が消えてしまったり、夫婦ふたりの静かな生活であっても邪魔は多かった。やはりおっくうがらずに女中を雇っておけばよかったと反省する。

三行書いて四行を棒線で塗り潰すような進み具合だった。それでも投げ出さずに書き続けていれば、必ず最後の一文に辿り着く瞬間がやってくる。冬子は句点を打って筆を置いた。書けた、と呟く。手を後ろについて上体を反らし、長い息を吐いた。

ひと晩寝かせてから読み返して手直しすると、庭で植木の手入れをしている春明のもとへ向かった。春明は咲きはじめた桃色の寒椿の花を眺め、葉を裏返して虫の卵がついていないか確認している。

「寒椿もほかの椿と同じように首ごと落ちるんですか？」

「いや、こいつはどちらかというと山茶花に近いから、一枚ずつ散っていく」

「よかった、不吉じゃなくて」冬子は手に持っていた原稿用紙の束を差し出した。「これを」

「……なんだ？」

「これを代作として使ってください」

「代作？　どうしたんだ、藪《やぶ》から棒に。もう代作は使わないと宣言したのだが……。そもそもいまは代作が必要なほどの依頼はないぞ」

「とりあえず読んでいただけますか。ご説明はそのあとに」

ほとんど押しつけるようにして原稿用紙を渡した。

夕食後、今夜は冷え込みそうだからと久しぶりに箪笥から綿入れ半纏を出したところ、虫に食われたのか穴が空いていた。茶の間でちゃぶ台を広げて繕っていると、春明が入ってきた。

「冬子、ちょっといいか」

「少し待ってください。いま玉留めをするところなので」

布地に押さえつけた針に二回糸を巻きつけ、きゅっと針を引き抜く。糸切り鋏《ばさみ》で糸を切って振り向いた。夫は首を傾け、苦笑に近い困惑の表情を浮かべている。手には例の原稿用紙の束を持っていた。

「読んではみたが……これは代作として使えないぞ。発禁はまぬがれないだろう」

「それが狙いです」冬子は自分の声が凛《りん》と張っていることに気付いた。こんな声を出すのはいつ以来だろう。

「狙い？　発禁が？」

「ええ、そうです。九鬼春明は都落ちして枯れ果てたと思っている東京の文壇に、脂ぎっているところを見せてひと泡吹かせてやりましょう」

春明が少し前まで地方新聞に連載していたのは、背任の疑惑をかけられて職を辞し郷里に引っ込んだ初老の官吏の話で、脂っ気や白粉のにおいとは無縁の作風だった。考え込んでいる夫に向かって、冬子はさらに言葉を続ける。

「前回発禁処分を受けたときは、多くの作家や評論家が当局を非難する声明を出してくれました。衆目を集め、九鬼春明の名を思い出させるにはこの方法しかありません」

「しかし出版社に迷惑をかけるのは――」

「迷惑？　迷惑ならさんざんかけてきたではありませんか。締切に遅れて何度も無駄足を踏ませ、雲隠れしてさがす手間をかけさせ、原稿料を前借りし、程度の低い代作を押しつけ、代作疑惑で振りまわして。いまさら気遣ったところでそれらの過去が帳消しになるわけではありません」

「……耳が痛いな」

冬子は障子を開けて縁側に出た。沓脱ぎ石にある下駄を履いて灯籠が照らしている庭に下り、夫が丹精している寒椿を眺める。とくにきれいに咲いている花に手を伸ばすと、首のところでぷつりと手折った。あ、と冬子の行動を見守っていた春明が声を洩らす。

茶の間に戻り、生え際が少し薄くなった夫の髪に、桃色の花弁が幾重にも重なっている愛らしい花を挿した。

「もうひと花咲かせましょう」

しばらくふたりのあいだに沈黙が落ちる。

「……わかった。あなたには負けたよ」

春明は口角を引きつらせるように笑い、首を左右に振りながら言った。そのあとでふと真顔になり、髪から花を取ると、近眼の眼鏡ごしの眼でさぐるように妻を見る。

「ところでこれはどこまで事実なんだ？」

冬子はふふふと口を手で覆って笑った。

「ご想像におまかせいたします」

まだなにか訊きたそうな顔の夫に背を向けて、繕ったばかりの綿入れ半纏を羽織り、針や糸を片付ける。

『牝鹿《めじか》と霊獣』と題したその小説は、先日の東京でのできごとをもとに大幅な脚色を加えてこしらえた。紅丸の「心中」はただの戯れだったが、子を亡くした中年の女と天真爛漫で野放図な少年めいた若い娘、ふたりの女同士の姦通と心中の物語に仕立てた。近ごろは恋仲の男女のなんてことのない場面を描いても発禁処分が下されることがあるので、同性同士の濃密な情愛を描いた小説は見逃されはしないだろう。

十八から小説を発表してきていままでいちばん巧く書けた、そう自負している。でも決してこれが頂点ではない。私はもっと書ける、もっと上達できる。冬子は強い確信を抱いていた。

初雪が降った日、一夜にして雪化粧した庭を縁側から見ていると、丸髷をなにかでぽんと軽く叩かれた。振り返ると雑誌を手に持った春明が立っている。

「掲載誌だ」

渡されたのは『顛末』や『終編錦繍羅刹』を刊行した出版社の雑誌だった。東京時代、春明が最も懇意にしていた出版社だ。

「あら、思ったよりも早く掲載されたんですね」

「ちょうど穴が空いたところだったらしい」

目次を開いて冬子は眼を見はった。

「これは――」

『牝鹿と霊獣』という題名の下にあるのは、九鬼春明の名ではなかった。九鬼冬子ですらなかった。――宮島冬子。確かにそう印刷されていた。

「あなたの名前で発表してくださいと言ったはずです。話が違います」

詰め寄る声は動揺で震えていた。これではなんのために書いたのか。

「騙し討ちになったのは謝る。だがもう代作は使わないと自分にも文壇にも読者にも誓った以上、あなたの話に乗ることはできなかった」

「謝って済むことでは……。これを偶然知り合いが読んだらどう思うか……父や母の耳に入ったら……あなたの名前で発表するから書けたことなのに……」

読まれたくないひとの顔がつぎつぎに浮かんだ。これまで九鬼春明か九鬼冬子という名でたびたび雑誌に小説を発表してきたが、本名で掲載されるのは思えばはじめてだ。

春明は狼狽している冬子を呆れた顔で見た。

「その程度の覚悟で書いていたのか？　違うだろう。おれという傘に隠れていないと書けない卑怯な女じゃないはずだ。傘を畳んでずぶ濡れになる覚悟はできているんじゃないか？」

覚悟を侮られたようで一瞬怒りがこみ上げたが、同時に鋭い刃で貫かれた衝撃があった。春明の言うとおり、私は彼の名に守られ、傘に隠れていた。それが自分の作品を活かす道だと信じてきた。だがそこに、逃げや甘えはなかっただろうか。勝負を畏れる気持ちはなかっただろうか。

それに、疎遠になった出版社に妻の小説を載せてくれと頼み込むようすを想像すると、責めるのは気が引けた。恥も誇りもかなぐり捨てなければそんな芸当はできないだろう。

「せめて九鬼冬子の名にしてくだされば――」

「実際のところ、九鬼という名はあなたにゆずりたいぐらいだがね。おれには荷が重すぎる名前だったよ。胸に九匹の鬼を飼っているのはあなたのほうだ」

九鬼春明と名乗ることを決めたと話してくれた若き日を思い出し、一瞬胸が詰まった。

あの無邪気な野心の終着駅がここなのか。

「それはあなたの大事な名前です。ゆずるなんて、粗末に扱わないでください」

「本名が厭ならつぎの機会に自分で名前を考えたらいいさ」

――つぎの機会。春明自身は書く情熱を失いつつあるのに、冬子にはまだつぎの機会があると信じているのか。冬子の情熱は絶えないと。

「……出版社のかたは発禁のことはなんと？　どうやって説得したのですか」

「最初はこれは載せられませんと突っぱねられたが、『顛末』と『終編錦繍羅刹』の版権を引き上げると言ったら態度が変わったよ。おれの作品にもどうやらまだ価値があるらしい。まあ、『終編錦繍羅刹』は先生の功績に乗っかっているだけだし、当局に迎合するつもりかと挑発したのが効いたのかもしれないが」

春明は乾いた声で笑って、庭に下りていった。


案の定、雑誌は発禁処分を受けた。その数日後に平澤あとりから手紙が届いた。『牝鹿と霊獣』を激賞し、書いた勇気を称える熱い言葉が、躍動感のある筆跡で書き連ねられていた。先日光耀社を訪ねてくれたときは留守で失礼したこと、懲りずにまた東京へ出てきてほしい、ぜひ会いたいという旨も添えられていた。

それから数週間遅れて、黒瀬紅丸からも手紙が来た。勝手に小説の題材にされて最初に読んだときは腹が立ったけど、いまは誇らしく思っていること、奥さんがその気なら相手をしてやってもかまわないと冗談なのか本気なのかわからないことが書いてあった。

地元の知人や親類から小説のことで連絡を受けることはなかった。いっそ読まれてひと悶着あったほうが開き直って気が楽になれたのに、と勝手なことを思う。知り合いの紹介でようやく女中を雇ったこともあり、発表のあてのない原稿に向かう時間が増えた。いままでは空いた時間をやりくりして執筆してきたので短いものしか書いたことがなかったが、長編を書いてみたいと考えている。過去に書いてきたような身のまわりに材を取った小説ではなく、いちから自分で創造した物語か、あるいは反対に実際に生きたひとの人生を描いた伝記要素のある小説か。ぽこぽこと湧く泉のように、自分の奥から外に出ようとしているものを絶え間なく感じている。

それらを書き上げるために、自分にはあとどれくらいの時間が残されているだろう。中央から離れた場所にいることが歯がゆくてたまらない。

いっぽう春明は最近、不仲の義父に頭を下げて事業を引き継ごうとしていた。父も当初は訝しがっていたが次第に態度を軟化させ、ときには酒を呑み交わすこともあるようだ。

年が明けて、門松も注連《しめ》飾りも祝い膳もない喪中の正月が過ぎた。屠蘇もないが春明は変わらず毎日呑んでいた。冬が最も厳しい顔を見せるころ、冬子は東京行きを決めた。

着物などを詰めた柳行李に洋傘をくくりつけて旅支度をしていると、春明がようすを窺いにやってくる。

「行くのか」

「……はい」

冬子は荷造りの手を止めて夫の顔を見上げて返事をした。

「二、三日で戻ってきますから」

そう言った自分の声はいかにも空々しかった。春明も嘘のにおいを感じたのか眉間を険しくする。

荷物は数日ぶんだし、あとりや紅丸に会いに行くという用件ではある。しかし、それだけでは終わらないだろうと冬子は思っていた。東京に行ったらもう二度とこの家でともに暮らすことはない。お互い、そんな予感に包まれているのが手に取るようにわかった。なにかが決定的に終わり、新しい幕がはじまったことをふたりとも理解していた。

この時期の東京は底冷えするから、やっぱりもっと防寒具を持っていこうと洋傘を外して柳行李を開けていると、背後から抱きしめられた。胸が詰まる。息が耳をくすぐった。

「行かないでくれ」

黒蜜のようなものが、とろりと冬子の体内にあふれた。これほど甘美な言葉をいままでかけられたことがあっただろうか。

「ずっとおれのそばにいてくれ。独りにしないでくれ。おれにはあなたが必要なんだ」

声は涙で湿っていた。ずっと追いかけていたひとがいま、私の後ろで泣いている。ぞくぞくとした感覚が背すじに走った。勝った、と思った。とうとう夫に乞われ、追い縋《すが》られる日がきた。――いや、勝負するようなものではないとすぐに打ち消す。それでも、自分はどこかでこの瞬間をずっと待っていたのかもしれないと思った。

でも、もうここに留まることはできない。見たい景色はここにはない。喜びも苦しみも分けあったかけがえのないひとを置いて、黒く輝く石炭のような記憶を動力に変えて、私は進んでいく。

春明の頭が押し当てられている肩胛骨《けんこうこつ》のあたりに、見えない一対の翼が生えているのを感じていた。なにものにも汚されない、決して羽ばたきをやめない、白く輝く翼だ。いま、翼は大きく広げられ、飛び立とうとしている。

半身を引き剝がすような痛みを感じながら、冬子は一回強く春明を抱きしめ、そのぬくもりとかたい肉づきを記憶に刻み、「行ってまいります」と耳もとで囁いた。春明は涙に濡れて揺れる瞳で冬子をしばらく見つめていたが、吐息をひとつ吐いてうつむいた。彼の手をほどいて立ち上がり、風を読む鳥のように顔を上げる。

終章　冬羽

正面で眠っていた山高帽をかぶった紳士が目覚め、大きく伸びをして窓の外を見た。そろそろ陽が暮れようとしている。

「……もう浜松か。鉄道もずいぶん早くなりましたな」

男は出発時からずっと向かいの席に座っていた。冬子は頷いて口を開く。

「ええ、起点も新橋停車場から東京停車場になって様変わりいたしました」

「しかし東京停車場は駅舎こそ立派で圧倒されるが、周囲の殺風景はなんとかならないものですかね。むかしむかし武家屋敷が建ち並んでいた江戸情緒はどこへやら、銀行が占拠していて味気ないったらありゃしない。一丁倫敦《ロンドン》だかなんだか知らないが、あれが東京の正面顔だと思うと目眩がする。まあ、江戸どころか明治も日々遠ざかっていくのに、こんなことを言ってもしかたがありませんが」

「ほんとうに、日々変わっていきます」

大正という元号にすっかり馴染んだ近ごろでは、明治と聞くと古い毛布に包まれるような懐かしさを感じる。

「奥さんはどちらまで？」

「豊橋です」

「ではあと少しですね。私は神戸で一泊して九州まで行くからまだまだかかる」

郷里に帰るのは透の七回忌以来だった。去年の命日は慌ただしくて帰れなかった。

天井の電灯が瞬いて点灯した。以前は駅で掛員が客車の屋根に乗って火のついた洋燈《ランプ》を差し込んでいたことを思い出す。冬子は窓から頭を少し出して外の空気を吸った。前髪を横分けにした女優髷がふわふわと揺れるのを、手で押さえる。

豊橋に到着し、「長い旅路、お気をつけて」と向かいの紳士に声をかけて列車を降りた。停車場の前で客待ちしていた人力車を拾ってまっすぐ生家に向かう。

「あら、お嬢さんが帰っていらっしゃった！」

門をくぐると、手伝いに来ているのであろう近所のひとが冬子に気付いて声を上げた。

こんな年齢になってもお嬢さんと呼ばれることにくすぐったさを感じる。

「ずいぶん早く着いたね」と玄関から出てきた五つ紋の黒留袖すがたの母に言われ、

「鉄道も早くなりましたから」とさきほどの紳士との会話と同じようなことを返した。

「まずは仏さまにご挨拶を」

そう促されて仏間へ向かう。白い布団に寝かせられ、顔に白布をかけられた父のすがたが視界に入ると涙がこみ上げた。ここ数年は癌を患って闘病していたため覚悟はできていたつもりだが、こうやってもの言わぬすがたとなった父と対面するとかなしみで胸が詰まる。枕もとに正座してそっと白布を外した。その顔は穏やかだが、やはり眠っているときとは違う。袱紗から出した数珠《じゅず》を握って手を合わせ、口のなかで念仏を唱える。

しばらく声に出さずに父にさまざまなことを語りかけてから、母のほうを向いた。

「死に目には会えなくても、せめてもっと頻繁に帰っていれば――」

「先生が頻繁に学校を休むと生徒さんが困るでしょう。お父さんもきっとわかってくださる」

「ひとり娘なのに親不孝で申し訳が立たないわ」

「お通夜まで少し時間があるから一服しなさい。ああ、その前に準備のひとたちに挨拶を」

母に促されて立ち上がったそのとき、よく知っている声が背後から聞こえた。

「冬子。着いたか」

心臓がどくんと鳴る。振り返ると黒紋付羽織袴の春明が立っていた。こころなしか少し痩せた気がする。普段はほとんど思い出すこともないが、こうして対面すると懐かしさと気恥ずかしさが入り混じった感情が湧いた。

法の上では婚姻が続いているが、夫婦としての関係は解消して久しい。父の死により、このたび春明は家督を相続することになった。子どものころから見慣れた家紋が春明の羽織についているのを見ると、いまさらながら不思議な感慨に包まれる。

気を利かせたのか、母が仏間からそっと出ていった。

「……学校のほうはどうだ？」

冬子は以前取得した教員免許を活かし、東京の女学校で国語を教えている。

「いまの女学生を見ていると、私は明治の女だと思い知らされます」

「よく言うよ、そんな派手な銘仙《めいせん》を着ておいて」

「すぐに喪服に着替えますから」

「いや、責めているわけじゃないんだ。よく似合っている」

春明は冬子をまじまじと見て言った。


通夜、通夜振る舞いと滞りなく進み、弔問客や手伝いのひとたちが帰って家には母と春明と冬子と女中だけになった。高齢の母には寝てもらい、春明と冬子のふたりで夜伽《よとぎ》を務めることにする。

しばらくは冬子が学校でのできごとをあれこれ話していたが、じきに話の種は尽きた。

春明は仙台平《せんだいひら》の縞の袴を穿いた脚で胡座を組んで、本を読みはじめる。

「どなたの小説ですか？」

「いや、小説じゃない。庭園に関する本だ」

「そうですか」

午前三時をまわったころ眠気が忍び寄ってきた。盛んに欠伸《あくび》をしていると「おれは眠たくないから寝ていいぞ」と本から顔を上げた春明に言われる。

「いえ、お父さんに呆れられてしまいます」

欠伸で眼のふちに浮かんだ涙を指でぬぐった。短くなった蠟燭《ろうそく》を取り替えようと立ち上がりかけて、足の痺れに悶絶する。

「足が痺れてしまったわ。肩を貸してください」

「ああ」

春明の肩に手をかける。黒羽二重《くろはぶたえ》の五つ紋の羽織ごしに骨の感触が伝わってきた。冬子は少し驚いて手を引っ込める。

「……ずいぶんとお痩せになったんじゃありませんか？」

会った瞬間から痩せたとは思っていたが、この感触だと裸体はどれほど衰えているのだろう。小柄ではあるが若いころからがっしりとした頑丈そうな体躯で、いくら不摂生を重ねてもそれが変わることはなかったのに。

「医者に言われて酒をやめたんだ」

そういえば通夜振る舞いの席でも呑んでいなかった。不思議には思ったが、喪主として酔い潰れてはいけないと自制しているのだろうと納得していた。

「お医者さまに？　どこか悪いのですか？」

「心臓がちょっとな。いや、いますぐ死ぬような病気ではないんだ」

「だいじょうぶなのですか」

「酒をやめて薬を飲んで、それでいまのところ落ち着いている」

気になるが、本人がそれ以上話すつもりはないようなので、根掘り葉掘り訊きたい気持ちをぐっと抑えた。古い蠟燭から新しいものへ火を移し、燭台《しょくだい》に立てる。そのようすを眺めていた春明が口を開いた。

「……こうやって不寝《ねず》の番をしていると、透のときよりも柳後雄先生のときのことを思い出す。病気もお父さんと同じ胃癌だった。あのときはご家族を差し置いて、漣と藤川と三人で夜伽を務めたんだ」

「ええ、そうでしたね」

「先生がご存命だとしたらまだ五十手前か。どんなものを書いたんだろうな。大正の世に先生が書くものは想像がつかないな」

「先生先生って、あなたはいつも柳後雄先生のことばかり」

夫婦だったころは意地を張って言えなかったことも、いまなら冗談めかした軽い口調で言えた。

「尾形柳後雄はおれにとって替えのきかない存在だからしかたがないだろう。だってなにしろ……」

春明は言葉を途中で呑み込み、ごまかすように供えられた白い菊の花弁を引っ張った。

「愛していらっしゃったから、でしょう？」

するりと口をついて出た言葉に冬子は自分で驚く。そうだったのか、と腹の深いところに落ちるものがあった。そのいっぽうでずっと前から知っていた気もする。

春明の動きは止まっていた。

「師に対する敬愛の情だけでなく、同じ男でありながら恋い慕う感情があったのでしょう？」

冬子はさらに言葉を重ねた。春明の指からちぎれた白い花弁がひらひらと落ちて、ゆっくり畳に着地する。

「……気付いていたのか」

春明は長い沈黙のあと、息を吐き出すようにして呟いた。度の強い眼鏡の奥の瞳は伏せられていて、まばらな睫毛が影を落としている。

「たったいま思い当たったんです。ああ、答えがわかったらなにもかも腑に落ちました。

先生と私がいる書斎を覗く眼がなにを考えていたのか、どうして私に結婚しようと言い出したのか。外の女のひとに溺れているはずなのにどこか捨て鉢で演技めいて見えたわけも」

いつか青柳と話したことを思い出す。春明のなかにある決して開かない鎧戸。冬子はその鎧戸をこじ開けて入ろうとしていた。

「嫉妬していたんですね、むりやりとはいえ先生に抱かれる私に。あの眼は私ではなく先生に欲情していた。先生の子を自分の子として育てることで、先生と血が交わったつもりになっていたのですか」

「……なにもそんな打算だけでいっしょになったわけじゃないさ。あなたへの情もあった」

情。愛情よりも情けのほうが大きかったのだろうと冬子は思う。

「いいんです。すべて終わったことですから」

自分に言い聞かせるように断言した。

「なんて題名だったか、透が死んだあとに東京へ行ったことを書いた小説――」

ようやく顔を上げた春明は、思い出そうと宙を見つめる。

「『牝鹿と霊獣』ですね」

「そう、あれを読んだときに、人間としても小説家としてもあなたに完全に負けたと思った」

「あれはあなたの名前を文壇で話題にしてもらいたい一心で、発禁処分を狙って書いただけで……」

「あんなにためらいのない筆で同性同士が情を交わす場面を書けるとは。おれが何度も題材にしようと迷い、諦めてきたものを、いともたやすく乗り越えられてしまった。どうあがいてもおれに勝ち目はない」

それを書けたなら、違う花が咲いたのかもしれない。書くものにつきまとう借りものにおい、見え隠れする偽り。それらは白日のもとに晒せない根が地中にあるがゆえのことだった。だが、小説に魂を売り渡せなかったところに、彼の品のよさがあるのかもしれない、と冬子は考える。

「いまからでも書いてみようとは思いませんか?」

「それこそもう終わったことだ」

春明の手のなかにあるあわれな菊は、いまや蕊だけになろうとしていた。幾重にも重なるふっくらとした花弁に守られていた菊の蕊は、意外なほどちいさい。菊の仲間は雄蕊と雌蕊の成熟の時期が異なるため、自分に与えられた雄蕊では受粉できず、よその花の花粉を受け入れると聞いたことがある。

「そういやひとづてに聞いたぞ。あなたが違う名前で小説を発表しているという話を。

九鬼冬子でも宮島冬子でもない名で」

今度は冬子の眉間に皺が寄った。

「読みましたか？　私が書いたという噂の小説を」

「いや。いまのおれは小説はめったに読まないから」

その言葉を聞いて、古傷が疼くように冬子の胸は痛んだ。

「たったひとりで暗い隧道《ずいどう》を手さぐりで進むように小説を書いていると、ふたりがかりで九鬼春明という作家の虚像をつくり上げていた時代のことを懐かしく思い出します」

騒々しい東京の家で、虚と実の入り交じった小説を交互に書いて発表していたころ。

「九鬼春明か。その名を聞くのも久しぶりだな」

「あなたは——もう野尻権兵衛に戻ったのでしょうか」

「……そうだな。相変わらず好きな名前ではないが。それに野尻ではなく宮島だ」

春明は菊の残骸を花瓶に戻し、袴の膝に散った花びらを手で払い落とした。

「九鬼春明という作家は、あなただけでなく私の作品でもありました。男に生まれていたらこうなりたかったという私の夢も託していたのです」

「なりたかった？　あんなどうしようもない男に？」

春明は怪訝そうに首を傾げて冬子を見る。

「ええ。どんな乱れた生活を送っていても、不道徳なものを書いても、しょうがないやつだと受け入れられる男のひとが羨ましかったのでしょう。代作を書いていたときだってそうです。ひとたびあなたという仮面をかぶれば、どんな批判の言葉も怖くなくなった。いまではそんな自分を未熟だったと考えています」

春明は冬子に向かって手を伸ばしかけて、自分の膝に戻した。繊細な少年のように揺れる眼差しは、いとおしさらしきものを滲ませてかつての妻を見つめている。

「おれはあなたになりたかった。先生の作品に身を捧げて子を産んで——。弟子としてまっすぐに先生を慕う気持ちとよこしまな欲望、そのふたつの感情に振りまわされて、先生の死後もそれが消えることはなくて、自分の振る舞いがどれだけあなたを傷つけ苦しめているのかも考えられなかった」

「よこしまだなんておっしゃらないでください。あなたのとても大切な愛だったのでしょう？　私にとって先生は決して赦《ゆる》せない部分のあるひとですけど」

冬子は春明の羽織の袖についている白い花びらを取った。

「私たち、お互いにないものねだりをしていたんですね」

「……ああ」

冬子はすっかり存在を忘れていた寝棺《ねかん》に視線を向けて苦笑した。

「父親の棺の前で話すことではありませんね」

「まったくだ」

春明はようやく表情をやわらげて笑った。目尻に若いころはなかった皺がくしゃっと深く刻まれて、冬子はそれを好ましいと思った。

「いまわの際の先生が漣に言ったことを憶えているか? ゆくゆくはお前の名声が師のおれの名前を後生に伝えてくれるだろう、と」

「はい、憶えています」

「あれを聞いたときは激しく嫉妬したが、いまはほとんどなにも感じないな。漣に託すのはもっともだし、そもそも先生の作品は弟子がいなくてもずっとさきまで残るだろう」

「ええ、先生の小説は永遠の命を持っていると思います」

「先生とは違っておれは作品も名前も残らなくていい、風化して忘れ去られていいと少し前までは考えていたが——」いったん言葉を切り、冬子を見る。「おれの名前はあなたの名声で伝えてくれ。あなたの夫として残してくれ」

「私の夫として、あなたの名を後世に……?」

「ああ、そうだ」

大きく頷く彼の瞳は澄んだ色をたたえていた。もうどれだけ見つめても、鬼の濁りは見当たらない。

「そんな、私なんてまだほとんど存在を知られていないのに」

冬子はうろたえて口もとを手で隠した。

「おれの妻だったひとだろう。並大抵の女じゃない。どうだ、約束してくれるか」

冬子はしばらくうつむいて黙り込んだあと、きっと顔を上げて口を開く。

「……はい」

「言ったな。確かに聞いたぞ」

東の空が白んできたのが障子ごしにわかった。もうじき夜伽の時間も終わる。

冬子は託されたものの重みを感じていた。それは石のようにつめたく持ち重りのするものではなく、あたたかで脈動するちいさな獣だ。もう鬼ではない、慈しみ育てるべき生命だった。

九時過ぎ、父は親族や近所の住民、生前世話をしたり世話になったりしたひとたちに担がれて出棺した。位牌を捧げた喪主の春明が先頭に立ち、冬子と母がそのあとに続く。五月晴れの日、空から陽光が降り注ぎ、風はさらりと心地よい。歩いているとうっすら汗ばむが、不快な汗ではなかった。葬列は菩提寺へ到着し、読経がはじまる。

すべてが終わったときは午後をまわっていた。家に帰り、疲れが一気に出た母の着替えを手伝って布団に寝かせ、五つ紋を脱いで東京から着てきた銘仙に着替える。お茶を淹れてひと息ついていると、「うちに寄っていくだろう?」と春明に当然のことのように声をかけられた。東京へ戻る東海道線の時間が気になったが、向こうの家の仏壇にも手を合わせたかったので寄ることにする。

人力車を呼び、二台に分かれて乗った。きらきらと輝く川面を遠目に見ながら揺られていると、短いあいだしか住まなかった家が見えてくる。透を亡くして暗闇にずぶずぶと引きずり込まれていくような日々、春明とふたり、衝突と傷の舐めあいを繰り返していた家だ。

人力車を降り、春明のあとに続いて家に入る。なんて言うべきか一瞬迷って「お邪魔いたします」と告げた。久しぶりに入る住まいは馴染みのないよその家のにおいがする。板張りの廊下はすみずみまで磨かれて埃ひとつ見あたらず、整った暮らしぶりが垣間見えてほっとした。まっすぐ仏間に向かい、透の位牌がある仏壇に手を合わせた。

眼を開けて顔を上げ、供えられているみずみずしい花を眺める。白い八重咲きの大輪の芍薬《しゃくやく》は水揚げしてさほど時間が経っていないだろう。

「ほら、こっちへ」

春明に手招きされて立ち上がった。茶の間に入ると春明がしゃっと障子を引く。突然あらわれた新緑のあまりの鮮やかさに眼が眩《くら》んだ。

眼が慣れると縁側のさきに広がっている庭の細部が見えてくる。手前に広がる刈られたばかりのやわらかそうな芝生、白い花を雪のように地面にこぼしている躑躅《つつじ》、あるがままの石のかたちを活かした手水鉢。薄紅の花をめいっぱい咲かせた枝をしならせている石楠花《しゃくなげ》、奥へといざなうように配置された飛石、絶妙な均衡で立っている枝ぶりの見事な松。日陰で息をひそめている隈笹《くまざさ》、団扇のような蓮の葉が浮かぶ池、そこにかかるちいさく愛らしい朱塗りの橋、背後に広がる青々と茂った山々――。

午後の陽射しが景色にひかりと陰影を与えて、一枚の絵画のようだった。

「……これがあなたの作品なんですね」

冬子は熱く震える息を吐きながら呟いた。

「そうだ。素晴らしいだろう」

「ええ。ほんとうに」

目蓋がじんわりと熱くなって緑が滲む。箱庭のように緻密に計算され、丹精された庭は、かつての九鬼春明の細やかに技巧を凝らした文章を彷彿とさせた。尾形柳後雄ゆずりの美文と賞賛された文章だ。いちどは得たがあとかたもなく消えてしまった栄光、手の届かなかった野望、捨てたはずなのにときおりきらりと瞬いて胸を騒がせる残滓《ざんし》――。

そういったものがうつくしい夢となって庭園に眠っていた。

「……そろそろおいとまします」

冬子は春明に見えないようにさっと涙をぬぐうとそう告げた。

「今日帰るのか? いまから急いで汽車に乗ったところで、東京に着くのは夜更けになるだろう」

「明日も学校がありますし、小説の締切も迫っていますので」

「そうか」

停車場まで送ろうと言う春明の申し出を断る。呼んでもらった人力車が来たので、草履に足を入れて玄関を出た。

「つぎは透の命日に——いえ、その前にお父さんの法要がありますね」

「ああ、そうだな」

「どうかおからだにお気をつけて」

人力車に乗り込み、かつての夫に向かって頭を下げる。

「あなたも、どうかいつまでも元気で」

春明が言う。ただの社交辞令ではない心底からの願いを感じて、冬子の胸は詰まった。

車夫が駆け出した。後ろに見える春明のすがたはみるみるちいさくなる。家から離れるにつれ、鮮烈な印象を受けたはずの庭の光景は記憶から薄れていった。

道のかたわらをおだやかに流れる川面に、いつかの日の自分たちのすがたを見た。早稲田の戸塚の家でちゃぶ台に向きあい、鬼気迫る勢いで原稿用紙に筆を走らせている。ある年の大晦日の晩、どちらが早く十枚の短編を書き上げられるか競争をしたのだ。一週間の薪割り当番を賭けて。弟子たちが実家に戻り、暇をもてあました春明の発案だった。

お題は確か「夜」で、冬子は女の幽霊の話、春明は夜盗の話を書いたはずだ。僅差で冬子が勝ち、春明は「早さよりも出来が肝心だろう」と負け惜しみを言いつつ、それから一週間は慣れない早起きをして薪を割っていた。かこんかこん、正月の早朝の空に響く乾いた小気味よい音を、耳はまだ憶えている。

思えば、互いの原稿用紙の枡目の埋まり具合を盗み見ながら筆を走らせたあの瞬間こそ、幸福の絶頂ではなかったか。

眼を閉じると、その情景もまた遠ざかる。つぎに書く予定の小説の構想で冬子の頭は満たされていく。

参考文献

「日本文壇史」伊藤整　講談社文芸文庫
「失われた近代を求めて」橋本治　朝日新聞出版
「〔新編〕日本女性文学全集3」岩淵宏子・長谷川啓監修　吉川豊子編集　菁柿堂
「明治文学全集65　小杉天外　小栗風葉　後藤宙外集」筑摩書房
「明治文学論集1　―硯友社・一葉の時代―」岡保生　新典社
「小栗風葉資料集」陸井清三編著
「評伝　小栗風葉」岡保生　桜楓社
「誄歌」野口冨士男　河出書房新社
「紅葉全集　第六巻」尾崎紅葉　岩波書店
「中央公論　明治四十二年一月号」中央公論社
「中央公論　明治四十二年二月号」中央公論社
「青鞜　三巻九号」青鞜社
「『青鞜』人物事典　110人の群像」らいてう研究会編　大修館書店
「『青鞜』の冒険　女が集まって雑誌をつくるということ」森まゆみ　集英社文庫
「明治・大正・昭和の化粧文化　時代背景と化粧・美容の変遷」ポーラ文化研究所
「絵で見る明治の東京」穂積和夫　草思社文庫

解説

斎藤美奈子（文芸評論家）

小説家を志す人が世に出ようと思ったらどうするか。

現在では公募の新人文学賞に応募するのがもっとも一般的な方法です。実際、今日現役で活躍している小説家は、純文学系ないしエンターテイメント系の新人賞を受賞してデビューした人がほとんどといっていいでしょう。

本作の作者・蛭田亜紗子も、二〇〇八年、『自縄自縛の私』（受賞作『自縄自縛の二乗』を改題）で新潮社が主催する「女による女のためのR－18文学賞」大賞を受賞して作家デビューしました。

新人文学賞は作品だけで勝負する、シビアな半面フェアな世界です。年齢も性別も経歴も不問（R－18文学賞は女性限定の賞なので少し事情は異なりますが）。多彩な作家が登場し、活躍する土壌はこのような新人発掘制度によるものです。

しかし、かつてはそうではなかった。公募の新人賞で文芸の民主化が図られたのは戦後の話で（もっとも早く作られた文學界新人賞でも一九五五年の創設です）、それ以前は発表の場を確保するために仲間を集めて自分たちで同人誌を立ち上げるか、伝統芸能などと同様、高名な作家に弟子入りするか、しか道はなかった。その上、他のジャンルと同様、文芸の世界でも女性への門戸は閉ざされていた。

『共謀小説家』は右を向いても左を向いても四面楚歌のそんな時代に、夢を諦めず、自らの手で道を切り開いた、ひとりの女性の物語です。

時は日清戦争後の明治三〇年代。主人公の宮島冬子は愛知県豊橋市の生まれ。小説家を志し、親を説得して十七歳で上京、著名な作家・尾形柳後雄の家の女中になります。女の弟子は取っていないという柳後雄の方針によるものでしたが、尾形家には三人の内弟子がいて、みな執筆に励んでいます。冬子も雑用をしながら作品を書いてはいましたが、師に見てもらうまでには至っていません。

そこに魔の手が伸びてきた。ある日、冬子は柳後雄の書斎に呼ばれます。

〈弟子には頼めない、お前にしかできないことだ〉

師が要求してきたのは性的な奉仕でした。冬子の立場では拒否するにも限界があった。やがて師の要求はエスカレートし、冬子は妊娠してしまいます。

冬子の窮地を救ったのは内弟子のひとりで、同じ愛知県出身の九鬼春明でした。〈おれと結婚して、腹の子はおれの子として育てればいい。同郷のよしみで親もうまく丸め

込めるだろう〉。しかも彼は思わぬ言葉を口にした。〈おれにだって打算はある。あなたとおれで共謀しないか〉

序盤（「第一章　春泥」）にして、すでに怒濤の展開です。

初読の際、ミーハー的な気分も含めて、私はちょっと興奮しました。虚々実々とはこういうことをいうのだ、と。というのも賢明な読者はお気づきでしょう、この作品の登場人物には実在のモデルが存在するのです。

尾形柳後雄のモデルは尾崎紅葉、九鬼春明のモデルは紅葉の弟子だった小栗風葉。そして冬子のモデルは実際にも風葉と結婚した加藤籌子です。

尾崎紅葉は当時の文壇を席巻する大人気作家でした。山田美妙らと結成した文学グループ「硯友社」を率い、彼を慕う何人もの内弟子がいました。柳後雄の後継者として後に頭角をあらわす漣は泉鏡花、後に家庭小説の書き手となる藤川は柳川春葉、やがて文壇に新風を巻き起こす田村叢生は田山花袋がモデルと考えられます。冬子がひそかに嫉妬した桶谷和葉のモデルは、むろん樋口一葉でしょう。

とはいえ本書の魅力は、モデルが存在することではなく、史実を大胆不敵にアレンジし、オリジナルの小説に仕立て上げてしまったことです。本書で描かれた出来事のほとんどはフィクションと見るべきでしょう（ただし、当時の文壇事情を想像すると、こういうことがあってもおかしくないとは思わせます）。ですが、そんな舞台裏を知らなくても読者を引き込まずにはおかない要素が本書には溢れています。

注目ポイントその一は、やはり主人公・冬子の生き方です。

冬子に対する柳後雄の行為は控えめにいってもサイテーです。女の弟子は取らないといいながら、なんでしょう、この度し難いセクハラは（今日の法律に照らせば、不同意わいせつ罪、ないし不同意性交等罪に問われても仕方のない性犯罪です）。まして彼女はこの行為で妊娠してしまうのですから、サイテーの二乗です。

しかし冬子も、やられっぱなしではなかった。〈お前の肉体を捧げてくれ〉と迫ってきた師に対し〈条件がございます〉と冬子は返します。〈私の書いた小説を添削して、編輯者のかたに渡していただきたいのです〉〈約束してくださるなら、私のからだはお好きにしてくださってかまいません〉

柳後雄が圧倒的に強い立場にある以上、だからといって彼の行為が正当化されるわけではなく、これをもって冬子の同意があったともいえません。しかし「どんなことをしてでも小説家として世に出るのだ」という冬子の強い意思が、ここでは炸裂しています。ずっと師の言いなりだった冬子の渾身の反撃。ともあれこの時の「取り引き」によって、彼女の原稿がはじめて日の目を見たのも事実なのです。

注目ポイントその二は、冬子と春明との関係です。

この二人は今日風にいえば「仮面夫婦」です。小説の中盤（「第二章　夏雷」）において二人は東京の牛込納戸町で所帯を持ちますが、結婚生活は初手から破綻しているも同然でした。実家で息子の透を出産して冬子が戻ってみると、家には冬子の知らない女中や弟子がいた。冬子に対する春明の気持ちが恋愛感情でないのは最初からわかっていたことでした。ですが冬子には春明の真意がつかめません。

やがて柳後雄が死去。敬愛する師を失った春明は生きる気力も書く気力も失い、弟子の青柳や華本に代作をさせるようになりますが、不出来な作品が春明の名で出るのを見かねた冬子は申し出た。〈私にも書かせてください。代作を〉〈結婚するとき、あなたは言いましたね。共謀しないかと。させてください〉

このへんから小説はがぜんおもしろくなります。家族らしさは希薄で性的な関係もない冬子と春明はたしかに世間的に見れば仮面夫婦です。しかし、とりわけ小説に関しては二人とも本気だった。ことに、かつて師に「九鬼冬子」の名前で作品を発表されて悔しい思いをした冬子が夫に代作をさせろと迫るくだりは圧巻です。

〈肉の繋がりのない夫婦だけど、小説を介して魂は繋がれる。世間の考える正しい夫婦のありかたとはかけ離れているかもしれない。それでも、自分たちがうまくやるにはこの道が最良に違いない〉。この時点で彼女は夫の共犯者として生きる覚悟を決めたのではなかったでしょうか。と同時に、春明もまた冬子の実力を認め、柳後雄の絶筆となった『錦繡羅刹』を完成させるための協力を妻に要請します。まるでこのような共謀の代償のように、後日、二人は愛する息子を失うことになるのですが……。

本書で描かれた物語内容のほとんどはフィクションだと申しましたが、史実に基づいている部分ももちろんあります。九鬼春明のモデルになった小栗風葉が作家志望の女性（加藤籌子）と結婚して豊橋の素封家の婿になったのは事実です。さらにもうひとつ見逃せないのが、この時代の文学の潮流です。

尾崎紅葉が代表作『金色夜叉』（『錦繡羅刹』のモデル）を完成させることなく死去したのは一九〇三年、小栗風葉の代表作『青春』（『顚末』のモデル）が発表されたのは一九〇五～〇六年でした。二作は好評をもって迎えられましたが、絢爛豪華な文体もケレン味のある物語内容も、すでに前時代のものになりかけていた。自身の体験を赤裸々に綴った田山花袋『蒲団』（『衿』のモデル）が出版されたのは一九〇七年。この頃から文学の主流は自然主義（私小説）に移り、風葉は試行錯誤を繰り返すも時代に取り残されていきます。彼の名声が落ちたのは、弟子の真山青果（青柳）や岡本霊華（華本）に代作をさせていたからだともいわれています。

『共謀小説家』はつまり、当時の文壇事情を踏まえた上で、時代に乗り遅れた作家とその妻の姿を描いている。だからこそのリアリティ、なんですね。

しかし話はここで終わらなかった。小説は現実を超えて大きく前に踏み出します。

これが本書の注目ポイントその三です。

物語の終盤（「三章　秋波」）は、冬子の自立編といってもいいでしょう。夫との共犯関係に半ば充足していた冬子が一歩前に出るキッカケをつくったのは女性だけの文芸誌「光耀」（モデルはもちろん「青鞜」）でした。

透の死という試練を越えて、やっと書き上げた原稿を彼女が東京の光耀社に届けに行くくだりは、胸が熱くなるものがあります。ここで冬子が出会った黒瀬紅丸は作中でほとんど唯一の重要な女性の登場人物ですが、この出会いが冬子の運命を決定づけた。紅丸は冬子の背中を押したのでした。〈年齢とか、生まれた時代とかを言い訳にするなよ。いまを生きるしかないんだ、だれだって〉

そしてもうひとり、冬子の背中を押したのがほかならぬ夫の春明だった点にも注意すべきでしょう。九鬼春明という人は、仕事にしか興味のない身勝手な人物に見えますが、おのれの限界を悟り、妻の才能を知るに至って口にします。〈おれの名前はあなたの名声で伝えてくれ。あなたの夫として残してくれ〉と。

この瞬間、冬子と春明の関係は逆転したといえるでしょう。

最後に明かされた柳後雄に対する春明の思いに、私たちは驚き、かつ深く納得します。共謀とはそのような意味であったのか、と。

再びモデル問題に少しだけ触れておくと、黒瀬紅丸のモデルと思しき尾竹紅吉（本名一枝）は、平塚らいてうが「私の少年」と呼ぶ、青鞜社きってのアイドルでした。が、青鞜社を中傷する新聞記事に責任を感じて退社。後に陶芸家の富本憲吉と結婚して夫の創作活動に協力する道を選びます。加藤籌子も尾竹紅吉も時が時なら自らの才能をもっと大きく開花させることができたのに、と思わずにいられません。

しかし蛭田亜紗子は、史実を超えて、宮島冬子を輝かせ、黒瀬紅丸も輝かせた。自分には仕事があるからと豊橋の家の玄関を出るラストシーンの冬子の姿は、歴史の中に埋もれた多くの女たちの無念を晴らしているかのよう。私たちが本書に感動するのは、このような飛躍が含まれているからでしょう。

明治大正の文壇を題材にしながらも、その意味で、本書はまちがいなく令和の小説です。性暴力や性の多様性に対する認識がそれなりに進んだ現在、尾形柳後雄の行為の卑劣さも、同性に対する春明や紅丸の思いの深さも、私たちには理解できます。しかし半面、現代社会は本当にこの時代の制約を乗り越えたといえるのか。そんな問いにもぶつかります。女であるがゆえに遠回りせざるを得なかった宮島冬子の屈折は、今でもけっして他人事ではありません。

本書は二〇二一年三月に小社より刊行されました。
文庫化にあたり加筆修正を行っています。

双葉文庫

ひ-21-01

共謀小説家《きようぼうしようせつか》

2024年4月13日　第1刷発行

【著者】
蛭田亜紗子《ひるたあさこ》

【発行者】
箕浦克史
【発行所】
株式会社双葉社
〒162-8540 東京都新宿区東五軒町3番28号
［電話］03-5261-4818（営業部）　03-5261-4831（編集部）
www.futabasha.co.jp（双葉社の書籍・コミックが買えます）
【印刷所】
大日本印刷株式会社
【製本所】
大日本印刷株式会社
【カバー印刷】
株式会社久栄社
【DTP】
株式会社ビーワークス

【フォーマット・デザイン】
日下潤一

ISBN978-4-575-52747-6 C0193
Printed in Japan